理论的兴衰

〔美〕翟亮（Leon Chai） 著
牟芳芳 译

THE RISE AND FALL OF THEORY

北京大学出版社
PEKING UNIVERSITY PRESS

著作权合同登记号　图字：01-2022-1074

图书在版编目 (CIP) 数据

理论的兴衰 / (美) 翟亮 (Leon Chai) 著；牟芳芳译．—北京：北京大学出版社，2022.3

ISBN 978-7-301-32750-0

Ⅰ．①理…　Ⅱ．①翟… ②牟…　Ⅲ．①文学批评史–世界　Ⅳ．① I109

中国版本图书馆 CIP 数据核字 (2021) 第 259157 号

书　　名	理论的兴衰 LILUN DE XINGSHUAI
著作责任者	〔美〕翟亮（Leon Chai）　著　牟芳芳　译
责任编辑	朱丽娜
标准书号	ISBN 978-7-301-32750-0
出版发行	北京大学出版社
地　　址	北京市海淀区成府路 205 号　100871
网　　址	http://www.pup.cn　　新浪微博：@ 北京大学出版社
电子信箱	zln0120@163.com
电　　话	邮购部 010-62752015　发行部 010-62750672 编辑部 010-62759634
印 刷 者	大厂回族自治县彩虹印刷有限公司
经 销 者	新华书店 650 毫米 ×980 毫米　16 开本　14.5 印张　260 千字 2022 年 3 月第 1 版　2022 年 3 月第 1 次印刷
定　　价	68.00 元

目　录

致　谢

非常感谢牟芳芳为翻译此书所做出的全部努力，特别是她对书中那些复杂概念与材料的理解与传达。还要谢谢她对此书的信任和期待，以及在联系出版事宜时的竭尽全力。

同样，我要特别感谢刘锋教授为此书能够在北京大学出版社出版所做的工作。他在关键时刻对我这本书的支持促成了这个非常难能可贵的出版机会。我还要对北大出版社的张冰主任表达衷心的感谢，有了她的耐心与支持，这本书才有可能顺利出版。

我也想要感谢我的同事和前同事们，他们在我写作此书的初始阶段，对其中涉及的概念、表达和二手文献等方面给出了非常有益的意见和建议。他们是提姆·迪恩（Tim Dean，特别是关于巴特勒的部分）、杰德·艾斯提（Jed Esty，霍米·巴巴和后殖民理论的部分），比尔·麦克斯威尔（Bill Maxwell，马克思的部分），以及乔·瓦伦特（Joe Valente，总体的建议）。有了这些朋友的帮助，我的书才具备了更丰富的内容，写作中对相关议题又多了几分敏感。

最后，我想感谢凯拉（Cara Ryan）。凯拉细心阅读了我的英文手稿，并使其更加明晰和流畅，在风格上更添雅致。

中文版序言

自法国结构主义在美国文化舞台上崭露头角至今，已有逾五十个年头。20世纪60年代时结构主义给人的感觉还很新鲜，且与众不同。人们努力去学习这样的一种视角，为此他们必须用心学习诸如符号学、人类学等此前完全不了解的领域。70年代时，结构主义让位于后结构主义——特别是解构，后者可谓风靡一时。在十年甚至更长的时间里，几乎所有种类的文本都被拿来进行过解构分析。80年代出现了一些形态各异的发展变化，不过它们有个共同的主题，我们可以称之为另类视角（alternative perspectives）的时代。突然之间，曾经的边缘成为中心：非经典的文本、性别研究、后殖民研究。90年代，上述方法被广泛结合起来，结合的方式有时令人吃惊，或可称之为新折中主义。于是我们看到马克思主义结合心理分析，符号学与后殖民理论建立联系。但在新千年到来之际，又出现了两种非常明显的变化：一是没有新形式的理论出现；二是理论课程成为文科专业的本科必修课。把这些变化放在一起看，自然会引发一些问题。其中最首要的问题是，如何理解这样的一种趋势或者运动，它在很大程度上重新界定了过去五十年的文学研究，乃至更广泛的人文学科，但如今却出人意料地突然停止了。

对中国来说，这一问题显然有种特殊的紧迫性。在过去的两年里，不论是我在北京大学的授课中，还是在北京等地做讲座时的问答环节里，如何对待理论的问题出现的频率最高。这些问题传达的主要感觉似乎是：明明对理论没有什么热情却不得不去学它。几乎在我去过的所有地方，我都感觉到了一种明显的勉强情绪。这有什么奇怪呢？毕竟中国并没有经历美国文化界特有的那种与理论之间的长久关系。换言之，对理论的突然需求很可能类似于中国近些年来所经历的现代化的其他形式。可以理解的是，它造成了一种实在的压力。但这并不仅仅由于理论难以理解或应用。除此之外，对于这一切在多大程度上是真的有必要，我猜想是存在着一种没有明言的疑问。

本书的研究旨在回答这一问题。在写作过程中，我并没有那种常常被视为理所当然的假定：在当下，理论的研究对于文学或者更广泛的文化研究来说是个必要的基础。反之，我在本书中使用的理论的兴衰这一叙事是为了揭示我认为错误的几个观念：

1. 理论可以应用于文学（或任何其他领域）；
2. 理论是理性的；
3. 理论具有超越历史的价值。

我将论证，正是这些观念阻碍我们对理论进行清晰和正确的评估。而不经过这样的评估，就很难想象我们能够找到理论研究是否确有必要这一问题的答案。为此，我们需要确认理论究竟由什么构成——我认为只有了解了它的历史才有可能明确这一点。我想，只有如此，我们才可以开始讨论理论研究是否有必要以及如有必要是表现在哪些方面。

关于理论最常见的假定是它可以应用于文学或任何其他人文领域。假如我们试着追溯这一假定的历史渊源，我猜想我们会回到韦勒克（Rene Wellek）和沃伦（Austin Warren）的著名手册《文学理论》（*Theory of Literature*）。但是他们二人所说的理论与后来理论所指涉的范围非常不同。因此我们可以说虽然理论的内容经历了巨大的变化，关于其应用性的假定或信念始终未变。当然，应用的可能性应当取决于理论的确切内容。不过，正是对当前理论应用性的不容置疑的假定，使得理论课程在美国成为人文学科的必修内容。第二个假定——理论是理性的——很可能得到了同样广泛的流传，同样也不容置疑。基于这样的地位，这一假定对于那些试图掌握理论的人造成了没有料想到的困难。当我们假定一部分材料是理性的（如同假定一项数学证明是理性的），那么我们就会以特定的方式对待这些材料。最后，我认为观念1和观念2导致了观念3——理论具有超越历史的价值。有意思的是，即便是在各种科学当中，也只有数学（和少数几种特殊的科目，如热动力学）可以说是具有超越历史的价值。而对于其他各种科学而言，我们则会设定当前的想法和观念将会被一种更好的理论所取代。因此，要使理论具有所谓超越历史的价值（这才会使它成为人文专业的必修内容），它就不能像科学中的大多数理论那样仅仅是描述性的。因为那样的话（至少在原则上）我们就可以想象还会有一种比它更好的描述。与此相反，它必须是理性的——如同数学证明那样。然而，与数学证明不同的是，它还必须应用于特定的领域。因此观念1和观念2是超越历史价值的必要条件。

实际上，任何一种理论的应用问题——更不用说我们现在所特指的这些理论——都是相当不易把握的。比如在认识论领域，我们就很难确切无疑地谈论关于真理的一种表征或对应理论——我们对世界的描绘是否真的能以某种可证实的方式与外在世界的真实状况相符合？假如连上述问题都是不确定或者有争议的，那么我们想要将理论应用于文学或历史的整个框架就是值得怀疑的了。不过即使在一个像高等代数那样纯粹形式的领域里，也会有这样的问题。比如，伽罗瓦理论是域论（方程的理论）中任何研究的基础，也是一切现代代数的基础。但是据我了解伽罗瓦理论预言的几个伽罗瓦群（映射到一个域上的自同构）还没有被发现。因此，任何单纯假定理论可以应用于某些特定材料的想法显然都是必须质疑的。因为理论与其所讨论的对象相比具有抽象的品质，两者之间必然存在距离或差异，这种差异能否被成功跨越，我们很难给出最终的答案。

此外，我认为理论应用于文学、历史或其他人文领域的问题，还必须历史地看待。如前所述，在韦勒克和沃伦写《文学理论》时，他们头脑中的理论（主要基于俄国形式主义）比后来的理论所指的范围要有限得多。实际上，我认为是巴黎的结构主义带来了理论的大扩展或者说大爆炸，其中起作用的既包括结构主义本身，也包括以它为前提的那些思想。于是，我们从福柯那里得到了科学的历史，从阿尔都塞那里得到了政治经济学，等等。然后，我们得到的是一个暗示的或者默认的宣称，即所有这些理论形式都与文学相关。概括说来，其中的论断似乎是这样的：巴黎结构主义（因为它以符号学作为理论基础）与文学相关（也与更宽泛的文化和历史相关），因此它所援引或利用的所有领域也都与文学和历史相关。这种理论领域的扩展甚至可以用来解释其后来的发展形式——性别理论、后殖民理论。它们并不属于由于巴黎结构主义援引而拓宽的理论范围，而是从结构主义（或后结构主义）自身发展出来的。因此我们最终面对的是一种类似于特洛伊木马的情形：你以为只是引入了一匹木制的马，而实际上得到的却远非你当初的交易所期待的结果。

尽管那些推崇理论的人总是把它看作是理性的，这在我看来却也是个值得怀疑的假定。在接受理论的合理性（rationality）之前，我们需要先明确合理性包含或意味着什么。对此我们可以找到若干定义。罗蒂（Richard Rorty）这位当代著名哲学家曾经不那么严谨地描述过合理性：一个人的某一观点与他的其他观点之间的一致性。[①]我觉得这个定义下得太过偷懒。

① 参见罗蒂的《偶然性、反讽与团结》。罗蒂在讨论奥威尔的《1984》时谈到一个假设人物，他的原话是："这使得她在某种确定的意义上看上去是非理性的：她无法就这个信念给出与自己其他信念相吻合的原因。"（Rorty, *Contingency, Irony, and Solidarity,* 178）

比如某人得出一个特殊观点，它并非基于任何可观察或可证实之事。而他的其他观点与该观点的“一致性”可能因为它们都是同样的草率结果。我不认为这使得这些观点在整体上是理性的。我同样不认为这些观点之间的关系是理性的。对于合理性的一个更严格的定义是有关必要性的定义。黑格尔对此的界定是：只有当哲学的每一步论证都看上去无可争辩地必要时，它才是理性的。根据这一标准，我们得出第一个观点的方式只能通过一系列看上去必要的推断。因此处于如今称为超验或者主观唯心主义思潮中的黑格尔及其前辈们所关注的是哲学的起点。也就是说，他们认为我们不能随便选择开端。甚至连出发点也不是任意的：它必须以一种完全合乎理性的方式开始，必须是一个必要的起点。我认为，根据这种与必要的论断相联系的对合理性的严格定义，可以很容易地质疑相当一部分的当代理论。

不过大部分当代理论不具备理性的品质还有一个更为基础的原因。简单地概括就是，理论是有所指的（going after）。也即，理论是要达到某个目的，不论代价如何，它都会不计后果地达成其目标。同样，我记得几年前在一篇弗洛伊德传记的书评里看到，弗洛伊德明显捏造了一些病人的记录和证词以使它们符合自己对病人所患疾病的理论。最近，巴特勒（Judith Butler）在《性别问题》（*Gender Trouble*）里针对性作为一种属性或者特征的非基础性试图提供一些科学证据。她提出的证据在我看来很难站得住脚（我相信别人也已对此提出质疑）。不过我觉得巴特勒并不在乎这些证据可靠与否：她决意认为性别是非基础性的，不论关于性的科学证据如何显示。我这里所说的都是针对必要的论断作为理性的标准而言。不过即使我们回到罗蒂对合理性的松散宽泛界定（一个观点与其他观点的一致性），很多当代理论也难说是合乎理性的。在前面的分析里，马克思主义与精神分析学很难融合，因为这两种理论对于最终决定人类行为或行动的因素有非常不同的宣称。因此即使在更大的范围内，也很难认为有多少新的折中主义理论具有严谨的合理性。

此外，我们要问的是为什么理论那么强调自己具有超越历史的价值，这种价值使得文学或历史领域的任何研究都必须要了解它。我怀疑其中的缘由和它害怕被超越有关，即被更好的理论所取代。罗蒂代表了自黑格尔以降的每一种哲学体系，它们都试图提供一种对事物本身的阐释，这一阐释一方面将此前几乎所有类似的尝试容括在内，另一方面又要抵制被别人将来的某种阐释所容括。我猜想，这就是其中的原因。如果说理论有特定的目的，那么它对于事物本身的表述就不可能没有倾向性。相反，我们应该把它看作试图达到该理论所关注的特定目的的一种阐述——以及不一样的观察方法，和不同类型的活动[①]。因此理论游戏中的风险其实很高。这不仅关系到哪种阐述会胜出，还关系到能够推行某种特定的理论，某种对事物本身的阐述就意味着能够推行某些特殊的观察方法，以及——更为重要的是——推行某些特定类型的活动。

最后，我要说的是，从历史的角度看待理论是不可避免的。其中的原因是每一种现代或当代理论试图探讨的都是与人有关的材料。任何历史事件都是由目睹它的人记述下来的，从过去流传下来的任何文学或文化文本都渗透了那些记述或创造它的人的视角。我们也不能躲避自身的主观性，即我们看待任何事件或文本的视角，这一视角由我们所处的时代和使我们成为自己的一切事物塑造而成。因此即使前者（影响对一个过去事件或文本进行表述的内在视角）没有改变，后者（我们自己的视角）也必然会发生变化。这是因为相对于过去的我们而言，我们自身在变化。结果就是，我们一旦发生了变化，我们既不能够也不需要强迫自己还以同样的方式看待对

① 比如经济改革、心理分析疗法等不同种类的活动。

过去某一事件或文本的记述。但改变的不仅仅是我们的视角。在某种程度上，对过去事件或文本的记述也一定会发生变化；持续的历史复原研究，或是新历史证据的不断积累，都塑造了过去的记述或文本，使我们看到的与过去有所不同。不过假如我们看待历史文化产品的视角随时间变迁会发生重要的改变，那么就有理由认为同样的事情也会发生在我们看待理论的视角上。因为理论本身毕竟只是一种不同的视角。如前所述，它既没有数学证明在形式上的严密性，也没有数字证明的合理性。因此我们没有必要把它当作某种神秘的存在。相反，我们应该把现代理论的历史看作是渐进的视角变化的历史。不过也许最重要的是把理论视为一种有历史的事物，它的历史就是它尝试达到些什么。这样说来，它为我们提供的，无非是关于何为可能与何为不可能的某种视角。

前　言

一百多年前，一位有先见之明的思想家试图对他所感受到的西方文化衰退进行解析。他给那本简明的书所取的标题是《偶像的黄昏》——源自瓦格纳《众神的黄昏》，以*Götzendämmerung*替代*Götterdämmerung*。不过这并不只是一个机智的谐音。作者想要暗示的是这种文化衰退并非不可避免，它之所以会发生，是因为某些关键的错误观念使得一些特定的概念建构提升至偶像的地位。他在书中"四个重大的错误"一节里归纳总结了这些观念。这些"错误"与因果关系和自由意志等复杂的哲学问题相关。[①]尽管这些本质艰涩的问题看似与当代文化关系疏离，他却认为它们不仅与欧洲文化的萎靡不振有直接关联，而且还关系到造成这种局面的根源问题。最后，他指出这一局面并非最近形成——实际上很长一段时期以来就在发展过程中，可以追溯到西方文化理论史上的几个关键时间点。

近些年来，理论的命运引起了一种类似的关切。如今看来，理论的衰退已经相当明显了——从大致1990年起就没有出现任何纯粹理论的新作品。物质条件等各种外部环境因素在这种衰退中无疑起了关键的作用：多位重要理论家的去世，保守主义力量的抵制，内部的对抗，流行时尚，以及不那么清晰可见的其他因素。不过，在我看来，仅仅是环

① 四大错误分别为：混淆因与果的错误、虚假因果关系的错误、想象的原因的错误、自由意志的错误。——译注

境因素无法完全解释这一衰退。受到同样问题困扰的其他运动不仅竭力存活了下来，有的还焕发了新的活力。因此我在想问题的根源是否可以从内部而非外部去找寻。我特别想知道尼采在《偶像的黄昏》里使用的策略是否适用于此，也即，对关键性观念错误的剖析是否比任何外部环境因素更有助于深入阐释理论的衰退所产生的过程及根源。与此同时，我也注意到近年来理论史受到了更多的关注。在某种程度上，这似乎透露了一种看法，即问题的根源也许就在这里，在理论早期形式的某些关键发展节点中。在这种情形下，重新回顾理论的历史正当其时。在这个过程中，我希望能够发现一些导致我们当前萎靡局面的关键发展节点。

因为大多数当代理论都能够追溯到理论的早期形式，所以我们可以考虑建立一种历史的框架。我们都喜欢故事，近些年也都意识到理论作品在很大程度上可以用一种叙事来完成。当你有一个故事要讲，就可以用它来讲述某个事物是如何变成现在的样子，这对于我们全面深刻地理解该事物至关重要。在我看来，这一方法也适用于各种观点（理论大致就由观点构成）。因此我们可以将理论的历史视为各种观点的历史，观照各种观点在回答历史上的关键问题时是如何发展变化的。

每一部历史，无论是明确地还是隐晦地，都包含着一种视角，甚至内嵌着一种论断。半个世纪以前的风尚是假装具有某种客观性。现在我们知道那是不可能的，没有任何倾向性的历史是不存在的。历史总要表达某种看法。在这一点上，我这次研究的论断可以相当简洁地表述出来。两百多年前，黑格尔提出了一种理论的新范式。[①]它包含一种从实

① 18世纪虽有古代vs现代的概念，但并未把现代视为由古代发展而来。他们的时间观念更为静态，并不认为某一历史时刻是不可改变或逆转的。黑格尔的发展观受到了赫尔德和费希特的影响。而这种时间概念来自法国大革命和拿破仑战争的影响，一个进入到现代战争和现代国家的欧洲再也回不去了。此外，费希特和黑格尔理论中的系统化思想（Wissenschaft, or systematic thought）可以说标志着现代理论的兴起。

体到主体的运动，其精华是发展[①]与目的论[②]的结合。自那以后，他的后继者们都在寻求一种探讨发展但同时避开那些他们认为由目的论导致的不良后果的方式，结果纷纷失败。[③]

对于任何理论史而言，也许最重要的时刻是每一个理论观点所形成的那些节点。通常来说，大多数理论形式都没能到达这样的节点——即论证它们要阐明的观点。结果就是，它们的重要性不在于实现了什么，而是尝试要实现什么。在这一点上，它们类似于警察和劫匪，其本质是由它们追逐的目标决定的。也正是基于这个原因，我要讨论马克思的《政治经济学批判大纲》而不是《资本论》，弗洛伊德的《梦的解析》，福柯的《词与物》，而不是他们的后期著作。我明白通常这些作者的后期著作会将其理论表述得更加完整，或者是给出该理论在应用方

① 黑格尔的发展就是生成（becoming），即一个事物成为其当前状态的过程，包含该事物在此过程中经历的所有阶段和时刻。黑格尔认为，所有经历过发展的事物都是该过程中一切阶段和时刻的总和或者说产物，它们不一定是通常意义上的“进步的”，但一定是不可逆转的，因为我们不能改变时间在我们身上留下的变化和印记。比如，黑格尔在《精神现象学》序言里提到，一个儿童和一个成人可能会说同一句话，但是它们的意义是不同的，因为这个成人此前的全部成长经历会对这一句话的意义产生影响。

② 黑格尔的目的论是亚里士多德的自然目的论：事物之所以成为它现在的样子，是由构成它自身的元素所决定的。这是一种内部目的论，或者说由事物本身决定的目的论。比如我们的基因构成在一定意义上使我们成为我们所是。此外，黑格尔有句名言：“真实的是合理的，合理的是真实的”（The real is rational, and the rational is the real），马克思及其之后的理论家常常认为这是对现实状况的合理化。但黑格尔实际的意思应该是：事情目前的状况是可以通过理性分析进行理解的一个过程。也即，通过分析我们可以理解事物成为它们所是的原因。这并不意味着事物一定处于一个值得肯定的状态。事物都有一个生成发展的过程，我们可以通过寻找其成因来理解这一过程。但是后来的理论家却担心这种观念的规定性太强，会为维持现状做出合理化解释。实际却并不一定如此。不过，如果完全不了解我们如何成为我们所是的这一过程，就很难想象我们如何能够到达任何地方。

③ 我认为，黑格尔之后这些理论尝试的本质“错误”在于无法将一个没有目的论的发展概念化：没有目的我们便无法感知发展的方向，也就无法了解其整个过程的形态。这样一个无法概念化的发展就不能用理论进行表述。而之所以抛弃目的论，是因为他们担心确定的结果会让我们丧失自由与自主。

面更加成功因而对于后继者更加有益的证明。但它们也常常缺少洋溢在早期著作里的那种雄心。

对于任何现代理论史而言，黑格尔都是一个中立的分割点。简言之，他提出的范式将力量与优雅结合了起来——任何理论都梦想着具备这一组合。优雅来自一切都被精简为一种简单的运动：实体→主体。力量则来自它的范围，它允许我们探讨所有的事物。在许多方面，我们可以说，黑格尔的理论就像是潘多拉的盒子：它一旦被打开，没有人能再回到此前那种理论。具体说来，黑格尔所做的是将发展引入了理论。这一步骤的力量在于它使得一个理论能够吸纳此前的、对立的观点，把自己的开端表述成理论的终端。它的吸引力在于，由此理论可以讨论自我（the self），讨论我们如何成为我们所是（how we become what we are）。

因为黑格尔将目的论与发展结合起来，他成为后继者们所要抵制的力量。简言之，他们无法接受他的体系，因为那就意味着进入他所规定的理论游戏当中，并以他的观点为最终定论。但是假如他们拒绝接受黑格尔所界定的发展观，那么就必须另外讲述一个不同的故事。具体说来，他们必须阐明一个不包含目的论的发展论断。这就意味着一种不把某种特殊的反思性自我意识的出现当作故事必要结尾的叙事。为此他们需要一个结尾并非已然确定的自我发展的故事，在这个故事里，我们的结果不会是只能接受自己现在的状态。

尽管我们可以在《资本论》的第一卷里找到马克思对黑格尔的回答，但是《政治经济学批判大纲》看上去是个更好的选择。毕竟这才是马克思最早描画出他整个政治经济学框架的关键时刻。通过《政治经济学批判大纲》，我可以说明马克思是如何发现货币那顽固的唯心主义、黑格尔式的品质，这种唯心主义拒绝被马克思纳入他关于生产的唯物论视角，并会让他一直回溯至原始公社的历史（the primitive history of the commune）来试图想象货币之前的交换，同时又向前预见一个超越资本的时代。

早期的弗洛伊德尽管属于一个与马克思完全不同的领域，在我看来他的重要性恰恰体现在这一时期的他在很多方面都显露出19世纪对目的论和目的性的着迷。对弗洛伊德而言，没有一个梦里的元素或主题是偶然的。我们遭受打击后，将它们内化，继而就在梦里竭力让一切变好。即便是在由梦而生成的诸多问题得不到解决时，弗洛伊德直到最后仍在努力证明他的愿望满足主题论断（his thesis of wish-fulfillment）。我认为这证明了目的论或目的性仍然具有一定的力量。

在弗洛伊德之后的大约六十年我故意没有提及，不是因为这段时间没有任何理论，而是因为这期间的产物与我的故事不相关。不管是什么原因，20世纪早期的理论对于自我发展的观念并不感兴趣。也许这可以归因于两次世界大战之后出现的虚无主义。在一场以为能够结束所有战争的世界大战结束之后，还不到20年就发生了另一次规模更大、更残酷的世界大战。我猜想这毁掉了一切对于连续性的兴趣。经历如此规模的世界大战，历史看上去都要终止了。取代发展问题的，是现代文学的空间形式，或是分析哲学的兴起。换句话说，形式主义成了当时的风尚。

因此我将从结构主义的出现（1960—1970）接着讲述我的故事。不过即使在这段故事里，我也看到很多内容可以回溯到此前的形式主义倾向：列维-施特劳斯对神话的分析，罗兰·巴特文学批评的符号学基础、对俄国形式主义的兴趣等。在这些理论当中我选择了福柯，不仅仅因为只有他关注历史。与此相反，吸引我的恰恰是他对黑格尔式发展观的抵制，尽管他看上去非常执着于某种历史框架。由于《词与物》中的野心，他没能甩掉将空间看得重于时间的偏见，这一偏见在结构主义时代界定了诸多其他偏见，他的这一失败对于理论的命运产生了决定性影响。

解构是另一个重大问题。显然，它在我们如今称作后结构主义的理论中意义重大。在这一点上，可以说在任何对现今理论状况的评估中解构都非常关键。然而表面上解构似乎与发展毫不相干。不过我认为这两者有很重要的联系。这一联系产生于《论文字学》，德里达介绍了能指的游戏（一个能指的能指）之后，试图经由海德格尔以及解构作为存在的否定性或反向历史的原初概念来激发上述论断在本体论上的共鸣。在这里德里达明确提出用黑格尔的扬弃概念——一种自我消解或弃除，作为解构起作用的方式。但这在黑格尔那里，只是发展的一种否定性或反向形式。

解构之后有几位后结构主义继承者尝试以较为积极的方式重提发展问题，并避免黑格尔所包含的目的论后果：朱蒂斯·巴特勒（Judith Butler）、理查德·罗蒂和霍米·巴巴（Homi Bhabha）。如果说巴特勒选择不将发展概念化，罗蒂强调任何关于理论发展的讨论可能涉及的风险，那么巴巴明确指出了不带有目的论后果的发展理论的重要性。然而，虽然这些理论家都对目的论的危险做出了警告，同时强调了不含有目的论的发展是有必要的，他们却都没能说明这样的发展是否可能。

在更为广泛的意义上，有关理论的大问题是由此应当走向何方。一方面，我们可以说黑格尔理论的力量来自它将元理论与理性相结合：在元层次对解决问题的反思，而且要求论证中的每一步都体现一种必要的品质。自那之后，理论走了一条不同的路线。它不再关注途径和方法，而是关注结果。首先设想我们想要的最终结果，然后再琢磨怎么得到这一结果。对于理论来说，问题就是，这会是个可行的策略吗？我希望通过对理论历史的简要考察，我们会获得一些可能的答案。

第一章　潘多拉的盒子（Pandora’s Box）

1807年理论史上发生了一次重大的转折。正如当时一位观察者所描述的：“不难看出，我们的时代是一个充满创造力的时代，一个向着新时期过渡的时代。”当时，拿破仑的军队正处于一场将要彻底改变欧洲命运的战斗中。耶拿战役（battle of Jena）之后普鲁士就瓦解了。一个新的世界秩序将诞生。新的精神“已经与这个绵延至今的世界决裂，不再坚持它迄今的实存和表象活动，而是打算把这些东西掩埋在过去，并着手进行自我改造”。一种躁动不安地酝酿着什么的感觉弥漫于各处。实际上，这位观察者将他的时代的精神描述为“从未止息，而是处在一个不断前进的运动（forward movement）中”（《精神现象学》，7）。因此，它无法由本质来界定，而只能以发展、以它将要成为的样子来定义。它的变革不仅影响了物质状况，还彻底影响了我们思考的方式：“扰乱既定秩序的轻率与无聊，对某种未知的模糊预感，预示着还有什么正在前来。这种渐进的、尚未改变整体面貌的零敲碎打将在黎明之前迅速终止，转瞬之间，新世界的形态就会显露出来。”这位观察者就是黑格尔（Georg Wilhelm Friedrich Hegel，1770—1831）。上述文字出自他的《精神现象学》（*Phenomenology of Spirit*, 1807）前言。

概述：

黑格尔在《精神现象学》前言里用一个步骤就永远地改变了理论。这一步骤就是实体⇒主体，即从实体向主体的运动。黑格尔认为这是一切理论的基础。这一步骤隐含着激发重要变革的因素。具体说来，它在理论中引入了三个元素：1. 元理论（Metatheory），2. 发展（Development），3. 目的性（Purposiveness）或目的论（Teleology）。

元理论意味着我们不再从经验的角度看待问题，而是以抽象的方式找出问题的解决办法。所以当黑格尔处理主观与客观的关系问题（当时的重大哲学问题）时，他凭直觉意识到这二者必须是“始终先在”（always already）一体的。这解决了基础或开端的问题（不论是从费希特的主观角度，还是斯宾诺莎的客观角度），同时也使得黑格尔能够批判谢林的二者同一论的过于静止。与之相对，黑格尔提出了发展或发生（becoming）的概念。这将包含自我设定与自我否定，以及二者之间的相互作用。黑格尔通过否定性的反向运动和实体为作为主体自身的对立面增添了一种对立的元素，这让事情进一步复杂化了。最后，他在这个过程中以回归运动的形式引入了循环。不过，发展意味着目的性，即我们成为我们所是这一运动背后的动机。为了回避批评，黑格尔宣称这种动机是内在的，而不是外在的（即非外部强加的）。他甚至称之为自为存在（being-for-self）或纯粹的否定性，这里的自我处于无休止的动荡状态。不过，对于他的后继者们来说，问题依然存在：目的论总是意味着缺少自由，无法成为我们想要的样子。

早在《精神现象学》的著名前言里，黑格尔就相当清晰地表明：对理论而言，基础的步骤必须是实体⇒主体，即从实体向主体的运动。如他所述："根据我的认识——这个认识必须仅仅通过体系（system）本身的呈现才能得到捍卫——一切的关键在于，不仅把真相理解和表述为一个实体，而且同样也理解和表述为一个主体。"（*Phenomenology of Spirit*，9—10；《精神现象学》，11）在这重要一步的背后有一段复杂的前历史，可以一直追溯到康德。康德及其后继者用了二十多年时间尝试克服外部物体不可知性的问题。突然之间，黑格尔这一步大胆的动作就提出了一种简单而激进的解决方法。假设这个问题已经得到解决，假设思想与存在在某种深刻的层面具有一样的实质，那么从实体到主体的这一运动几乎解决了一切问题。无可避免的是，这一运动一定会为理论带来重要的影响。具体说来，它引入了三个新的元素：

1. 元理论
2. 发展
3. 目的性或目的论

要明白黑格尔是如何带来理论的革命，我们要一一详细地研究这几个元素。实际上，元理论意味着我们不再从实证的角度看待一个问题，而只是从理论上探讨问题的解决办法。在概念上这包含着比过去的理论更高程度的抽象。此前的理论是从各种物体或环境的物质特性抽象得出概念。而对元理论而言，我们则是从概念出发进行抽象。任何概念都与它所代表的物体或条件具有某种关系。此前的理论关心的是：概念与物体或条件之间的关系的确切本质。但是，假设我们忘掉这种关系，让它消失。剩下的就是一个概念，而它仅有的关系就是这个概念与其自身的关系。换句话说，我们可以纯粹处理这个概念的形式，而不需要理会它的内涵。这就意味着我们在考虑它与其他概念的关系时，可以不必首先关注它是否与它所代表的内容实际相符，而这在以前是不可能的。结果就是一个勇敢的新世界为理论展开了。在纯理论层面，任何问题的解决方法都必然可以用概念之间的关系表述出来。元理论所做的就是更快地到达这一层面，而无需处理由于特定物质性物体或环境的细节问题而出现的各种困难。

对康德及紧跟其后的理论家来说，关键的哲学问题是主体与客体之间的关系。在他们看来，问题来自外部物体的不可知性。休谟提出的问题加剧了这一困难。虽然所有人（包括休谟自己）都不愿意承认我们不能够认识外面的那个世界，但是似乎没有人能够证明这个世界是可知的。这一难题的核心是精神与物质的根本差异。简而言之，很难弄清精神如何可能看透与自身如此不同的事物是怎样的本质。而如果没有这一可能性，我们所理解的是否是物质本身，总会遭到质疑。最后，康德的策略——我们只看处于思想与物质之间的阶段，比如感觉（sensation）和知觉（cognition）——没能让人信服。即使在所有那些中间阶段之后，仍然很难宣称知觉=可知性。同样，他的物自体（thing-in-itself）概念被视为一个掩饰性步骤：它只是延迟了物质不可知的问题。

借用元理论的视角，黑格尔选择了一个彻底不同的解决方法。简言之，他的直觉似乎是：如果你要问这个问题，就不要期待得到答案。换言之，如果你的前提是物质的本质不可知，就不要期望得到对它的认识。黑格尔采取了一种与前人非常不同的立场，我们可以称之为“始终先在”的立场。他没有宣称思想可以跨越自身与物质之间的鸿沟，而是更为大胆地宣称这一鸿沟根本就不存在：“同时需要指出的是，实体性的内部不仅包含着一个普遍者（the universal），亦即**知识本身的直接性（the immediacy of knowledge**

itself），而且包含着一个**存在**（**being**），亦即**知识的对象的直接性**（**immediacy for knowledge**）。”（*Phenomenology of Spirit*，10；《精神现象学》，11）这里“知识（本身）的直接性”=尚未完全成形的、未发展成为真正知识的思想。黑格尔称之为“普遍”的以暗示这到目前为止还是个空洞的范畴，缺少确实性或具象性。但是当存在=知识的对象的直接性，这里显然有了确实性的潜质。很明显，黑格尔不认为它需要证明思想可以跨越自身与物质之间的沟壑。通过元理论他直接意识到这不是一个可以证明的观点。因此唯一确定这一联系的办法就是假定它已然存在。

黑格尔还需要处理理论的基石或基础问题。在他之前的几位理论家清楚地意识到了这个问题，他们认为这是哲学的一个新的出发点。实际上，他们在自上而下与自下而上的解决途径之间摇摆不定。自上而下解决途径的问题可能会太抽象，难以把握物体的一切物质特性。与此相对，自下而上途径的问题是其出发点（物质性）可能会过低，以至于总是很难上升到思想以及认知或知识的层次。黑格尔从元理论的立场马上就看到两种途径都不可行，都过于片面，解决这一难题唯一可行的方法就是同时容纳两种途径。要做到这一点，他的观点是一定需要包含一个逐渐发展的过程，而且其中的关键点是思想与物质要携手并进。他最后为了实现这一切所采取的策略对所有后来者产生了巨大的影响。

对黑格尔来说，自下而上的途径不令人满意的原因是，如果我们的开端是存在或物质性，那就不太可能表明这样的物质怎么就能够拥有意识或思考能力。如他所述：“曾经有人把上帝理解为唯一的一个实体，这个界定激怒了他那个时代。一方面，人们之所以愤怒是因为本能地感到，按照这个说法，自我意识已经完全没落了，没有保留下来。”（*Phenomenology of Spirit*，10；《精神现象学》，11）换句话说，如果从斯宾诺莎的泛神论出发，意识之类的东西就没有什么必要了。

与此同时，黑格尔指出自上而下的途径也不合适：“而在另一方面，情况恰好相反，有些人坚持着严格意义上的思维（thought），坚持着真正意义上的**普遍性（universality）**，坚持着同一个单纯性或同一个无差别的（undifferentiated）、不动的实体性（unmoved substantiality）。”（*Phenomenology of Spirit*，10；《精神现象学》，11）这就是费希特等哲学家的主观主义，他们主张以思维为开端，因为我们至少可以宣称对此有确切的认识。不过对黑格尔而言，主观主义也不可行，因为它不太可能达到物质的具体特性（material specificity）。它总是抽象或普遍的，缺少我们在真实事物当中寻找的那种细致纹理（gritty texture）。它的“无差别”是指从一个唯心主义视角看去，一切似乎都是同样的——贯穿在我们所看到的一切事物当中的，只有思维。

黑格尔还驳斥了同一论，即主体=客体。谢林提出的这一理论比自下而上和自上而下的理论都更具吸引力，因为它表面上没有偏向任何一方。它更接近黑格尔自己挑战这一难题所使用的元理论方法。显然，谢林看到我们无法既要从主观或者客观一方出发，又希望还能够容纳另外一方。他也看到假如我们不能把二者中的任何一方作为新的出发点，那么唯一的选择就是认为这二者在某种意义上是统一的。这样我们才可以解决这个问题：假如主体=客体，从何处开始的问题便消失了，因为从任何一方开始都是一样的。实际上，同一论还不止于此，它认为：既然主体=客体，那么我们不再需要任何出发点了。

然而，正因为同一论彻底摈除了出发点的必要性，才让自己陷入了困境。如黑格尔所述：“如果思维把实体（Substance）的存在与自己统一起来，并把直接性或直观（intuition）理解为一种思维，那么我们还得看看，这种理智直观（intellectual intuition）是不是重新堕落为一种僵化的单纯性（inert simplicity），是不是通过一种不现实的方式把现实性本身呈现出来（depict actuality itself in a non-actual manner）。”（*Phenomenology of Spirit*，10；《精神现象学》，11）显然我们需要对此略加分析。此处思维=实体的存在（相当于主体=客体），这不过仅仅是“直观”而已，因为我们还没有真正地证实它。结果就是，它容易“堕落为一种僵化的单纯性”——就如同一种单纯的主观或客观视角。在黑格尔看来，问题似乎在于，假如我们只是假定思维=存在，我们不能确定这二者实际上是一样的，不能确定我们的论断符合事物的实质。他把我们的理解称为“直接性[=存在]或直观[=思维]”。但如果这仅仅是直观，那么我们不一定描述出了真实的状况。这个故事教给我们的是：有努力才有收获（we gotta earn it）。而这个努力的方法，即通过某种从实体到主体的运动，将成为此后所有理论的模型。

黑格尔的理论与此前理论最大的不同是发展的概念。在黑格尔看来，事物的存在并非不受时间影响。它们是逐渐变成自己现在的样子。因此我们如果要讨论它们，就需要把它们在任一时刻的状态仅仅视为整体发展历史的一个阶段。任何一个单独的阶段都不能界定它们的本质。假如事物的关键事实是它们随时间变化逐渐成为它们现在的样子，那么要把握它们的本质就不能只关注它们在某个时刻的状态，而要关注整个发展过程。如果说黑格尔的发展观迫使我们从一个新的角度思考本质，它在另一个方面也有类似的革命性。

我们看到了黑格尔的发展包含一个从实体到主体的运动。那么如果说实体=处于未发展的直接状态的存在和思维，就是说主体=存在和思维完全发展的形式，而且，思维由此获得意识或自我认识。然而，这种发展意味着我们要讲一个故事。具体说来，这是一个成长的故事，主体逐渐成熟直至完善的故事。这样一个故事背后有一个叙事框架，这个框架会给予理论一种结构。同时，黑格尔要讲的这个故事，是向着意识或自我认识的完善形式逐渐运动的故事，显然对历史等所有人文科学具有广泛的意义。它的叙事框架使得此前所有的观点都成为自身发展故事中的各个阶段。此外，它的反身性或自我反思能力也为自己增添了元理论的维度，这使得以后任何形式的理论对它进行批判的方式都很难说是超乎它的预料之外。正因为如此，元理论与发展观的组合对黑格尔的后继者来说几乎是不可抗拒的。

对黑格尔来说，作为一种过程的发展使理论有了架构。这是黑格尔的另一项创新。此前的理论总是与它们所研究的对象保持距离，如同一个超然的观察者。黑格尔则不然。就如拿破仑的军队在行进中学会了谋略，他觉得可以通过一个观点的发展过程对这个观点本身做出界定，作为这个观点全部内涵的某种履历。假如一个观点的发展过程从本质上对它做出了界定，这种发展本身的样态就会给予这个观点以架构。换言之，一个观点或理论逐渐成形，它成形的这个过程为我们如何讨论它提供了一个框架。显然，任何一个这种框架都会以叙事（narrative）的形式存在。在概念上，这是有用处的，因为叙事内在的具有组织其材料的倾向。它的典型要素包括：开端、中间、结尾。叙事的用处还在于它为观察一个故事提供了多重有利视角（multiple vantage points）。至此，基于上述缘由，黑格尔式叙事呈现出来的时机已经成熟。

在一个黑格尔式叙事里，有几个关键步骤。在他刚刚宣称实体⇒主体（实体向着主体运动）之后，黑格尔就指出：“活生生的实体（the living Substance）是一个存在（being），这个存在实际上是一个主体（Subject），或者换个同样意思的说法，这个存在实际上是一个现实的东西，只不过在这种情况下，实体是一个自己设定自己的运动，或者说一个以自身为中介而转变为另一个东西的活动。”（*Phenomenology of Spirit*，10；《精神现象学》，12）换言之，一个事物并不是被动地存在。它成为自己是因为它设定（posit）或表达（assert）了自身。不过它这种自我设定或表达所依靠的运动引入了一种复杂性，因为一旦一个事物开始这一过程，就表明它还没有到达那个终点。我们就是这样理解黑格尔所谓的“自身他者化”（self-othering）的意义。认识到一个事物还没有成为它最终要成为的样子指出了缺陷或不足的存在。然而这个缺陷或不足只是描述它目前状态的另一种说法。半满的杯子也是半空的杯子。黑格尔把这个过程称为“自身他者化”，因为正是这个自我肯定（self-assertion）的运动产生了这样的缺陷或不足。不过，既然整个过程是个发展的过程，那么显然事情并没有就此止歇。相反，一定有某种方法可以把半满的杯子与半空的杯子联系起来。这就是黑格尔所说的中介（mediation）。自我他者化的过程必须以自身为中介，这样半满的杯子才能与半空的杯子相联系，使我们看到这二者其实是统一的。只有它们联系起来，发展才是可能的。它们一旦联系起来，就可以表明发展如何产生，杯子逐渐变满的过程其实也是这个杯子不再为空的过程。

与此同时，黑格尔还建立了我们可以称为反向运动或对立运动的观点。从一个角度看，某物逐渐成为自身的过程就是一种发展或成形的运动。从另一个角度，我们也可以把它描述为这样一个过程：每个阶段都暴露出它的不足或缺陷，即它还没有成为它应是的样子这个事实。如果我们把第一个过程称为正向的、进步的运动，那么第二个过程就可以称为反向的、对立的运动。因此黑格尔认为："实体作为主体是一个纯粹的单纯否定性。"（*Phenomenology of Spirit*，10；《精神现象学》，12）换言之，作为主体的实体，直到它最终变成主体之前，没有也不会成为自身。与此同时，我们得到的是"造成对立的双重化（doubling）活动，而这个活动重新否定了这个漠不相关的差异性（indifferent diversity），否定了活动造成的对立（antithesis）[直接的单纯性（the immediate simplicity）]"（*Phenomenology of Spirit*，10；《精神现象学》，12）。这里的"双重化活动"是自身他者化过程将半满的杯子与半空的杯子相对立的结果。这一活动"否定了这个漠不相关的差异性，否定了活动造成的对立"。差异性是漠不相关的，因为半满的杯子和半空的杯子实质是等价的。这里真正的问题是反向能量（否定或消除）来自哪里。答案是，从半满的杯子逐渐变成全满的过程，全满的杯子将该过程前面的所有阶段融入了自身。请注意反向运动是如何产生对立（在半满与半空杯子之间）并在此后将其消除的。这是因为它持续的主题是该过程每个阶段的不足与匮乏：最初因为它完全没有发展起来，后来因为它还没有到达终点。从这一角度而言，对立其实毫无关系，重要的是到达那里的过程。

关于黑格尔的发展最后要说明的是它的循环特性（circularity）。黑格尔对于发展所要说的是，它实际上是一个循环的过程，而不是线形的。对他来说发展是我们终将回归自身的过程，回到我们所是，不过这是一个更高层次的自身。正是这一循环的特性让他说出："真相是一个自身形成的过程，是这样一个圆圈，它预先把它的终点设定为目的，同时以之为开端，而且只有通过展开过程并到达终点之后，才成为一个现实的东西。"（*Phenomenology of Spirit*，10；《精神现象学》，12）假如终点=开端，那么终点必须是在起始的时刻就隐含在内。显然这整个过程有种必要性或不可避免性的色彩。唯一的问题是为什么。我们看到了在黑格尔那里，实体⇒主体与思维自身的运动相连，后者也是一个观点或理论产生的过程。这就是必要性的理由。在《精神现象学》前言的另一处地方，黑格尔说这就是哲学的全部内涵：确定那些可被描述为绝对必要的思维步骤。因此当他选择讲述一个自我发展的故事时，他明白其中的终点一定要看上去是不可避免的。这对他来说就意味着一个循环的运动，一个内含必要的回归运动的过程。这就像一个男人离家远行去找对象，在外面转了一大圈，最后回来娶了邻家的姑娘。黑格尔本能地感到逐渐深入复杂地步的任何发展叙事最终都要在一种回归运动中解决自身的问题，也就是我们最终实现自身应有或想要的样子。这种对于高层次自我意识的暗示或允诺也将成为黑格尔对此后所有理论形式产生的重要影响之一。

只要提到发展，目的性或目的论的问题一定会出现。我们想知道一个特定的人或物的发展是否必定会得到某种特定的结果，又或者大部分或全部地出于偶然。而这会影响我们怎样讲述这个故事。对黑格尔而言，发展一定会暗含目的论。毕竟黑格尔的发展是从实体到主体的运动，通过这一运动我们最终获得了自我意识。我们也可以说，正是这一运动最终使我们成为我们所是，思维最终实现了全部潜力、成为自己。在他看来，发展从一开始就内在于实体，因为即使在它最欠缺发展的阶段，思维也已经在那里了。而如果思维一直存在的话，发展就不可避免，因为思维早晚都要表明自身。除此以外也不会是别的样子。既然从实体到主体的运动就等同于思维自身的发展，那么我们要理解自己是谁就必须要理解它。因为我们理解自己是谁的能力只能基于我们理解我们如何成为自己的能力。黑格尔认为，我们要获得这种能力的唯一办法就是明确这一过程背后的实质。只有这样我们才能将其概念化，这对于我们理解这一过程的能力至关重要。那么这里关键的一点就是我们理解自己如何成为自己的能力，这将进而使得理解自己究竟是谁成为可能。不过，如果说黑格尔自己专注于目的性或目的论，他也能够看到其他人不这样做的可能。为了增强自己立论的说服力，他明白自己必须用一种全新的视角阐释目的论。他所采取的是以下几个办法。

第一个办法是讨论内部目的论而不是外部目的论。黑格尔认为，目的论的问题在于它使发展看上去是被我们所不希望的方式决定了的，这些方式是外在于我们，因而不受我们控制的。为了对抗这一点，黑格尔指出理性本身就是有目的的："前面所说的内容也可以这样来表达：理性是一种合乎目的的行动（Reason is purposive activity）。"（*Phenomenology of Spirit*，12；《精神现象学》，14）他接下来抨击了他所认为的问题的核心，即自然与思维之间的对立，他认为这是对二者关系的错误呈现。我认为他指的是把思维视为一种肤浅的理性主义的看法——正是它引发了对某种神授体系的信仰。由于这个原因，任何此类体系显然都只能是外在于它所管控的自然，那么显然也就缺少内在的目的性。与此相反，黑格尔设定的目的论观念是在自然内部，为此他引证了亚里士多德的话。通过这个办法，他希望能摈除对于发展是外部决定的怀疑。假如自然本身就是合乎目的的行动，它就不需要从其他地方获得动力。而且如果思维也是如此，黑格尔就可以宣称我们在物质上和精神上都是自我决定的。

黑格尔试图让目的论重获新生的另一个办法是把它和纯粹的否定性等同起来。我们已经了解了纯粹的否定性是形成过程的一个方面，即当杯子是半满的时候那个说杯子是半空的声音，也是我们自我发展过程中各个阶段因为还没有呈现出完满自我而被消除的那种运动。对黑格尔而言，这种纯粹否定性的本能或动力来自"自为存在"："主体的推动力，抽象地说来，就是自为存在或纯粹的否定性。"（*Phenomenology of Spirit*，12；《精神现象学》，14）自为存在为纯粹否定性的运动提供了推动力，因为它把发展中的每一个阶段看作是朝向终点的运动，同时也看作是还没有到达那里的运动。它的力量全都是向着那个终点而去的。此外，因为它与此同时还包含着运动中每个阶段呈现出的缺陷或不足意识，它必定会消除最后阶段之前的每一个不完满的阶段，由此便获得了这一运动的否定性力量。不过，要使否定性的力量发挥出来，这一过程的目的必须从一开始就在那里。用黑格尔的话说就是："结果和开端是同一个东西，只因为开端就是目的……直接的事物作为一个目的，在其自身内就包含着自主体（the self）或纯粹的现实性（pure actuality）。"（*Phenomenology of Spirit*，12；《精神现象学》，14）通过将目的论与纯粹的否定性等同起来，黑格尔希望能消除目的论作为一种温和正面力量的意味，即18世纪那种仁慈神明的观念所带有的意味。与之相反，黑格尔的纯粹否定性可以是一股很有破坏性的力量，它把消除生命循环中的一个阶段看作是让生命继续向前发展的必要动作。不过纯粹否定性与任何形式的外部目的论之间最关键的差异是，这种运动完全是内在的，完全来自处于发展过程中的那个人或物。因此它不会被任何外在力量所蒙骗。

最后，黑格尔将内在目的论与传统目的论区分开来的办法是把它和自我（the self，自主体）联系起来。他特别提到：“任何具体展开了的目的，或者说任何实存着的现实事物都是一个运动，一个展开了的形成过程。但这样一种悸动（unrest）恰恰就是自主体。”（*Phenomenology of Spirit*，12；《精神现象学》，14）换言之，我们一旦发展成熟，也就到了那里，但实际上是这个旅程界定了我们是什么。如同他将目的论与纯粹否定性等同起来的努力，黑格尔在这里所做的是要重塑我们对目的论的认识。我们所想到的目的论是稳定向前的运动，但落在实处的它可能看起来抑或感觉起来都不是那么一回事。黑格尔用“悸动”来描述它，意思是从不会在同一个地方待太久。不过也许他的关键步骤是将我们变成自身的过程与自我等同起来。这个步骤的影响是迫使我们重新思考意识的概念。通常我们会认为“我”是一个稳定的实体——否则我们就不能确定现在的我与过去的我是同一个人。然而，黑格尔宣称我们在自我发展过程中的悸动就是自我，这就改变了我们对于一个稳定的“我”的认识。实际上，他的论证就是，现在的“我”其实与昨天的“我”并不完全相同：它既没有占据相同的时空，在感觉上也是不同的。但假如“我”是不同的，那么我就不能宣称“我”=“我”总是对的（实际上几乎没有对的时候）。我只能宣称“我”=我变成我自己的过程。这样“我”必须包含过去存在中每一时刻的我——具体而言是把这一切联系起来的运动。不过一旦从“我”=“我”（稳定的我）转变为“我”=过程，我们就与黑格尔的内在目的论十分接近了。现在，把内在目的论仅仅看作是促使我们以某种特定方式讲话或行动的推动力就成为可能了。本质上我们从生命中某一时刻的我们到达下一个时刻的我们，而推动我们从前者移动到后者的就是动机（motive）。然而如果说动机实际上就是内在目的论的话，那么它就并非外在于我们的自我感觉——我们的“我”或者意识。一旦我们成为过程，就很难把动机的内在目的论从这一过程中分离出来。通过这样的方式，黑格尔把自我发展的过程（和目的论）与我们界定自我的方式有力地连结在了一起。结果，这个一开始要打破18世纪认识论僵局的步骤最终成为人类主体性的新范式，为思考我们如何成为我们所是提供了一种方式。

尽管有元理论的力量和发展概念作为理论新范式的巨大影响，黑格尔提出的观点还是困扰了后来的理论家们。包含目的论的发展观就像是特洛伊的木马：一旦为了发展而允许目的论进入，我们就不得不面对目的论的全部危险后果。我们已经看到黑格尔认为理性是一种合乎目的的行动。在他看来，发展最终是理性的，因为它的运动在概念上是必要的。对黑格尔来说这样的宣称似乎不可避免：为使理论理解发展，我们必须能够将它概念化，为了将它概念化，我们必须把发展过程中的每一时刻看作具有概念的必要性。后来的理论家们则没有像他那么确定这一点。具体而言，他们担忧的是人的自由或自主性。黑格尔宣称发展使得迄今为止的每个历史阶段都有其必要性，而最终的结果也必然会在此前发生的一切当中展开。但是假如有人想要另一个不同的结果呢？最后，包含必要性的发展观似乎向另一个同样关键的概念施加了压力：相信自由或自主性意味着我们能够成为我们所想要成为的自己。换言之，欲望和必要性之间可能存在一个断层，这让一些人止步不前。宣称迄今为止的所有历史时刻都有某种必要性是一回事——显然那些都已经发生，也就只能在某个方面具有历史的必要性，而未来则是另外一回事。迫使未来在理性上遵循过去的压力会有突出的危险。就我们理解它的能力来说，这在理论上是有意义的。但问题是，为了理论我们默许某种特定的结果是否代价太大、牺牲太多了。这样做实际上被排除的是，未来不仅可能与过去所发生的一切非常不同，甚至可能会超出我们的想象。只有在这一点上，有些人才会感受到，我们真的能知道最终什么样的自由是可能的吗？

第二章　货币（Money）

伦敦，1857年末至1858年初的那个冬天。距1848年革命已有近十年，是时候对那时发生的事情做个反思了。至少在一位观察者看来，对于那段时期的合理解释是上层阶级的专制霸权，最终可以归结为货币的问题。但如果说上层阶级的权力来自货币，那么问题是它如何转换成决定政治与社会形态的力量。为了回答这一问题，就需要深入探讨政治经济学。而政治经济学的核心就是生产过程，即关于所需物品如何被生产出来，生产所涉及的各种力量（劳动与资本），以及它们之间的相互关系。最后一点最为关键。生产关系决定了下层阶级幸福或悲惨的可能性有多大。于是这里成为劳动和资本两种力量争相决定生产关系的战场。显然这关涉到这两种力量的一切资源，不过在某种复杂的意义上，还要涉及生产的物品，它们与这两种力量相互影响。考虑到这一情形的复杂性，单独进行批判是不够的。有必要对于生产和消费的整个经济过程做出一定的分析。这样就有了马克思在伦敦那个冬季写下的七本笔记，我们把它们统称为《政治经济学批判大纲》（以下简称为《批判大纲》）。

在19世纪继黑格尔之后的理论家当中，马克思在许多方面最为接近黑格尔的理论视角。这里我们有必要回顾一下黑格尔试图革新理论的这几个方面：1. 元理论；2. 发展；3. 目的性或目的论。马克思在这几方面都有特别的创见。对他来说，政治经济学就是元理论。也即，它是理论之外的理论，是我们甚至没有意识到却在最深的层次上贯穿人类一切实践的那种理论。政治经济学要找回或复原的就是这样一种理论。但是，马克思发现2与3的结合也即目的论的发展概念十分棘手。我认为，马克思最初希望元理论本身可以自足。政治经济学可以分析生产与消费之间的相互作用，表明这种作用如何自我矫正，以达到几近平衡的状态。当他看到交换过程直接导致资本主义的迅速发展，他意识到必须求助于交换过程以外的东西。因此他提出劳动是经济价值的终极来源。当这也行不通的时候（因为劳动总是被资本笼络和代表），他明白必须扩展理论框架，不仅要思考近期的经济史，还要把整个经济发展史考虑在内，希望将来能有超越资本的可能。在这里他遇到了发展与目的论的问题，他试图论述发展——这个是他所喜欢的概念，但同时希望抛弃目的论——因为这是他不想要的部分。在他逐个层次进行经济分析的过程中，我们可以发现一种宽泛的模式：先是努力进入（利用交换过程本身），然后出来（劳动作为价值的最终来源），接着在较广的层次上再次进入（经济史）。其中每一步他都会遭遇黑格尔主义，后者以包含目的论的发展概念或原则的形式发挥着强大的力量。马克思迎难而上的努力，试图驾驭它而不被其吸引力俘获的努力，就是他对理论的贡献。

概述：

对马克思而言，生产与消费的两大过程，以及它们之间的相互作用，界定了政治经济学的全部内涵。不过当他试图对上述问题作出分析时，发现这太过于黑格尔主义了。作为矫正，他称政治经济学应当竭力从抽象走向现实。然而在他努力将这一计划付诸实践的过程中，他马上就遇到了货币的问题。作为一个明显的抽象概念，货币似乎在交换过程中获得了自己的独立存在。通过创造一种黑格尔式普世性的形式，它对马克思的理论提出了一个根本的挑战。为了与之对抗，马克思费尽心思论证了劳动是经济价值的最终来源。是劳动这一改造之火将原始材料变成了某种有用的东西。但（他在开始思考劳动与资本的关系时注意到的）问题是，劳动不可避免地会被资本控制。要理解资本的支配地位，他就必须在细节上研究资本是如何起作用的。在这个过程里，他发现资本就是要竭力为自己的产品创造一个更高的交换价值。这就导致剩余价值（资本没有偿付的劳动）的产生，进而使扩大生产过程有了可能，于是资本便得到了惊人的发展。实际上，这是马克思最大的噩梦：一个由抽象的黑格尔式冲动（追求货币）和看不到尽头的自我发展原则所驱动的过程。为了对抗它，马克思意识到他必须在更大的范围内考察经济发展的历史，这让他一直回溯至近似神话般的原始公社的起源。他会从那里考察资本的崛起，以及但愿最终能够取代资本的阶段。但是提出经济史的这样一个终点暗示了发展中的目的论或目的性。所以马克思又一次不得不对抗黑格尔的幽灵，特别是经济决定主义之外是否还有别的可能这个问题。

对马克思而言，生产和消费集中体现了政治经济学的内涵。因此他在《批判大纲》里的首要任务就是界定它们。他很快就看到生产与消费的紧密联系：“生产不仅直接是消费，消费不仅直接是生产；生产也不仅是消费的手段，消费也不仅是生产的目的……两者的每一方由于自己的实现才创造对方；每一方是把自己当作对方创造出来。”（《马克思恩格斯全集》第30卷，34）这就是说，消费通过消耗掉产品而结束了生产过程，生产形成了对消费的激励。然而，马克思一给出这个描述，就意识到这太过接近黑格尔："这样看来，对于一个黑格尔主义者来说，把生产和消费等同起来，是最简单不过的事。"（《马克思恩格斯全集》第30卷，35）这令人不安，因为如果说政治经济学的基本过程是黑格尔主义的，那么从黑格尔主义视角看待它们也可能是必要的。

作为纠正，马克思宣称政治经济学应该从抽象走向实在（因为对他来说黑格尔是从实在走到抽象）。作为例子，他考察了17世纪的政治经济学是如何从一个基本的范畴——人口（population）开始发展起来的。但人口实际上是由不同的社会阶级构成，而社会阶级又由雇佣劳动（wage labor）、资本等等界定，这些界定因素又要由劳动分工和价格等范畴来区隔。这些范畴自身显露出一种抽象的单薄：在现实生活中，我们从没有单独遇到过它们。于是17世纪的政治经济学从这些抽象的范畴逐渐回到了马克思称为活生生的整体（the living whole）：人口，民族（the nation），国家（the state）。马克思认为，这"显然是科学上正确的方法"（《马克思恩格斯全集》第30卷，42）。他接着指出，具体的事物之所以具体，是因为它是各种范畴合而为一的地方。因此马克思在17世纪政治经济学将整体拆解为个别、抽象范畴的地方，提出要把它们整合成一个更大的整体。不过即使这样他也没有完全解决问题："具体之所以具体，因为它是许多规定的综合，因而是多样性的统一。因此它在思维中表现为综合的过程，表现为结果，而不是表现为起点，虽然它是现实的起点，因而也是直观和表象的起点。"（《马克思恩格斯全集》第30卷，42）换言之，我们把所有抽象范畴汇聚而成的空间叫做实在，是因为它有更高的稠密度。但实际上我们在这里得到的只是在头脑中把所谓实在进行组装或整合的一个过程的结果。实际上，实在早就存在，在我们构想出这些范畴并用它们整合为思想建构之前就已然存在。因此马克思可以表明黑格尔的问题究竟出在哪里：黑格尔在看到精神如何从抽象范畴整合出所谓的实在后，误把它当作实在形成过程本身。马克思认为，“从抽象上升到具体的方法，只是思维用来掌握具体、把它当作一个精神上的具体再现出来的方式”（《马克思恩格斯全集》第30卷，42）。因此在黑格尔（以及通常意义上的哲学）试图讲述我们如何从抽象范畴上升到观念整体的地方，马克思坚持认为，对于从抽象世界到我们所生活的实在世界的运动，一定可以讲出一个更有意义的故事。

讲述这个故事最大的挑战来自货币。马克思一开始探究它就发现了这个问题，货币是个奇怪的东西：它当然是抽象的，却又和其他抽象概念不同，它不服从于现实。所以你不能通过将它一笔勾销来表现生产者-消费者的关系，这一关系细看起来可以简化为两个人之间的交换或是劳动与资本之间的交换。与此相反，奇怪而难以解释的是，人们会陷入货币当中。货币不仅仅是一种交换的媒介，它有自己的独立存在，不仅变成动机，还成为最终的目的。这成为马克思理论的一个严峻的难题。假如货币成了最终的交换动机，我们就无法再讨论什么从抽象到实在的运动。因为我们会在最后发现，货币，这个一切事物中最抽象的东西，却掌控着整个经济过程。那么显然，必须对货币做出细致的分析。具体说来，马克思要解释它独立存在的独特本领，阐明它究竟如何改变了政治经济学，从而使抽象的东西比任何他以为是实在的经济力量都更为具体。

在马克思看来，货币成为一个独立存在物的过程包含四个重要方面。第一，任一商品都有双重的存在形态，作为一个具体的产品，它既有其自身潜在的交换价值，又有一种公开宣称的交换价值

（=货币），这种交换价值“又抛弃了同产品的自然存在形式的一切联系”（《马克思恩格斯全集》第30卷，96）。马克思警告说，双重的存在形态会发展出一种**差异**，并最终演变为**对立**和**矛盾**。简言之，商品的这两个方面不一定是可以转换的：一个商品具有潜在的可能的交换价值并不意味着我们总会为它找到买家。而且一旦引入货币，这个商品的可销售性就会在很大程度上取决于外部条件。第二，正如商品有双重的存在形态，“交换行为也分为两个互相独立的行为：商品交换货币，货币交换商品；买和卖”（《马克思恩格斯全集》第30卷，97）。在这个地方，我们可以说，货币和商品开始分道扬镳了：假如我们最初是卖掉商品换取货币，那么我们不一定会用得来的货币再去购买另一个商品。此外，这种关系是否总是会倾向于商品的获取，也是不得而知。第三，既然交换分裂成为两种独立的行为（买与卖），那么我们可以从动机的角度把交换过程分为两种方式：“为交换而交换同为商品而交换相分离。”（《马克思恩格斯全集》第30卷，98）可见，交换不再只是生产者之间的事情了。现在我们有了一个群体——“商人阶层”（the mercantile estate），他们“只是为卖而买，只是为再买而卖”（《马克思恩格斯全集》第30卷，98）。显然，他们的目的不是获得任何商品而是为了货币。马克思接下来用一句精辟的格言描述了货币的崭新地位：“一切商品都是暂时的货币；货币是永久的商品。”（《马克思恩格斯全集》第30卷，99）第四，以货币形式存在的交换价值既是一个“特殊商品”，又“作为**一般商品**与一切特殊商品并列出现”（《马克思恩格斯全集》第30卷，99）。它作为一个特殊商品的地位使它可以通过交换获取货币。因为它是一个特殊的商品，人们可以对它进行交易、积累、储藏。而且因为它是一般交换价值的代表，它在任何地方都受到欢迎（这更强化了对货币的渴求）。

马克思认为，赋予货币神秘力量的是它的普遍性，它的一般交换可能性："一切产品、活动、关系可以同第三者，**同物的东西**相交换，而这第三者又可以**无差别地**同一切相交换"这会产生新的前所未有的交换价值，他认为这种发展"同普遍的贿赂，普遍的收买是一回事"（《马克思恩格斯全集》第30卷，113）。从此以后，过去认为不能买卖的东西都可以出卖（人们可以卖掉一切，包括他们自身）。这都是因为货币本身是一个物质的客观的实体（因而可以累积），但是与物物交换的东西不同，货币总是可以拿来交换的。它会带来更多的交换和流通。当人和物通过他们与货币的可交换性在交换中流通，马克思可以说："普遍的卖淫现象，表现为人的素质、能力、才能、活动的社会性质发展的一个必然阶段。"或者是更客气地说："普遍的效用关系和适用关系。"（《马克思恩格斯全集》第30卷，113）

马克思在后面找到一种确定的方式，通过我们可以称为货币—商品交换循环的过程来表达货币的力量。我们来思考一下C-M-M-C这个公式及其对应公式M-C-C-M。二者放在一起，代表了一种双重的关系："'商品-货币-货币-商品'；另一方面是'货币-商品-商品-货币'；这就是说，如果我可以为买而卖，那么我同样可以为卖而买。在第一种情况下，货币只是获得商品的手段，商品是目的；在第二种情况下，商品只是获得货币的手段，货币是目的。"（《马克思恩格斯全集第30卷》，152）在C-M-M-C中，我们假设有人为了挣钱卖了一个商品，然后用那笔钱买了另一个商品，很可能是为了使用该商品。M-C-C-M则完全是另一回事。这里有人用钱买了一个商品，然后转过头来卖掉了这个商品。在第一个公式的交易中我们用最初卖掉商品所挣的钱又购买的商品会在某一个点上因为使用而退出流通领域。这个点就是第一个公式交易的终点。而第二个公式的交易则不然。在交换循环末尾我们挣得的货币总是可以用来展开一个新的同种交易循环。正如马克思指出的："相反，货币的使命是要留在流通中充当流通车轮；充当周而复始地进行流通的**永动机**。"（《马克思恩格斯全集》第30卷，152—153）不过假如永动机就是一个永远在运转的机器，那么此处的暗示就是M–C–C–M的循环可以永无止境地进行下去。货币的无限可交换性意味着我们总是可以用它购买新的商品从而重复这一循环。唯一的问题是我们为什么要这么做。马克思给出的答案是："货币同货币交换就毫无意义，除非量上出现差额，即以较少的货币换取较多的货币。"（《马克思恩格斯全集》第30卷，153）换言之，我们用货币买了一个商品，然后一转身卖掉它换了更多的货币。而且既然我们总是可以用获得的货币去购买另一个商品从而重复这个循环，那么我们的货币就会无限地增长下去。这就是M–C–C–M的动机，这就是它的无限重复性如此有吸引力的原因。与此同时，M–C–C–M还表明，赋予货币神秘力量的是它自我发展的能力。

即使经过了上述分析，对于马克思的理论，货币依然是个威胁。货币能够利用交换循环的过程为自我发展谋利的事实，正好与马克思所预见的抽象⇒实在的运动完全对立。更糟糕的是，货币的自我发展具有一种熟悉的黑格尔主义模式。马克思自己也承认："流通不是交换价值消失的运动，反而是交换价值实际上使自己设定为交换价值的运动，是交换价值实现为交换价值的运动。"（《马克思恩格斯全集》第30卷，215）货币就是这样显示了它的真实能力，并清楚表明了它的黑格尔主义倾向。马克思在他早先对黑格尔的批判中宣称黑格尔的发展只会得到在精神中对实在的摹本。但是货币所展现的自我发展并非如此。它当然还是抽象的。但它的发展却是无可置疑的真实存在：在交换过程中投入的货币，无论人们是否乐意，它都会增长。所以货币在某个层面上一定是实在的。结果就是，马克思不能把它的发展视作偶然。正相反，它的增长似乎是不可避免的，是总体经济发展的必然结果。它不仅积极地控制着经济局面，甚至还威胁着成为一切发展的结果或目的，并由此成为经济理论的基础。

为了对抗货币提出的挑战，马克思提出劳动是一切价值的来源。他知道劳动没有任何可以提及的客观存在价值。一旦我们拿走劳动的对象原始材料和它所使用的机器，即一切给了它实在性的实物，那么剩下的就没有任何可以触及的东西了。留下的只有“这是劳动的完全被剥夺，缺乏任何客体的、纯粹主体的存在。”（《马克思恩格斯全集》第30卷，253）如此看来，劳动就是绝对的贫穷。不过客观财富的缺失只是从否定性描述劳动，只说出了它不是什么。从正面讲，劳动就是活动。这就是说“不是作为**价值**本身，而是作为价值的**活的源泉**存在。”（《马克思恩格斯全集》第30卷，253）劳动所做的是改造材料：“劳动是活的、造形的火；是物的易逝性，物的暂时性，这种易逝性和暂时性［III-41］表现为这些物通过活的时间而被赋予形式。”（《马克思恩格斯全集》第30卷，329）劳动对材料进行彻底的改造使它变得有用。对劳动来说，一切材料都是暂时性的，因为我们可以把它改造成我们需要的任何东西。通过将材料变成有用的东西，劳动保存了一个物体或材料的使用价值。除此之外，它的目的是通过持续的改良不断提升使用价值，直到这一材料可以直接被消费为止。马克思希望通过这一过程超越由资本促进的生产/消费的无限循环。虽然资本必须消费它生产的东西，劳动可以尝试找到只是改善我们生活方式的发展形式。

不幸的是，劳动与资本的关系还是个难题。通常情况下，工人们以固定的金额——以一个具体的交换价值表现出来的确定而客观实在的劳动数量——把劳动卖给资本。同时，资本买下了活生生的劳动，即从原始材料创造出财富的能力。“可见，很明显，工人通过这种交换不可能致富，因为，就像以扫为了一碗红豆汤而出卖自己的长子权一样，工人也是为了一个既定量的劳动能力[的价值]而出卖劳动的创造力。”（《马克思恩格斯全集》第30卷，266）所以资本只支付工人的必要劳动（necessary labor），即工人生存的所需。其他一切就成了剩余劳动（surplus labor，或剩余价值，surplus value，涵盖在产品中），这样资本就变得富有起来。以这种方式，劳动把自主权让渡给了资本。劳动要创造价值，丰富人类生活的所有能力，就转让给了资本，于是变成了马克思所谓的资本的异化力量。而这种力量是劳动自己交到资本手上的。显然资本是有权力的，因此才能掌控劳动。那么唯一的问题就是这权力来自哪里。

对马克思而言，资本的权力关键在于它对生产过程的控制。为了理解资本，他需要仔细地考察生产过程。不过，他并没有只关注生产的物质条件，而是审视了生产过程的经济学。毕竟资本进入生产不是只为了生产。马克思指出，对资本来说，“这个过程……是**价值自行增殖过程**”。但在经济上，“价值自行增殖既包括预先存在的价值的保存，也包括这一价值的倍增”（《马克思恩格斯全集》第30卷，270）。因此资本不仅要拿回它所投入的，而且还要赚取更多。

为了挣钱，资本要创造出更高的交换价值。马克思举了一个例子说明这个问题。我们从一个产品价值的公式开始。通常，产品的价值=原料的价值+劳动工具已被消耗的部分的、即已转移到产品上的、扬弃了其原来形式的那一部分的价值+劳动的价值。（《马克思恩格斯全集》第30卷，272）假如资本在生产棉纱上投入100塔勒（德国的旧银币），分解开来大致是50塔勒的棉花（即原始材料成本）+40塔勒劳动+10塔勒纺织机器使用费。但这只是简单的对等：产出（棉纱）=投入（100塔勒资本）=100塔勒完成的产品价值。为了得到更高的交换价值，我们需要另一个公式，它必须给完成的产品以更高的价格。我们修改之后的公式是：原有资本=100（就是说，例如原料=50，劳动=40，工具=10）+5%利息+5%利润。（《马克思恩格斯全集》第30卷，275）所以，不再是生产成本=100，而是生产成本=110。换句话说，资本不希望在生产过程中走一遭还和原来一样。那样的话如马克思所说，“那么资本发生的就只会是物质变化，而不会是经济变化，而资本价值的这种简单保存是同资本的概念相矛盾的”（《马克思恩格斯全集》第30卷，276）。它的观念是：成长，增长，发展（growth, increase, development）。或者用更朴素的话讲是：“但是，资本家也必须吃喝；他不能靠货币的这种形式变换来生活。”（《马克思恩格斯全集》第30卷，276）更为理论化的说法是：“但是，资本家把100塔勒作为资本投入了生产过程，而不是把它吃掉，他应该由于从事这种**劳动**而得到报酬。”（《马克思恩格斯全集》第30卷，277）当然这不是一般意义上的劳动。在稍后的地方，马克思解释了背后的原则：“**生产上的风险必须得到补偿**。”（《马克思恩格斯全集》第30卷，277）原料可能会遭到损毁。机器可能会失灵，需要更新。最重要的是，价格不可避免地会有波动，资本必须保护自身不遭受任何可能的损失。这都要归结到资本最初进入生产的原因：不是为了慈善或生存，而是为了赚取利润。

假如资本是通过更高的交换价值收回生产成本，那么使资本发展成为可能的就是剩余价值。如果说剩余价值是“超过等价物的价值”（即超过实际生产成本的部分），马克思认为一个明显的事实是“剩余价值决不会从等价物中产生”。它“必须从资本的生产过程本身中产生。”（《马克思恩格斯全集》第30卷，285）为了帮助我们更好地想象这个过程，马克思举了一个例子。假设一个工人只需要半天工（不计利润）就可以维持一整个劳动日的生活。那么他那一整天其余的工作就是被迫的劳动或剩余劳动。从雇主的角度看这就是免费劳动。以产品的形式表现出来——用马克思的话说，“物化在产品中”（objectified in the product）——就成为剩余价值。换句话说，劳动视角下的剩余劳动=资本视角下的剩余价值。资本不需要为包含在产品中那些额外的劳动付钱却仍旧可以要求消费者为这部分买单，所以资本就把这个结果看作是剩余价值。马克思自然更愿意从劳动的视角把它看作剩余劳动。这样他可以说：“资本的伟大的历史方面就是**创造**这种**剩余劳动**。”（《马克思恩格斯全集》第30卷，286）不过，剩余劳动还不仅仅带来剩余价值从而为资本带来更多的收益。在马克思试图预见资本的未来时，他似乎相信社会最终会到达某一个点，从此剩余劳动将变成必要劳动。这一时刻终会到来，因为“需要发展到这种程度，以致超过必要劳动的剩余劳动本身成为普遍需要，成为从个人需要本身产生的东西”（《马克思恩格斯全集》第30卷，286）。换句话说，当社会变得更加发达和复杂，它的需求很可能会增长。工人们不能以过去的效率进行生产（即一切照旧），因为现在会有更多的（甚至是每个人的）需求要满足。因此，当资本竭力让生产过程超负荷运转的时候，曾经的剩余劳动变成了必须的。这里马克思穿上了预言家的披风："但是，资本作为孜孜不倦地追求财富的一般形式的欲望，驱使劳动超过自己自然需要的界限，来为发展丰富的个性创造出物质要素，这种个性无论在生产上和消费上都是全面的，因而个性的劳动也不再表现为劳动，而表现为活动本身的充分发展。"（《马克思恩格斯全集》第30卷，286）和消费一样具有多个方面的生产并不是制造出了更多同样的东西而已，显然它具有更高的多样性，这会在其基础消费群体中鼓励更多的个性。最重要的是，当工作在实践和结果中变得更为丰富多样，它就不再是工作而只是活动。到这个点上，马克思开始改变提到资本的口吻，他现在似乎把它看作是必要的。他说："**资本是生产的**，也就是说，是**发展社会生产力的重要的关系**。"（《马克思恩格斯全集》第30卷，286）社会生产力与纯粹的劳动力不同。我们这里看到的是对于资本未来发展可能形态的第一个暗示。

然而，就在这之后不久，马克思就详细分析了带来这种进步的经济学。他的基本观点是：剩余价值"要求在流通内部扩大消费范围，就像以前［在生产绝对剩余价值时］扩大生产范围一样。"（《马克思恩格斯全集》第30卷，388）具体说来："**第一**，要求在量上扩大现有的消费；**第二**，要求把现有的消费推广到更大的范围来造成新的需要；**第三**，要求生产出**新的**需要，发现和创造出新的使用价值。"（《马克思恩格斯全集》第30卷，388）我们还可以说：生产更多，于是人们有了压力要消费更多。最开始，设法让本地（或本国）人喝更多的可乐。第二步设法让其他地方的人也喝可乐。第三步，设法说服国内外的人们认为自己需要汉堡和薯条来搭配可乐。显然马克思最感兴趣的是第三个阶段。毕竟你只能让本地（甚至本国）人喝一定量的可乐。即使你拓展到其他国家，也只能带来一定量的喝可乐的人。但是一旦你让人们搭配上了汉堡和薯条，整个产业链就形成了。这样你就可以引入各种各样其他的快餐三明治、甜品、早餐、素食食品——这是无限的可能性。当然马克思（作为19世纪的政治经济学家）并没有把快餐看作社会进步的最高点。相反，他所说的是："培养社会的人的一切属性，……把他作为尽可能完整的和全面的社会产品生产出来（因为要多方面享受，他就必须有享受的能力，因此他必须是具有高度文明的人）——，这同样是以资本为基础的生产的一个条件。"（《马克思恩格斯全集》第30卷，389）换句话说，那是一个工人们都去看歌剧的世界。

在马克思逐渐弄清资本发展的经济学的过程中，他还不得不思考资本的总体倾向。最重要的是，他注意到了"这里表现出了资本的那种使它不同于以往一切生产阶段的全面趋势。"（《马克思恩格斯全集》第30卷，539）正如他所看到的，把资本与过去的阶段区别开来是它的目标："它力求全面地发展生产力，这样就成为新的生产方式的前提，……在这里生产力的自由的、无阻碍的、不断进步的和全面的发展本身就是社会的前提，……在这里唯一的前提是超越出发点。"（《马克思恩格斯全集》第30卷，539）换句话说，与此前的经济制度不同，资本本质上是向前的，总在谋求扩展它的领域。那么推测最终的结果就是资本在世界范围内的扩张，就是意料之中的了。或者用马克思的话说："结果就是：生产力——财富一般——从趋势和可能性来看的普遍发展成了基础，同样，交往的普遍性，从而世界市场成了基础。”（《马克思恩格斯全集》第30卷，541）实际上，这是马克思最大的噩梦：一个由抽象的黑格尔主义动机驱动的过程（对货币的追求，演变为生产力的总体发展），其标志是看不到尽头的自我发展。不过，从马克思自己的角度看，它却是此前所有一切的必要结果。因此马克思被迫重新审视他的分析过程，以求发现某种其他方式来对抗资本的这种看似不可抗拒的逻辑。

马克思认为答案就在历史当中。为了对抗资本的威胁，他不得不从一个更广阔的视野考察发展，以期超越资本所界定的范围。马克思一直回溯到最早的经济阶段，近似神话的原始公社（commune）。在如何超越资本的问题上原始公社有可借鉴之处：它表明我们在资本**之前**的状态，这有助于找出资本主义阶段的界限。他从那个点追溯了资本的起源，以便表明它将如何不可避免地导入后资本时代：全部社会生产力的发展，必要劳动时间的缩减，技术的使用，一个更高社会形态的出现。但假如超越资本的生活可以如此预见，那么问题就成了走向资本的运动是否具有内在的（目的论的）目的性。最后，马克思不得不想清楚发展究竟是否在本质上已经决定了，假如是这样，那么后果又是怎样的。

在某种程度上，原始公社对马克思的吸引力在于它是在资本出现以前经济史上的一个田园时代。因为它所呈现的是我们堕落（资本出现）以前的状态，它暗示了我们有可能再次成为的状态。公社最让马克思吃惊的是它对财产的态度。（《马克思恩格斯全集》第30卷，465—474）与资本不同，原始公社不把财产所有权看作对劳动的奖赏。相反，在进行一切劳动之前，该社会的成员已然集体共有他们的土地。更重要的是，他们还拥有劳动的物质条件。这意味着他们有与土地和土壤、与大地、与一切自然的关系。这还意味着一种与该社会其他成员作为共同所有者的关系。他们所拥有的一切及其拥有方式，这样一个群体的目标，一定与为资本工作的人不同。他们不是为了创造交换价值而生存。他们所做的一切劳动都是为了自己，为了家庭，为了他们的社会。

如马克思所见，资本的起源可以追溯到劳动与土地或财产以及和它们相关的工作分离开来的一刻。马克思没有假装了解确切的整个过程。他只是用变革来描述它的特点。（《马克思恩格斯全集》第30卷，497—498）但他显然认为这一变革的原因并不是收入或是财产的来源消失了。他指出，实际上只是它们的用途改变了。就好像那些在土地上劳动的人曾经拥有的一切就那样变成了马克思所说的自由基金（free fund），每个人与土地的关系以及与劳动相关的一切条件就那样消失了。结果是个人摆脱了劳动的义务，他们的一切财产（土地、原材料、劳动工具、甚至货币）同时解除了与人们的一切关联。因此土地和/或劳动工具只能以它们的价值来看待。而且既然人们不再拥有他们的土地，他们就必须为它们工作来获得它。这样，资本才成为可能。

假如生产力的发展是晚期资本主义的必要条件，那么随之带来的劳动时间的缩减让马克思看到了一个超越资本的阶段。资本其实不想给它的工人们太多自由时间。由于诸多原因，它更愿意让他们忙个不停。但是，既然它总在试图创造价值，而任何产品的价值都因为浓缩其中的剩余劳动量而得到增长，资本一定要找到缩减劳动时间的方法，这难免会顺带增加一些工人的可支配时间。然而，如果资本使生产过程的效率太高，就会形成过度生产（工人们不得不暂停一段时间，因为他们生产的产品超出了可以卖掉的数量）。马克思论证说，摆脱这一困境的唯一办法，就是把工人变成消费者。而这又需要他们拥有闲暇时间（买东西的时间，以及了解到买什么东西的时间）。结果“财富的尺度［VII-4］决不再是劳动时间，而是可以自由支配的时间。”（《马克思恩格斯全集》第31卷，104）但假如劳动时间是工人们必须给资本的，而可支配时间是他们能够保有的，那么我们现在用他们在乎的东西来衡量财富就指向了一个资本之后的时代。

发展超越资本的另一个信号存在于技术对劳动的改造当中。此前，资本一直是用时间来计量劳动。劳动意味着一个工人对一个特殊产品所付出的时间量。但随着技术的进步，这样计算越来越没有意义。现在工人只是一个中介，他监测着实际在工作的机器。结果是，必须重新界定财富。“财富=劳动的交换价值”不再成立，马克思认为财富等于为某个既定产品所付出的生产力的能力或力量。但如果说价值要用生产性的能力（productive capacity）来衡量，财富就不会再全部流向资本了。它会到工人那里去：“在这个转变中，表现为生产和财富的宏大基石的，既不是人本身完成的直接劳动，也不是人从事劳动的时间，而是……人对自然界的了解和通过人作为社会体的存在来对自然界的统治，总之，是社会个人的发展。”（《马克思恩格斯全集》第31卷，100—101）到那时，劳动就不会再为资本工作，而要找到方法为自己工作。

不过，资本是否已经过气的最佳标志，也许是它的利润率。即使利润空间变窄，资本也乐意继续扩张。如马克思所指出的，一个总值100、利润率10%的资本，比一个总值1000、利润率2%的资本获利少（10比20），虽然小资本的利润率是大资本的五倍。因为规模够大，大资本甚至可以把利润降到1%，仍旧可以赚到和小资本一样的钱。但假如大资本的利润率降到它的规模可以补偿的水平以下，那么它相对于小资本而言减少了多少利润就会与其利润率的降低程度对应起来。马克思认为，“从历史的观点来看，这是最重要的规律”（《马克思恩格斯全集》第31卷，148）。它从本质上解释了资本陷入困境的原因。它那巨大的生产力让它制造出“具有较低价格的较大产品量”。这成了它卖不出去的剩余物，意味着利润的减少。那么资本就要从劳动力中榨出更多的利润：如果你只能从每个低价产品中获得很小的利润，那么就要加大生产量。这又会给劳动带来超越限度的压力，引发“爆发，灾变，危机”（《马克思恩格斯全集》第31卷，150）。劳动会抵抗，反叛，摆脱奴役，结果就是资本的末日。它唯一的希望来自一个新的消费阶级，仅有的候选就是劳动者，他们在经历自我发展过后才会进入这一角色。但到那时他们又不再需要资本来管理事务了。

但是，如果说马克思在考察历史的过程中看到发展超越资本的可能方式，这种考察还提出了目的论或目的性的问题。我们还记得，马克思不认同黑格尔把目的性强加于发展。但现在他自己也面临着同样的问题。对理论来说，它要讨论的发展难道只能是导向某一特定结果的有目的性的发展吗？总的说来，马克思想要的是某种长期发展，其中资本只是更大范围的历史的一个阶段。但假如他假定了这样一种发展，那么很容易被人质疑他是如何确定这一发展的终点或结果。毕竟变革不一定意味着发展。马克思也意识到，如果不能宣称发现了某种倾向或趋势那就很难预言事情会走向何处。因此马克思一定感觉到了，从理论的视角看，由某种动机控制的发展是必要的。否则，他预见到资本以外的时代会到来的宣言肯定也就不那么有说服力了。因此，马克思很可能默默地感到不得不承认发展之中有目的论或目的性。但他一旦这样做了，就很难弄清他与黑格尔的区别。可以说，这个问题自始至终困扰着《批判大纲》。

从根本上讲，马克思担心，除非他能摆脱目的论，否则他所有描述发展的努力有可能最终会陷入增强资本合理性的逻辑当中。在他看来，理性化的发展一定会导向资本。从对经济历史的详细分析中，他了解到资本的起源不仅是自然的而且是必然的和必要的。换句话说，它当前的统治地位是无可辩驳的。他唯一的希望是论证资本之后的时代也有同样的必要性。这里的难题就是如何摆脱目的论而完成这一论证。马克思的直觉似乎告诉他唯一可能的策略是在资本内部找到超越资本的未来的运动。这样资本自身就会产生对后资本阶段的需求。因此他用大量篇幅详细讨论了剩余价值。然而，假如资本要让位于后资本阶段，它也仅仅是作为某种更大的发展过程中的一个部分。理解这种发展的唯一方法就是将它概念化，这可能会引入某种内部发展原则。一旦如此，就有了目的论的风险，也即某种理性化发展的风险。而理性化发展是资本的推崇者。于是就总是存在以资本为终点的可能。

对马克思来说，目的性的危险在于它要决定结果的倾向。预先决定的结果是对自由的侵害，也即侵害了工人阶级塑造自身未来的自由。假如目的论会改善这个阶级的状况，那就一切圆满。但如果不是这样的话，至少应该有反抗的可能性，也即让这个阶级或阶层以某种方式拯救自己的机会。马克思的难处是被迫从长远看，对历史博弈。不过，把一切交给历史意味着默许一种经济决定主义：相信资本自身的逻辑会不可避免地导向工人阶级的最终胜利。

第三章　情感贯注（Cathexis）

19世纪末的维也纳，第九区，贝尔加斯19号。你走上两层楼梯就会来到一个私人公寓的后部，这一面没有朝向繁忙的街道，所以很安静。光线从高窗里透进来。你得到邀请坐在舒服的扶手椅上，而椅子正好在屋子的中央。你环顾四周，一下子就注意到靠墙的玻璃柜子，柜子里装满了从埃及、希腊、罗马和其他可能更奇特的地方收集来的古董雕像。还有一架子一架子的书，总共大概有2500册。接下来，你看到开向一个相邻房间的双扇门。假如你漫步进去，就会发现一个躺椅，躺椅上盖着一块颜色绚丽的波斯毯，相邻的墙上还挂着另一块与之相称的波斯毯。在躺椅头靠的一侧，是一把舒服的椅子，椅子脚边有一个装饰华丽的柜子。这些家具都集中摆放在房间的一角，远离窗户以便能够享受一种微暗的柔和。假如你又走回书房，坐在扶手椅上，会在对面桌子的后面看到坐着的西格蒙德·弗洛伊德医生。这里不太像是想象中人们精神上有疾患的时候会来到的地方。这里一切舒适与奢华的布置让各个房间有一种不同的氛围，仿佛在告诉任何来到此处的人：得到你想要的并不难。

在19世纪理论的众多创造者当中，在很多方面弗洛伊德与我前面涉及的关注点相距是最远的。首先，还是回到黑格尔理论的三个关键点：1. 元理论，2. 发展，3. 目的性或目的论。弗洛伊德的背景是医学研究者，因此难怪他对元理论几乎毫无兴趣。为什么要有呢？在各门科学里，你所需要的，最多也就是理论而已。同样，发展也不是他一开始就感兴趣的概念。到了后期的作品里他才开始涉及诸如家族罗曼史或集体意识的历史等话题。不过，我还是选择只集中讨论他的第一部重要著作——《梦的解析》。在这部作品里我们看到他思考发展到最高级形式的目的性。弗洛伊德试图解决精神与物质的对立，具体说来，就是梦境行为的纯粹物质主义阐释（在19世纪后期的科学实证主义环境中十分典型）与心理学上的阐释之间的对立。本章我会从三个关键点考察这一矛盾：

（1）弗洛伊德最初提出梦境是为了愿望的达成（wish-fulfillment），这超越任何身体的原因。

（2）弗洛伊德修正了上述论点，因为证据表明梦境并不总是那样产生的。这里弗洛伊德使用了梦的运作（dream-work）的概念，它包括各种形式的对梦境内容的结构或形式操控。

（3）拯救梦境行为中目的性的最后努力是情感贯注的概念，这种身体、心理双重的满足形式把纯粹身体（中性行为）与精神联系在了一起。

他在分析的每一步都竭力拯救梦的目的性，这说明目的性对弗洛伊德而言很重要，对于19世纪的理论也是如此。

概述：

在理论上，我们可以把弗洛伊德视为19世纪最后一位伟大的不妥协者。假如19世纪的理论都与目的论或目的性相关，弗洛伊德给出了最后的肯定性表达。对他来说，目的性存在于日常生活的精神病理学的核心。观察它最好的地方是晚上在我们的梦里。就如他在《梦的解析》里所论证的，我们总是在梦里得到自己想要的。虽然他开始列出了几个梦的身体/感觉来源，但很快就否定了它们。简言之，它们无法解释精神为什么以那种方式处理身体刺激。弗洛伊德认为，所有的梦都可以理解为一种愿望达成的形式。他的论点马上就遭到医生们、他自己的病人和普通人的反对。为了反驳他们，弗洛伊德想出了很多方法。他把愿望达成的观念拓展至包含显意与隐意的内容区分（manifest v. latent content distinction），以及改装（distortion）、中介联系（intermediate links）和隐藏的动机，这样的动机包括想延续睡眠或对立中的各方等。然而即使扩展了愿望达成的概念，他还是很难把诸多梦的材料与自己的理论相称。于是弗洛伊德采取了更加冒险的方法：在《梦的解析》中题为“梦的运作”的部分里，他指出，我们的梦之所以有许多看上去很含糊，是因为它们经过了对梦的材料在重大形式上或结构上的操控。弗洛伊德认为这是以下面四种方式发生的：（1）凝缩（condensation），（2）转移（displacement），（3）与表现相关的操控（manipulation connected with issues of representability），（4）再次修正（secondary revision）。但是即使在这里弗洛伊德还是遇到了麻烦。他关于梦的运作的概念引发了操控发生原因的问题。到此，目的性似乎破产了。作为一个负隅顽抗的最后守护者，弗洛伊德最后选择了身体—心理双重原因的理论。具体说来，他引入了（a）情感（affect）、（b）从知觉到运动活动（motor activity）之间的所有精神活动范围、（c）情感贯注的动力学（dynamics of cathexis）。尽管做出了上述让步，他还是为了挽救愿望满足的论点进行了最后一次努力。他认为，情感贯注本身是一种身体—心理双重满足的形式，这使得向着某种特殊形式的情感或情感贯注的运动具有内在的目的性。不过到最后，弗洛伊德不得不承认（就像某首熟悉的歌曲里唱的那样）：你不会总是得到自己想要的东西。你最多能得到一些自己需要的东西。

在理论的历史中，弗洛伊德可能是最后一个认为目的性是单纯天真的理论家，在他看来，目的性仅仅是说明了我们是怎样的（how we are）。对他而言，目的性居于他称为日常生活的精神病理学的核心。观察它最好的地方就是在我们夜晚的梦里。在梦里，如他在《梦的解析》中论证的那样，我们总是会得到我们想要的。如果说他在这部作品的最后发现自己还是需要进一步证明自己的论点，那么愿望的达成对他来说依旧是我们的梦境生活的中心要义。

尽管弗洛伊德最初考察的是梦的一些身体/感觉的可能来源，但他很快就否定了它们。简单说来，它们没能解释我们为什么会以一种特殊的方式处理所受到的刺激。即使考虑到所有这些身体方面的来源，我们也没有弄清楚梦和这些来源之间的准确因果联系。它们对于解释梦的内容也没有多少帮助。

弗洛伊德首先考察外部感官刺激的原因是，人们普遍认为“在梦的诸多来源里，最能得到肯定的是睡眠中的客观感官刺激”（27）[1]。他说，的确，外行人甚至从不考虑其他的可能来源。他引用一个作家说梦到自己在一个明亮的冬日去乘雪橇。雪橇动起来的时候，做梦者听到雪橇铃声叮当作响十分熟悉。但铃声太响把他吵醒了——结果发现他的闹钟响了。在这里很自然地揣测是闹钟的声音让作家梦到自己乘上了雪橇。不过如弗洛伊德指出的，闹钟从不在梦里以真实面目出现。它也不能解释梦的其他部分从哪里来。最重要的是，这个梦看上去是那么独立而具体，不像是仅为“掩

① 文中未给出译本的，均为译者自己翻译。

盖”闹钟的声响而制造出来。（29—30）在梦里闹钟的声音被处理成如此特殊、距离深远的方式，这本身就表明有其他的影响。

接下来，弗洛伊德转而考察内部感官刺激（我们闭上眼睛时看到的无形的光亮，偶尔听到的嗡嗡声响，特别是一切影响视网膜的刺激）。与外部刺激不同，这些不取决于偶然发生的事件。因此我们每次需要释梦都可以利用它们。唯一的问题是，我们总是不能指出它们确切的相关作用。它们的模糊性和持续的出现很难用于解释如何帮助某一个特殊的梦产生，也很难通过观察或实验得到肯定（31）。因此它们容易获得的优点反而成了无法用于释梦的原因。

第三步，弗洛伊德探讨了身体内部的有机体的梦刺激。与外部或内部的身体刺激相比，这些更难以发觉：我们很多时候只有在患病的时候才意识到自己的身体。我们醒着的时候几乎没有注意过的内部器官活动，在睡觉的时候却会更加留心。弗洛伊德认为，医学人士喜欢有机体的刺激，因为它们让事情变得简单。但他自己并不认同。在他看来，所有熟悉的问题还是会浮现出来：大脑对这些刺激是如何反应的，这些刺激与梦的内容之间的因果联系是怎样的。弗洛伊德发现在这些问题的解释上面有很多模糊之处。说到底，我们意识到“一个尴尬的事实，即唯一表明有机体刺激存在的东西正是梦的内容本身”（37）。换言之，唯一证明有机体刺激影响的证据正是从我们试图要证明的东西那里得来的。显然，要解释我们的梦如何产生，还要在别处寻找答案。

在弗洛伊德看来，我们在梦里展示出的精神活动都是关于愿望的达成。他拒绝认为它们没有意义或是荒诞不经，尽管看上去似乎是那样。他认为那样的描述只是意味着它们很难从理性的角度去理解。不过，他似乎觉得一切梦的内容显然都以某种方式来源于我们的经历。但精神没有原封不动地把经历再现，而是部分地或是碎片式地追随记忆。这种碎片的特点可以视为一种模仿的失败。换句话说，精神想要再现我们醒着时所经历的事情却只能部分地或不完整地去做。弗洛伊德对此的看法却不一样。他认为部分的模仿不是失败或意外，而是有意为之。梦会再现我们的经历表明我们在睡觉的时候还在想着这些经历。但假如我们只是部分地将其再现，也许是因为我们并不完全满意。这样一来，我们拒绝完全再现可能暗示着重写剧本的欲望。这就是他的梦是愿望的达成这一理论的基础。在详细分析了一个病人的梦之后，弗洛伊德宣告了他的一般性理论："当阐释的工作结束时，我们感到一个梦就是一个愿望的达成。"（121）

弗洛伊德知道他的很多读者都会反对梦就是愿望的达成这一宣称。他的病人和医生同行都已经反对过了。没有人否定有些梦可以这样解读。但是当他试图宣称所有梦都是如此的时候，就出现了反对意见。反对者们指出我们有过的众多不愉快的梦，抱怨说讲什么从不愉快的梦里达成愿望是荒唐的、矛盾的。毕竟渴求不愉快的事情是不正常的，在1900年没有人愿意对此多言。一个更强烈的反对观点来自那些涉及某种焦虑的情况。当一个梦的过程或结果正巧包含做梦者**不想**发生的事情，那它怎么可能是愿望的达成呢？人们时常会有因焦虑而生的梦这个事实也意味着不能仅仅把这种情况看作例外。

为了反驳这些反对观点，弗洛伊德使用了很多方法：他提出一种新的区分，指出在心理分析中梦有显意和隐意的区别。他认为从多种来源获得的梦的不愉快证据根本不重要。他提出："我们必须要区分梦的显意和隐意。毫无疑问有些梦显露出来的内容特别令人难受。但有没有人试着解释这些梦呢？揭示他们背后的隐意？如果没有……那么让人难受的梦和焦虑的梦还是可能，通过解释，成为愿望的达成。”（135）从此以后，所有与梦的材料有关的焦虑都落在了显意的层次。假设某人梦到的一个特殊场景或事件让他产生了焦虑。如果这个场景或事件还没有实际发生，它只是存在于梦中，那么对于它的任何焦虑都是这样。既然它只是由梦产生的，那么梦里感到的焦虑就不可能是真正的根源——我们必须从其他地方寻找原因。某个其他的场景或事件，及其带给做梦者的情绪，才是产生这个梦的真正原因。那么这个场景或事件加上与此有关的情绪就构成了这个梦的隐意。

弗洛伊德要回答的下一个问题是梦的显意与隐意之间的确切关系。对他来说，这个关系本质上是故意的改装。梦的隐意很可能包含着没有在显意层次表现出来的内容。否则我们马上就会知道每个梦的意义了。但假如没有哪一个梦是真正“天真”的，假如所有梦里的内容都是由于我们隐藏在某个深处的想法和愿望所产生的，我们只能猜测它们在显意中表现出来之前已经改头换面。不过，关键问题是为什么会这样。弗洛伊德认为，唯一可能的答案是梦的隐意中有我们不想承认的内容。所以我们在它到达显意层面之前先将其改装，好把我们真实的想法或情感隐藏起来。然而如果我们做梦的全部动机就是想办法面对自己的事情，显然要彻底压抑我们的想法就不是那么容易的事。弗洛伊德猜想，我们可能把自己的想法伪装到刚好能偷塞进梦的显意中去，但又不过度掩饰以致无从找回。归根结底，改装表现出的是彻头彻尾的目的性。

假如因为一个想法或愿望在梦里得不到表达才发生了改装，我们可以假定这个过程至少涉及两种力量：抱有这一愿望的力量，和利用弗洛伊德所说的审查机制对该愿望进行改装的力量。弗洛伊德把第二种力量视为意识的守门员：“看起来，如果不能通过第二种力量，一切来自第一个系统的内容都不会被我们意识到；而第二种力量只有行使其权利对寻求认可进入意识的想法做出恰切的修正之后，才会允许它们通过。”（144）这里的审查机制进一步确认了每个梦都是愿望的达成这一宣称。我们需要审查是因为我们不得不抑制我们的愿望。与此同时，审查机制帮助弗洛伊德对那些看上去与其理论不合的梦的材料做出解释：看上去不符合其理论模式的那些梦可以看作是表现了审查机制的蛛丝马迹。这样一来，他的理论的复杂性也更深一层。比起简单的梦即愿望的达成，弗洛伊德可以提出一个更丰富的论点：“梦是对（压抑或抑制的）愿望的（经过伪装的）达成。”（160）

因为审查机制改装了我们达成愿望的要求，我们常常需要借助弗洛伊德称之为中间环节（intermediate links）的手段以求达成。典型的情形是，这些中间环节用我们不敏感的材料替换我们感受强烈的材料。其中的联系也并非总是那么明显。而这正是关键所在。如弗洛伊德所说：“当这类联系没有出现在第一个心理过程中的时候，它们是在回想的过程中把不同印象的概念内容交织起来。”（175）换句话说，当我们迫切地想要某个东西时，就会想尽各种办法来得到它。

伪装的愿望达成的观念还让弗洛伊德能够以一种出乎意料的成果丰富的方式重新看待身体对梦的影响问题。他指出，肉体或身体刺激的理论无法解释的是，为什么我们在睡眠时会以一种特殊方式处理这些刺激。弗洛伊德知道睡眠时我们对外部刺激的感受与刺激本身有所不同。然而，从身体的角度，很难弄清这是为什么。愿望的达成这一理论却可以回答这个问题。弗洛伊德认为，所有的梦都是舒适的梦：它们是要延续睡眠，而不是叫醒我们。他说，它们是“睡眠的守护者而不是侵扰者”（233）。因此当遇到外部打扰时，精神要么是不去注意它，造出一个梦来否定它，要么是——最坏的情况——找一个办法把它装进梦里。有了这些选择，弗洛伊德就可以解释外部刺激被误读的原因：为了我们能够多睡一会儿。但假如我们利用外部感觉可以有无数的方式，就无法期望身体的来源告诉我们梦的实际意义。实际上，这些来源“总是被当作容易得来的便宜材料，一有需要就被利用，与此相对照的是一种自己决定使用方式的珍贵材料”（237）。弗洛伊德以此利用了他的理论中一个突显的难题。

最后，弗洛伊德通过深入分析我们的某些愿望可能包含的内容，将我们对愿望的达成的理解复杂化。他的基本观点是：我们的梦世界恐怕不是那么道德的。相反，我们做梦时，所有在清醒时控制意识的道德律令都失效了。所以我们梦到所爱之人的死去。或者是梦到和兄弟姐妹打架。最糟糕的是，梦到为了父母中的一个和另一个争风吃醋。简言之，我们的梦是自我中心的。不论我们醒着的时候如何宽厚大方、体贴周到，在梦里我们是贪得无厌的。利他主义的一切表象都证明是虚假的。弗洛伊德强调梦中愿望的不道德性质是为了扩展我们观念中的愿望达成的外延。在他看来，我们要把**所有**梦都视为愿望的达成，这是至关重要的。否则我们就无法从隐意抵达显意。不这样，我们就很难从大量看上去无关紧要的梦的材料中获取意义。在弗洛伊德看来，我们需要相信梦都是有目的的，才能够使用梦的分析找出手段是如何到达它的目的。换言之，只有掌握了动机才能理解情节。假如情节是我们做了什么，（驱动情节的）动机就是我们实际是要怎样。

如果说梦都是愿望的达成，弗洛伊德称为梦的运作的就都是风险。至此，我们已经看到弗洛伊德如何竭力扩展愿望达成的概念，以解释那些一开始看上去不符合这一概念的梦。因此便有了显意和隐意的区分，以及各种自由处理梦的材料的方法（中间环节、使用无关紧要的材料来延续睡眠）。最后，弗洛伊德努力加深我们对动机的理解，揭示出我们并没有自己假装的那么有道德。然而即使对愿望达成的概念做了这样的扩展，他还是无法将很多梦的材料与自己的理论对应起来。于是弗洛伊德采取了一个极端危险的操控步骤。在《梦的解析》一书中题为“梦的运作”这个很长的部分里，他论述到，我们的许多梦看上去很模糊难懂，是因为它们是对梦的材料在形式或结构上做出重大操控的结果。这里的基本前提是，梦的隐意无法直接表达出来是因为它会损害做梦者。因此我们会寻找某种间接表达感情的方式。但间接的表达是有风险的。一旦以这种方式表达，就总有可能会变得模糊不清，可能会产生不想要的意义。而因为梦首要的作用是通过视觉形象达成，这又会增加其风险。毕竟，意象可能会有意料之外的回响，而我们不想承认却又无法否认。比如，它可能激活一段过去的记忆，并引发一系列联想，使梦的内容在很多预见不到的方面变得相当复杂。尽管如此，弗洛伊德觉得这是唯一的选择。在对梦的运作的总体描述中，他甚至公开把梦比作画谜（一种以画为介质的猜谜）（277—288）。不管怎样，直接的愿望达成是不可能的了。

梦的运作的第一个过程马上就表明弗洛伊德为了挽救梦即愿望的达成这一观念所作的努力有多大。凝缩（condensation）的出现是因为一个梦里没有足够的空间可以表达全部我们想要说的内容。换句话说，我们想要表达的愿望仅仅在数量上就已经超过负荷。因此只能进行凝缩。不过产生梦的内容的凝缩并不是纯粹机械的。实际上，弗洛伊德发现，梦的内容的一些元素为其他部分起到了“节点”（nodal points）的作用。这些“节点”可以说是“过度决定的”（overdetermined），因为它们在梦思（dream-thoughts）里面不停地出现。（283）显然，精神不是简单地将自己的愿望转译成梦的显意，而是不得不先经过一个许可过程。它们是否得到许可进入梦境，与我们对它们的渴望程度没有太大关系，而取决于其他的与此迥异的标准。

凝缩的关键因素是联想。弗洛伊德是这样说的：“联想路径从梦的一个元素引至几种梦思，又从一种梦思引向梦的若干元素。”（284）由此同时出现两种情况，一种是：

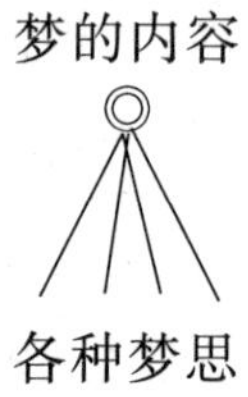

另一种是：

联想的这两张基本构图的结合控制着凝缩的过程——这证明比起我们为让某个特殊愿望进入梦的内容可能有的任何决心，联想的力量总是更为强大。因此梦里内容的表达最终取决于梦的材料内部的联系，而不是我们的愿望如何强烈或急切。

第二个梦的运作过程在愿望的达成上面显得更加极端。弗洛伊德认为，当梦思与梦的内容看上去无法对应的时候，就发生了转移（displacement）。就好像二者有不同的中心，他说：梦思的中心只在梦的内容的边缘位置出现，反之亦然。（305）结果就是，表面上琐碎的材料在梦的内容里被突出强调，而我们严肃对待的材料却并不受重视。这种情况的发生也不只是因为过度决定。实际上，弗洛伊德发现，过度决定本身就在很大程度上是人为的。经常出现的情况是，距离一个梦的核心相当遥远的想法被引进梦中，只是为了在梦的内容里制造一种原本并不存在的过度决定。不管怎样，这里有一种基本的结构：做梦者赋予高度心理价值的元素会失去其价值，而他/她并不是特别在意的元素通过过度决定获得一种额外的价值。这些转变集中起来的结果似乎是对愿望的达成的重大改装：不仅是你的愿望没有得到严肃对待，其他的东西还被拿来哄骗你。

第三个梦的运作过程就是想方设法得到我们想要的。因为梦的材料在凝缩和转移中被大幅度地重新安排，弗洛伊德意识到需要在一个更为一般的层次上思考梦的表现能力。他指出，我们有许多梦思涉及复杂的因果关系：逻辑联系、因果链条等等。不幸的是，梦不能直接表现这些内容，因此需要找到某种方法把这些关系揉进梦的内容。这些方法就是梦的运作的第三个过程。一个梦有其内在的表现限度，因此精神必须顾及弗洛伊德称为可表现性的考虑因素。换句话说，它必须弄清楚梦的中介究竟可以做到哪里——以及无法做到哪里。精神越发意识到梦所强加的表现限度，就采取一种稍微不同的态度来对待梦的材料。一旦我们意识到我们无法直接在梦的内容里表达自己想要说的，自然就会更加自由地对待梦的材料。就好像有人要抄写一个代数问题，却毫不理解它的内容：抄下来的运算符号和数字，不分青红皂白地乱作一团。（451）在某个层次上，做梦者明白他/她并不需要担心那个方程的意义：它的实际意义并没有用处，因为那不可能表达他/她想要说的内容。我们所能够做的只有试图操控这个方程，让它以另一种不同的方法进行表达。

第四个梦的运作过程被弗洛伊德称为再次修正（secondary revision），它与前面三个过程不同，就其对梦的内容起作用的方式看，似乎像是一种欲望的达成。就如它的名称所暗示的，这个过程只有作为其余过程的后续才可以想象，不过它常常是与它们同步发生的。它的作用是在做梦者真正经历一个梦之前对它做出修整，让它更加干净而合理。弗洛伊德借用海涅的话描述了这个过程的作用：“它用碎片和布丁填塞了梦的结构中的裂隙。”（490）我们可以把它比作一种电影剪辑师。所有镜头都已经拍摄完毕。因此电影的顺序实际是无法重新安排的。它的工作就是对镜头做出安排，使电影对观众来说具有故事的意义。和电影剪辑师一样，再次修正一般不会做出任何新的材料，而是作用于其他梦的运作过程已经产生的内容。在这个方面，它不像之前的运作过程那样要回到最初的梦的愿望那里。然而，也正是因为它只作用于已经存在的内容，再次修正实际作出的改造会比其他梦的运作过程更为剧烈。

归根结底，再次修正表明弗洛伊德被迫重新考虑愿望的达成。与其他梦的运作过程不同，再次修正不接受任何对其作用的否定：它要把梦变得合理，而且为此不惜一切代价。因为对合理性的这种不顾一切的追求，它看上去就像是愿望的达成的最终形式。在再次修正中，你会得到你想要的。但是，又不完全是这样。假如我们回到其他三个梦的运作过程，就会看到它们所做的是把梦的愿望转入梦的内容。最初，精神希望能在梦的材料中直接表达自己的梦的愿望。但因为在前面三个梦的运作过程中所发生的情况，它只能推延这个野心。再次修正实际也无法改变这一点。因为它并不能改变真正的梦的顺序，任何无法进入其中的愿望总也得不到表达。于是，为了证明梦是愿望的达成的理论，弗洛伊德只能改变我们对达成的理解。

但是，即使有了梦的运作的这么多辅助性的解释，弗洛伊德还是没有摆脱他的麻烦。因为梦的运作要么消除要么延迟了愿望的达成，由此提出的问题是为什么会有对梦的材料的这种操控。毕竟愿望的达成本该是梦的行为动机，是我们做梦的理由。但是假如梦的愿望在梦的运作中被消除了，显然它们就得不到满足或达成了。因为弗洛伊德的理论一定要是愿望的达成，那么他唯一可以解释对梦的愿望的消除就是一种强大的反作用力在施加影响，比如审查机制。然而他要是认真分析审查机制，就会发现很难坚持梦总是愿望的达成这一论点。至此，目的性的观念似乎破产了。在某个层面上弗洛伊德明白他无法既坚持梦的运作的概念又认为梦一定是愿望的达成。作为目的性的最后一个守护者，他又回到一种肉体/身体的原因。要是他在真实的梦的材料中无法证明愿望的达成，那最好是把所有梦都归因于某种肉体/身体原因，而不是采取不完整的解释或者——最坏的情况是——任意的条件。

促使弗洛伊德觉得有必要重新考虑愿望的达成的，是他的一位前辈曾经提出的一个敏锐的观点：梦的情形可能是想象出来的，但它们产生的效果或感情是真实的。弗洛伊德自己也注意到了这一点。假设我们在梦里感受到了人们的威胁。这个威胁可能是想象的，但我们的恐惧是真实的——其程度可与我们清醒的时候所经历过的恐惧相比拟。无论我们是否有切实的理由感到恐惧，最重要的是我们是否有此感受。因此我们把一个梦产生的感情和梦的内容区分开来。如弗洛伊德所说："梦以巨大的能量坚持认为它们属于我们真实的精神经历，这是就它们的情感而言，而不是就它们的概念性内容而言。"（460）弗洛伊德在其亲身经历中了解到梦的内容与其产生的感情之间常常不相一致。应该具有强烈的兴奋感的梦的情形却实际没有这种情感，而明显的琐碎之事却可以让人们非常动容。换句话说，一个梦产生的感情看上去与其内容是各自独立的。但假如感情可以与内容分开，那么愿望的达成也可以如此。

弗洛伊德一开始研究感情，就发现它们与动机之间的潜在关系。显然，波澜不惊的梦（与原本强烈的梦思相对照）可以解释为，梦产生的感情被梦的运作过程抑制住了。同样，感情也可能会彼此消除或平衡。因此，可能会获得一个中性的平静苍白的梦。梦的审查机制甚至可能产生相反的感情。就像我们在一个社交场合可能有时会隐藏真实的感受，梦的审查机制也很容易这样做。一种更复杂的情形是：在梦的运作中一种被压制的情感来源与一种合法的来源取得联系，产生了一种强烈的情感。假设我因为自己也说不清的原因而讨厌某个人，于是我试着压抑自己的厌恶，但那个人罪有应得地招致了别人的厌恶，那么我就可以不用再掩饰自己的厌恶了。从所有这些情感的流动性的例子，弗洛伊德得到了对梦的运作的另一种阐释方法。他不再关注梦的运作如何处理梦的内容（这条道路走不通，因为结果并非指向愿望的达成），而是集中考察它如何操控情感。

梦是愿望的达成这一理论由于不愉快的情感而受到质疑，这一质疑因为弗洛伊德对情感的分析而得到了一个解答。然而，尽管他提出了梦的内容有显意和隐意之分，却也明白这并没有彻底解决上述质疑。毕竟不愉快的情感是很难简单打发掉的。因此他转向了情绪（mood），并把它界定为“对某种情感的倾向”（487）。与梦的愿望不同，情绪并不总是开心的。我们也不能彻底将它控制。比如，昨天的事件，某种身体的不适，可能很容易就让我们情绪不佳。不过假如情绪有对某种情感的倾向，它应该会导向梦的愿望以及梦的内容。在这个理论框架中，梦还是愿望的达成。但是情绪在塑造梦的内容中的作用意味着，在某些情形中当愿望的达成触发负面情感时，可能会带来令人痛苦的结果。

对情感在愿望的达成中作用的研究促使弗洛伊德看到情感本身之外的更大问题，即情感在我们修正了的精神活动图景中居于怎样的位置。他把自己的想法用一个图表来说明（541）：

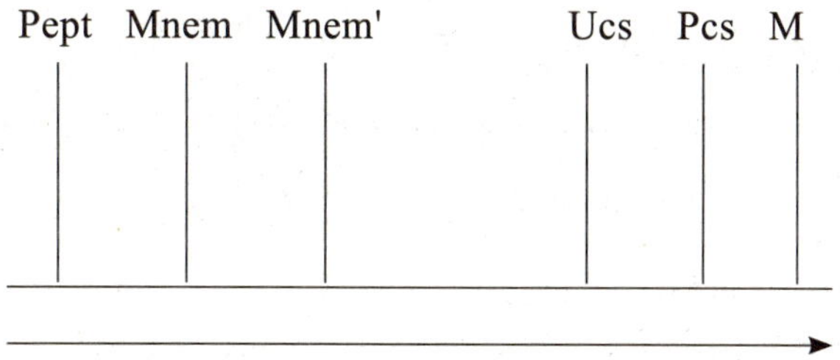

Pept指的是我们获得一切感觉信息的感觉器官。这种信息在精神中的印记产生了连续的记忆痕迹，由此一个印象就进入了潜意识。弗洛伊德认为潜意识包括Ucs和Pcs。Ucs即潜意识，Pcs即潜意识的前意识部分。当一个印象进入我们的潜意识中，它会逐渐变成最终产生运动性活动（M）的一个念头。弗洛伊德认为由感觉信息导致的印记或印象会引发兴奋，而他显然认为这种兴奋是身体上的。

在弗洛伊德看来，他的这个图表还能够解释为什么梦的行为没有显示出理性的动机。假如梦或多或少都是源于潜意识，它们的概念性内容通过感官形象做出的表达就会有显著的后退特点：因为感官信息出现在概念性内容之前，当我们应该形成某种活动念头时回到感官信息就像是倒退一样。如弗洛伊德所承认的，它本身既不是这里也不是那里。不过上述图表确实说明，为什么我们一进入梦的内容，在原始材料中的一切逻辑和理性关系就会消失不见。在最初的记忆痕迹中，这些联系根本就不存在：它们是在我们走向潜意识的过程中才开始形成的。因此向后或后退的运动给我们留下的恰好就是前意识吸收的感官印象或信息。概括而言，“在后退过程中，梦思的结构溶解在它的原材料里”（543）。因此假如梦的动机是愿望的达成，我们就必须承认潜意识并不是特别在意保存概念性内容。相反，它似乎很乐意让这些内容溶解在感官信息中，而后者应该是只通过某种相关的情感满足我们。

弗洛伊德通过分析情感在梦的运作过程中的作用，发现了看待愿望的达成的新视角。假如我们想要的就是让梦的愿望溶解在感觉信息里，那么梦的概念性内容究竟是如何表达的基本不重要。弗洛伊德推断说，我们真正想要的一定是通过一段过去的记忆与这些感觉信息相关的某种情感。满足感就来自这种情感的再生，这是通过回到与之相关的感觉信息实现的。我们获得满足感的途径不是看到愿望的达成，而是再次感受与某段幸福记忆联系在一起的身体感觉。换句话说，我们所有的愉悦都是早先产生的，此后就是依靠激活对它们的记忆而生活。对弗洛伊德来说，我们赋予感觉信息以情感的过程可以描述为一种情感贯注，也即精神能量集中在一个特定渠道的过程。基于此，他提出了愿望的新定义，以及愿望达成的新定义。他认为，愿望试图“再次把情感贯注于（感官信息的）感觉在记忆中的形象，并再次唤起这个感觉本身”（566）。当我们经历这种感觉的再生时，愿望就达成了。不过，显然，我们感兴趣的不是感觉本身，而是与它相联系的情感。这个感觉只是情感得以集中的一个焦点。我们想要把情感贯注在一个形象上是为了感受对它曾有过的情感。

弗洛伊德利用情感贯注来解释愿望达成的做法，依赖于一种根据自然或物质力量的活动进行解释的理论。在该书接近结尾处，在描述我们如何思考时，他指出："我们相信，从一个有目的的想法出发，一定量的兴奋——我们称之为'情感贯注能量'，沿着这个有目的的想法所选择的相关路径得到了释放。"（594）换言之，当一个思想序列点亮了我们已经形成的某个相关联系，情感贯注能量就会像电能一样释放出来。但假如这是梦的运作的作用，这表明我们从梦作为愿望的达成这个最初的想法走到了哪里。这时的弗洛伊德说道："我们会看到这些过程主要的特点是，全部的重点就是让情感贯注能量成为动态的、可以释放的；与情感贯注相连的心理元素的内容和准确意义被认为是没有多大影响的。"（597）如果不是特别留心的话，很容易忽略此处的关键问题。实际上，"与情感贯注相连的心理元素"构成了全部的梦的内容。因此，虽然《梦的解析》前面的部分竭力从梦的情节中挖掘意义，现在却告诉我们那一切的"内容和准确意义"都被认为是"没有多大影响的"。毋庸置疑的是，弗洛伊德已经走得很远了。

不过即使情感贯注表明弗洛伊德为了证明愿望达成这一目标绕了很远的路，我们还是会看到他到最后还在为此努力。即便我们不再直接读取梦中的情节，它们还是关系到满足感的问题。显然这部作品最后出现了一种悲观情绪：我们似乎不再有能力获得新的愉悦，而只有对过去愉悦的记忆。这种情绪似乎和某些自传作家想要重活一遍童年的感觉差不多。不过，在最后的分析中，非常重要的一点是，情感贯注最终是关乎记忆而非感觉的。我们想从陈旧的记忆中获得新鲜的能量，而过去的记忆之所以重要是因为它的内容。而我们一旦了解到这部分记忆的内容，就直接回到了情节当中：家庭浪漫史，对抗，爱。从这个角度，我们可以把情感贯注视为一种转移性操控：从对情感贯注能量如何释放的描述中看，它表面上深受身体力量的影响，而实际的目标却是重新激活一段过去的经历，让我们再次感到愉悦。弗洛伊德认为，我们由一个他称为“有目的的想法”开始，最后又回到这个想法。与此同时，他似乎感到我们无可避免地要承受重大损失：那些没能进入梦的内容的梦的愿望，对梦的内容的剧烈操控让我们在情节的层面无法得到满足。最终，弗洛伊德不得不认同那句熟悉的歌词：你不能总得到你想要的。你最多只能得到一部分你想要的。不过他会以19世纪的方式补充道：这并不意味着你不能试试看。

第四章　认识型（Episteme）

20世纪60年代对许多人来说都是一个希望的春天，尽管当时的社会风潮四起，动荡不安。所有经历过那个年代的人都会记得那种兴奋的感觉、处处可闻的新鲜感。那是法国电影的新浪潮时期、纽约的抽象表现主义时期。最重要的是，60年代是个关于新视角、新观点的时代——没有想当然，愿意质疑传统价值观，渴望从不同的角度看待事物。意料之中的是，这种对新观点的探求也表现在理论领域。这在巴黎表现得最为突出，质疑的倾向在1968年的学生运动中达到了顶点。但在这之前，巴黎已经出现了对过去观点进行质疑的新运动，即后来所谓的结构主义。结构主义受到列维-施特劳斯（Claude Levi-Strauss）的人类学著作与索绪尔（Ferdinand de Saussure）和雅各布森（Roman Jakobson）的语言学理论的启发，成为一场备受瞩目的思想运动，这要归功于文学批评家罗兰·巴特（Roland Barthes）的天才风格、精神分析学家拉康（Jacques Lacan）对崇拜者的强大吸引力，以及马克思主义者阿尔杜塞（Louis Althusser）的政治相关性。然而现在看来有一位比上述几位都更具影响力——他的作品所探讨的科学史，在当时却是个并不显眼的领域。他的名字就是福柯（Michel Foucault）。

如果我们回到黑格尔理论的关键问题，即：

1. 元理论

2. 发展

3. 目的性或目的论

我们马上就可以看到福柯的不同。简言之，他只考虑元理论，而毫不在意发展或目的论。实际上，我们甚至可以说他为了元理论而牺牲了发展和目的论——元理论在他这里是以对**认识型**的研究为形式的。这一方面可以看作是60年代的影响：毕竟列维-施特劳斯和语言学家们都不在意叙事或是随时间而产生的发展。从人类学的视角来看，时间并不存在；它所研究的群体或人口似乎生活或居住在某种永恒当中。甚至这些分析中对时间的描述都是从根本上反历史、反叙事的。在人类学家看来，时间就是与共时性相对的历时性。换句话说，时间根本没有形态。尽管如此，福柯还有一个特殊的想法。他坚决反对任何种类的发展或叙事。原因是他担心一旦承认发展，就无法避免目的论。对福柯而言，目的论就意味着决定论，首先是对当前事物秩序和状况的合理化。这就意味着对自由、对可能以不同方式生活与思考的否定。于是，为了避免目的论，他愿意放弃发展观，把它彻底排除在自己的体系以外。但即使他试图完全排除发展，发展还是不停地回返，填补到他分析中的空白和角落。归根结底，他的研究框架从根本上就是历史性的。这就指出了他的理论核心所存在的矛盾：一项不想谈论发展、不尝试解释事物如何成为现今状况的历史研究。福柯和他的后继者们都没有继续沿着他在《词与物》中的路径继续下去，证明了将发展从理论中剔除的高昂代价。

概述：

在弗洛伊德之后60多年，福柯提出一种全面避免目的论的方法，这就是他所说的古典“认识型”。对福柯来说，认识型是让知识成为可能的思维方式。他认为，它的基础是发现事物可以被赋予秩序。福柯关于知识如何可能的讨论，显然是在建立一种康德式视角。这意味着一种空间框架，所有关系都同时存在。他特别选择17、18世纪的观念作为重点，列出表征与事物之间的关系，各个领域都由内部的相似性统管。这让他提出一种存在与表征之间的"连续性"。换言之，表征可以反映整个外部世界，是因为各个领域的内部相似性都具有相似的结构。这种认为本体论=表征的观念的问题是它建立在一个福柯无法证明的假定之上：外面那个世界的确是我们所描述的那样。因为福柯将古典认识型理想化，他只能描述19世纪发生的转向，而无法解释这一转向发生的原因。相反，他试图倒转时间，将19世纪的时间性术语转变为18世纪的空间概念，比如类比和更替，由此消除了一切发展的痕迹。结果便是他无法讨论我们如何变成现在这个样子的变化过程。因此，尽管他主张应当回到古典认识型这一元理论，从而保护我们变成自己想要样子的自由，却没能看到这一主张是行不通的。简言之，没有人会为了一种解释力弱的理论而错过一种解释力强的理论。毕竟正如福柯自己深知，知识即是权力。也就是说，他的继任者决不会仅仅为了避免目的论的风险而放弃"发展"。我们唯一能寄以希望来塑造未来的就是，了解我们为什么会变成现在这个样子。

因为认识型在《词与物》中的关键地位，我们首先要明确福柯对它的界定。福柯在前言里将一组他谓之"文化的基本代码"置于思想的一端，这些准则管控着一切经验秩序，比如语言、物质实践和经济。换言之，这些准则是我们一直在用且从不质疑的，因为它们已经是我们的一部分，与我们思考和感受的方式密不可分。福柯置于思想另一端的，则是那些试图解释为什么某些经验秩序似乎能更好地说明事物样态的科学理论或哲学阐释，也就是对我们的生活方式作出解释的尝试。居于两端之间的，就是认识型：“这个区域，虽然它的作用主要是中介，但它仍是一个基本的区域……正是在这里，因不知不觉地偏离了其基本代码为其规定的经验秩序……充分放纵自己以确认：这些秩序也许不是唯一可能的或者最好的秩序；于是这种文化发现自身面临着一个原始事实：在其自发的秩序下面，存在着其本身可以变得有序并且属于某种沉默的秩序的物，简言之，事实是，存在着秩序。”（*The Order of Things,* xx;《词与物》，8—9，译文有改动）

对福柯而言，这个中间区域与我们感知的方式关系紧密。他在前言中接着说道，“这样，在早已被译成代码的注视与反省知识之间就存在着一个释放秩序本身的中介地带：正是在这里，这个中间地带，依据我们所说的那种文化和年代，才显得是连续的、分等级的或间断的、零碎的，相关于空间并在每一瞬间被时间驱力所构建，相关于一系列多变的图表或者为独立的连贯体系所限定”。（*The Order of Things,* xxi；《词与物》，9）对康德来说，空间和时间是让知觉成为可能的条件。空间和时间与认识型有这种明确关联暗示，福柯也希望它们起到类似的作用。与康德的关联在前言后面部分更为明显。福柯在描述自己的计划时说道：“显然，这样的分析并不属于观念史或科学史：还不如说它是一种探究，它旨在重新发现在何种基础上，知识和理论才是可能的……因此，我并不关心向客观性迈进的被描述知识，今日的科学最终在其中得到确认；我设法阐明的是认识论领域，是认识型，在其中……知识……宣明了一种历史，这并不是它愈来愈完善的历史，而是它的可能性状况的历史。”（*The Order of Things,* xxi-xxii；《词与物》，10）弄清楚让知识和理论成为可能的基础是什么，这正是康德所要做的，被他称为超验哲学。讨论知识“可能的条件”直接指向康德式视角。

同样明显的是福柯与黑格尔的对立。福柯明确指出自己不想描述“向客观性迈进的知识，近日的科学最终在其中得到确认”，他的科学史不会是“它愈来愈完善的历史”。那样一部科学史会是一部发展史，描述它发展到如今状况的过程。它的结构就会是黑格尔式叙事。然而，福柯因为拒绝任何进步性的描述，就毅然决然地否定了上述一切叙事。在某个层面上，他显然不愿意被引入一种发展的视角。这意味着他的历史必须具有非常不同的另一种结构。

福柯所设想的那种历史，一个显明的特点就是，它的框架是空间性的，而不是时间性的。《词与物》在本质上建立在词与物之间的对应关系上（这也是法语标题的含义）。福柯认为从17、18世纪的视角出发，词与物以一种特殊的方式相对应：“正是在这里才真正有必要假定诸表象在想象中是彼此类似和相互暗示的；自然存在物都彼此处于毗邻和相似关系中；人们的需要是相互对应并能得到满足的。如果要有语言，如果要有自然史，如果可能要有财富和财富的使用，那么诸表象的连接、完整无损的存在物区域，以及自然的增殖总是需要的。表象与存在的连续统一体，一个被消极地限定为缺乏虚无的本体论，存在之一般可表象性以及呈现在表象之出场中的存在——所有这些都是古典认识型总体构型的组成部分。”（*The Order of Things*, 206；《词与物》，273）

对词与物来说，最关键的是每个领域都以内部相似性为坚实的结构。因此，每个领域（词、自然、人）都可以用连续的关系序列，或者说连续性组织起来。尽管词与物（无论是自然还是人）有明显的不同，在形式上却是相似的，因为每个领域都有同样的结构。基于这种词与物不同领域间在形式上的类似，福柯提出了它们的相似性。具体地说，就是“表象与存在的连续统一体”。换句话说，我们从表征的领域（词语）到存在的领域（自然或人）是没有间断的，因为它们可能在形式上是相似的（每个领域都建立在一种关系的持续序列上）。我们在这里就有了一种虚无的缺乏（每个领域都是关系的连续统一体），存在的一般可表象性（以存在与表象间的形式相似性为保证），呈现在表象之出场中的存在（即通过表象呈现在头脑中）。不过，“表象与存在的连续统一体”还可能有其他意味。假如表象与存在在形式上相似是因为每个领域内的相似性与其他领域是相互对应的，那么就有一种明确的可能性是，这种对应本身就由一种词与物之间更加深刻和基础的相似性造成。也就是说，词语描述了物实际存在的样子。

但是假如这种相似性存在，那么它们在某一时刻一定会显现出来。对福柯而言，这一时刻就产生了古典认识型：“人们可能在这个连续性原则中发现17和18世纪强有力的形而上学思想阶段（这个阶段使命题形式具有实际意义，使结构被整理为特性，并使物的价值计算为价格）；而表达与归因、指明与衍生之间的关系（这一方面为判断奠定了基础，另一方面为意义奠定了基础，于是就有结构与特性、价值与价格）则确定了强有力的科学思想阶段（这个阶段使语法、自然史和财富的科学成为可能）。因此，赋予经验性以秩序，这一做法与作为古典思想特征的本体论联系在一起；事实上，这个思想在一个本体论中起作用（这个本体论因存在毫无破裂地提供给表象这个事实而变得明朗）；并且还在一个表象内部起作用（这个表象因自己释放了存在的连续性这个事实而被阐明）。”（*The Order of Things*, 206；《词与物》，273—274）

要阐明古典认识型，我们需要像福柯那样，首先把连续性的原则视为它在形而上学意义上的重要时刻。他接着描述了它对词语、自然和人的影响。具体来说，一个命题的形式能够具有实际意义是因为语言的结构反映了世界的结构（即表象与存在间的连续统一体）。同样，结构可以成为自然物种的特性是因为每个物种实际上都具有一种区分于其他物种的结构（我们对结构的感知与自然物种实际结构之间的连续性）。最后，价值可以被计算为价格是因为我们用以计算价格的数字与物品的内在价值是可以匹配的（价格与真实的经济需要之间的连续性）。

古典认识型的形而上重要时刻来自对词与物之间连续性的信念，其科学上的重要时刻则表现在这一连续性所产生的领域中。因此表达（articulation;物的结构）使得归属（attribution;这一结构的具体化）成为可能。同样，一个物体的词语或名称（可以追溯其词源）描述了它是什么，因此它的指称是有意义的。具体说来，表达（一种植物或动物的有机结构）使得它的物种归属成为可能，而词源或指称把我们从价值带到了价格。最后，我们从这些个别的例子来到了福柯所讨论的更大领域：语法、自然历史和财富的科学。

在最终的意义上，所有这些词与物之间的关联所暗示的就是，对于古典认识型而言，本体和表征是恰好对等的。因此，实证论（empiricity）的次序（词、表征）便与本体论（物）联系起来。不过福柯接着做出了一项更为大胆的宣称：对古典时期来说，本体论（物的领域）可以彻底地被表征（几近透明，毫无障碍地被表征），而表征（词）完全覆盖了本体论或者说物的世界。然而，要达到这种完美的对应关系，一个特定的时期必须相信表征的框架完美地符合它所表征的事物。

对福柯而言，古典认识型是理论的至高点：词与物之间、表征与世界之间的完美通透性。福柯用其古典认识型的概念所做的，是借助于分类学系统的概念，在这个系统中，一切存在都因为符合一套更广大的相似性机制而具有了意义。不过他眼中的分类系统不仅仅是一套相似性的聚合体。真正起作用的（仅有相似性是不够的），是其中对秩序的表达。具体说来，它提供了一种更大的由这些相似性组成的结构，我们可以用分类系统或理论来将其概念化。因为这种结构并非只是理论强行施加的，它通过显示外部世界如何形成一个统一的整体，而使其具有了意义。

古典认识型的问题是，它所倚赖的信念恰恰是它需要证明的地方。如福柯所描述的，古典认识型认为，本体论或者说世界具有内在的秩序，因而由本体论到分类系统的过渡是自然而然的。但是这种跨越的能力恰好是需要证明的——即表征或理论与外面的那个世界之间不存在沟壑。我们已经看到古典认识型建立在一整套关系的网络之上。然而福柯无法证明它们的存在。他只能说："这里很有必要假设……"在一定程度上，他可以说一切表征都来自头脑因此共享相似性，由此可降低这方面的论证难度。但是当他不得不展示自然事物也处于邻接和相似的关系当中时，论证就变得更为棘手。为此，他不得不宣称对于外部物体的知识是可靠的——这也并非那么容易证明。不过，最大的困难在于一个领域与另一个领域之间的相似性。为了证明这一点，福柯不仅需要表明每个领域的结构都由内在关系组成，还需证明某个领域的这种关系与另一个领域的内在关系是相似的。换句话说，不仅存在相似性，而且在这些相似性之间还存在着一种相似性。他对这种规划的可能性的信念没有得到广泛的认同，这一点并不让人意外。

如果说古典认识型是理论的至高点，那么对于它的衰落，福柯就只能纯粹对其做出描述性的谈论了。具体说来，他集中说明了对17、18世纪具有决定性意义的那些领域是如何经历变革的：“语文学、生物学和政治经济学确立起来了，但确立的地方并非先前由普通语法、自然史和财富分析占据的地方，而是在一个这些知识形式并不存在的地方，在它们留下空白的地方，在那个把它们重大的理论环节分割开来而又充满本体论连续统一体之喧闹声的沟痕深处。十九世纪的知识对象形成于古典的全部存在都陷入沉默的地方。”（*The Order of Things,* 207；《词与物》，274—275）

福柯在此所做的,是将19世纪的理论视为古典认识型消失之后在结构上的纯粹后果。因为这种认识型的消散或者崩塌，理论不再能够坚持过去的假定。因此，在古典认识型认为判断或逻辑与表达或本体论之间有连续性的地方，逻辑和本体论如今分道扬镳了：形式逻辑不再适用于本体论或是物的领域了。同样，古典认识型在原始名称或原初意义与时间或历史中的派生之间假定有连续性的地方，如今我们也发现了另一种间隙：一个名称或概念最初的意义，不一定与其后来的意义有任何关系。实际上，19世纪的理论就围绕着这些由于古典认识型坍塌所造成的间隙而产生。因此，由于生物分类学庞大的形式化系统不再能覆盖所有自然生物的世界，我们才有了生物学，由于一个特定词语原始含义的表达不再有效，我们才有了语文学。

尽管有这些不同，福柯坚持认为现代思想仍受制于古典思想所试图解决的问题。与古典思想一样，现代性寻求一种从本体论走向某种形式的分类系统的方法。但是因为它并不认同古典思想对世界内在秩序的信念，即认为这个世界在本质上是由相似性构建其内部秩序的，所以现代性就只能提出反思。即便如此，福柯在描述现代性反思的方式时还给出了一种古典的联系。他的策略是将19世纪的理论视作古典主题的变体。于是，19世纪理论将逻辑和本体论分开，福柯认为由此产生了mathesis（数学化知识/马特席斯）的问题。同样，19世纪理论中表意与时间的分离产生了阐释的问题。他下一步便是宣称这两个“问题”是相互关联的：“可能，能向哲学提出的最基本的问题就关涉到这两种反思形式之间的关系了。”（*The Order of Things,* 207；《词与物》，275）换言之，我们所要的，就是从本体论走向表意，或是另外一种形式的有意义的秩序（比如分类系统）。因此现代思想的目标便与古典认识型完全一致了。

实际上，福柯关于现代理论的描述，深深浸透着想要返回到过去事物的样态这样一种愿望。如他所见，古典时代想要一种“将成为生物分类学（taxonomy）的术语分类法（nomenclature）”。（*The Order of Things,* 207；《词与物》，275—276）它期待表明的是，我们所使用的词语或名称与事物的实际状况即外面的那个世界是一一对应的。现代性对这样一种规划提出了质疑。具体而言，它思考的是“意义与真理的形式和存在的形式之间的关系”。但即使在他总结了现代的立场之后，福柯依然可以说：“在我们的反思天空，有一种话语占着地位——这也许是一种无法理解的话语——它同时成为本体论和符号学。”（*The Order of Things,* 208；《词与物》，276）当然，一种同时是本体论和符号学的话语正是古典认识型的全部意义所在：一种联结词语与物的方式。通过称之为“这也许是一种无法理解的话语”，福柯得以为其赌局止损——没有人能说他在这个问题上太过天真。因此，尽管我们无法理解，而他也不能证明，福柯还是想要维护那种古典认识型所描述的词与物之间联系的希望。

考虑到他对古典认识型的热忱和专注，看到他在终于讲到19世纪理论时干脆地承认自己其实无法解释为什么会有这样的结果，我们也就不会感到惊讶了。在《词与物》第二部分的开头，他就是这样说的："对知识考古学来说，连续性区域中的这个深深的切口，尽管必须得到分析并且是细致的分析，但不能用单一言词来'说明'甚或记录。它是一个激进事件，分布在所有可见的知识表面上，并且我们有可能一步步注意到它的标记、震颤和结果。思想只有在它自己的历史的根基处重新认识自身，才能完全确信无疑地为这一事件的独立真理提供基础。"（*The Order of Things*, 217—218；《词与物》，284）

要明白福柯为何感到他无法解释19世纪理论的转向，我们需要认真剖析思想在自身历史的根基之上要重新理解自身意味着什么。假如你自身历史的根基是你实际所经验过的，任何对于复原历史的尝试就必须复原这些经验。而思想这样做的唯一方法就是再次成为它自身——成为它过去某个时刻的自己。但显然这是不可能的：它不可能复原那个实际经验过的过去时刻，因为它不可能复原那个时刻。结果就是，我们不应该期望对过去发生的事情有某种"解释"之光。

于是，福柯仅仅提供了对于这一转向的形式化描述：

"考古学……将表明一般的知识空间不再是……一般分类学的空间……而是由有机结构组成的空间，即其总体确保一个功能的诸要素间的内在关系的空间；它将表明这些有机结构是不连续的，它们并不由此形成一张关于未分裂的同时性的图表，而是某些结构处在相同的层面上，而其他的结构则构成了系列或线状序列。因此，我们看到：作为这一经验性空间之组织原则，类比（analogy）和接续（succession）涌现出来了……而且，假如这些有机结构偶尔相邻

（作为类比之特别高的密度的结果），那并不是因为它们在一个分类区域中占据着临近的位置；而是因为它们都是在同一时间内形成的，并且在接续之生成中是一个紧接着另一个的。……从现在起，在空间中同时发生和同时可观察到的相似性仅仅是从类比到类比的固定的接续形式。”（*The Order of Things*, 218；《词与物》，284—285）

在这里福柯所做的就是把时间转换为空间。他开头讲的是有机结构的概念，这并不是典型的浪漫主义有机概念，而是从康德那里拿来的概念：如果构成某物的元素之间的关系使它们共同形成一个整体，那么此物就是一个有机体。对福柯而言，有机并非意味着成长或过程，而主要是一种相互关联性。有机结构是非连续的，因为（与古典认识型不同）它们不是与其他事物或者人形成关系，而是它们自身内部存在关系。不过，福柯还是不得不承认“某些结构处在相同的层面上”。因此它们彼此之间一定有种默认的空间关系，因为他接下来又提到其他形成“系列或线状序列的结构”。不过，最终即使线状序列也呈现为空间的，而非时间的：“假如这些有机结构偶尔相邻（作为类比之特别高的密度的结果）……是因为它们都是在同一时间内形成的，并且在接续之生成中是一个紧接着另一个的。”一瞥之下，这样的陈述似乎是在讲时间性：具有相似性的结构（“类比之特别高的密度”）呈现为接续性的。但是福柯紧接着说道：“从现在起，在空间中同时发生和同时可观察到的相似性仅仅是从类比到类比的固定的接续形式。”也就是说，将接续中的元素联系起来的，不是它们的接续性，而是它们之间类比的关系，这在本质上是空间的，而非时间的。在这之后不远处，福柯更加直白地说道：“历史让位于类比的有机结构，恰如秩序为接续的同一和差异开辟了道路。”（*The Order of Things*, 219；《词与物》，

285）

福柯通过这样做所排除在外的就是发展的任何踪迹。在这一点上，我们可以说，一旦把发展从时间性中去除，结果就只剩下类比和接续了。接续使我们可以描述时间的线性运动，从一个时刻到下一个时刻的过渡。类比给了我们一个有机结构与其接续者之间的关系，或是那个结构在某个给定时刻与下一时刻的样子之间的关系。但是我们如果只有类比和接续，那就无法谈论这样一种结构形成的过程，或者更宽泛地说，它得以存在的过程。类比和接续只是从一个纯粹形式的视角在外部描述这一过程。也就是说，我们不知道这一过程是个发展的过程，因为我们只能从外部来看它。因此我们无法辨认开端、中间和结尾，抑或是高潮和结束。我们所能知道的就是一个结构在某一时刻的样子似乎与下一个时刻的样子之间有某种关系。这正是福柯所期待的结果：只要我们没有发展，就不可能产生那些它必然会带来的问题。

不过，显然，这样做是有后果的。在某个深度的层面，如我们所见，19世纪理论所表现出的是对变化这一基本事实的意识，尽管我们还不太能解释我们为什么会改变，但已然知道我们没有简单地维持过去的样子。当19世纪理论挣扎着要在理论中把变化吸收进来，它逐渐意识到，要做到这一点，就必须超越理性。这就意味着它不得不牺牲掉古典认识型所培育的理性世界观。对19世纪理论而言，这种牺牲最终是值得的。因为没有发展，我们就不能理解自己为什么会成为这个样子。没有这种理解，就不能充分而有意义地谈论目前的状况。因此，福柯在竭力避免发展的同时，最后放弃的是我们理解自己身在何处以及如何到达此处的最佳机会。

在《词与物》接近结尾处，连福柯自己也承认有种东西因为他的规划而失去了。有段重要的话讲到“人”的概念是在古典时代之后才出现的：

“在古典思想中，我们从未能在图表中发现这样的人：表象为其而存在，并且他在表象中表象自身，把自己确认为意象或反映，他把‘图表’中之表象的所有相互交织的线条系在一起。在18世纪末以前，人并不存在……当然，我们可以说，普通语法、自然史和财富分析，在一种意义上，都是确认人的方法，但是，必须作出区分。自然科学探讨人，就像探讨种或属一样……但是，并不存在关于人本身的认识论意识……人性的每一个概念，以及它起作用的方式，都排除了人之古典科学的所有可能性。”（*The Order of Things*, 308—309；《词与物》，402）

不过，如果说《词与物》似乎是要呼唤我们回到古典认识型，同样清晰的是，这对于理论来说是根本不可能的。福柯显然认为我们如果能想办法回到过去肯定会更好。他的观点是非直接的表征会提供更多可能：因为古典认识型没有特别地关注“人”，它就避免了一切发展所带来的问题。福柯希望以此避开的是这样一种黑格尔式叙事，即我们发展到如今的状况是必然的，是不可避免的。福柯认为，这种叙事的问题在于它否认了任何其他发展的可能性。他在后来作品中构建的也可能早有预见的所有其他观点（关于权力、性等），只有在我们把自身的历史看作是丧失其可能性的故事而非一种必然的发展时，才变得可行。这就是他如此凸显古典认识型的全部用意：即提出，假如我们当初能够保留精神与世界之间的完整透明性，那么可能会是怎样一种状况。不过，福柯没有承认的是，为什么已经没有任何回到古典认识型的可能了。简而言之，没有人会放弃一种解释力强的理论而选择一种解释力弱的理论。而且，一种可以对我们的发展有所说明的理论，可以解释我们为什么会成为现在的样子，显然比一种完全避免讨论该话题的理论具有更多的解释能力。这又回到了福柯所熟悉的观点：知识=力量。也就是说，他的继任者们再也不会为了避开目的论而放弃发展观。他们甘愿冒着目的论的风险，都是为了知识，为了能够有力量说明我们是如何成为现在的样子。因为他们意识到，如果没有这一点，就无法切实有据地证明我们真实的可能性究竟有哪些。实际上，有可能发生的可能性只能够出自我们到达此时状态的路径和过程。基于上述原因，福柯所拥戴的古典认识型不再能够成为一种范式。回顾过去，我们可以说《词与物》是理论史上的关键一环：这是最后一次理论抛弃发展的尝试。尝试失败后，理论还要继续前进。具体说来，它还要回到发展，在其中为自由或者可能性找到些许空间。

第五章　能指(Signifier)

每过一段时间，就会出现那么一个时刻，标志着一个时代的结束。回顾过去，1966年在约翰霍普金斯大学举办的人文学科学术研讨会就是这样一个时刻。时间和地点都是那么恰到好处：当时正处于结构主义的高潮时期，很多来自法国的代表人物聚集在美国炫耀他们的理论。米勒（J. Hillis Miller）曾回忆说，当时的空气中都弥漫着高卢香烟的蓝色烟雾。当然，那里也充满了智性的竞争：在法国和美国的（主要是约翰霍普金斯大学的教授们）结构主义拥护者之间，在法国人内部也是如此，甚至更加突出。因此，当拉康（Jacques Lacan）做完那次会议上可能是最成功的一次发言之后，马上致电远在巴黎的列维-施特劳斯（那是在巴尔的摩的半夜某时）告诉他自己是如何击败了所有的参会者。但是在会议的最后一天，他被一个题为《人文科学中的结构、符号和游戏》（“Structure, Sign and Play in the Discourse of the Human Sciences”）的发言夺去了那份荣光。发言者是一位不太知名的年轻哲学助教，来自巴黎高师的雅克·德里达（Jacques Derrida）。后结构主义即将替代结构主义，在理论界占据中心位置。一个新的时代诞生了。

我们再来回顾一下黑格尔理论的主要方面：1. 元理论；2. 发展；3. 目的性或目的论。德里达对于这些方面的看法很容易厘清。简言之，我们可以把他视为黑格尔理论的照相底片，即与之恰好相逆相反。黑格尔的元理论是将思想提升到更高的层次，而德里达的元理论发生在一个先于思想且完全在思想之外的领域（语言）。于是，不再有黑格尔式发展，而只有解构，语言的意指过程被拆解为一个从来也达不到其目的地的东西。最后，目的性或目的论也被能指的游戏所取代，结果就是，任何事情都可能发生。

与福柯一样，德里达也是20世纪60年代的产物，自由的拥护者，相信智性的作用以及另样思考的可能性。作为一个阿尔及利亚裔法国人，他是巴黎知识分子圈的局外人，因而有可能从一个崭新的视角去看待这个圈子。不过，与福柯不同的是，他并没有掩饰自己与黑格尔以及其他前辈之间的关系。这部分可能是因为他知道自己的观点与众不同，是对此前理论的颠覆。不过也可能是因为他的作品与前辈们不同，高度依赖于他对此前理论的了解。在这一方面，他的确为后来者们提供了一份蓝图。

概述：

对德里达而言，语言就是元理论。这意味着其视角高于思想、先于思想。将语言视为外在于思想（因而不是个理性过程）使他能够将文字置于言说之前，书写之词先于言说之词。但假如言说之词尚不存在，那么书写之词就不可能意指它。作为能指的能指，它只能意指一种意义而不是外部的那个世界——这种意义本身就只是另一个能指。如此一来，我们所得到的就是能指的无尽游戏，即德里达所谓的语言游戏。在这里德里达利用了海德格尔。对后者而言，言说之词与思想相连。存在对思想产生影响，后者将存在表达为此在。但如果没有言说之词的先在性，那么我们在德里达那里得到的就是不在场的形而上学。它的运动就是解构，将意指过程揭示为能指的空洞游戏，而从未真正意指过外面的那个世界。其过程就是一种自我消弭，一个词、一处痕迹随着自身的生产而被隐藏和消除。但这恰好是黑格尔的自我否定、黑格尔的否定性运动。具体说来，就是黑格尔式发展的否定或反面形式。这使得德里达将能指的自由嬉戏视为智性自由的表征，而不是目的论或目的性。但是他提出的否定性总是可以逆反的：正如我们在黑格尔那里看到的，否定性发展毕竟只是肯定性的另一张面孔而已。换言之，我们称为半空的杯子也总是半满的杯子。

对德里达而言，语言就是元理论。这意味着它的视角高于思想，先于思想。把语言置于思想之外（因而不是一个理性的过程）使得他宣称语言并不是从最初原始的环境中自然发展起来的。因此他在《论文字学》开篇就告诉我们："经过几乎难以察觉其必然性的缓慢运动，至少延续了大约20个世纪之久并且最终汇聚到语言名义之下的一切，又开始转向文字的名下，或者至少统括在文字的名下。"（*Of Grammatology* 6；《论文字学》8）我们不知道谁或是什么要为此项运动负责。而这就是他所要表明的。因为语言是元理论，而不仅是人类思想的结果，它具有一种强大而神秘的自主性。因此，语言不仅仅是我们使用的一种东西。它有自身内在的基础原理，以及独特的发展动态。

这种特殊动态的一部分就是将文字（writing）置于言语（speech）之上，书写之词（the written word）高于言语之词（the spoken word）。正如我们刚刚所引用的，它一开始就是一种本体论上的首要性（primacy）：过去被作为语言的东西"开始转向文字的名下，或者至少统括在文字的名下"。不过接着本体论上的首要性变成了历史上的首要性："西方语言的概念……今天仿佛成了原始文字的伪装或矫饰。"（*Of Grammatology* 7；《论文字学》8—9）在这里，“伪装”（guise）或“矫饰”（disguise）的概念使得这种转换成为可能。显然，语言（language）或者言语看上去是先出现的。然而，考虑到文字在本体论上的首要性，也可以理解一个言语之词如何可能只是书写之词的伪装，也即，一种文字表达自身的方式。

但是如果言语之词还不存在，书写之词就不可能表达它。如德里达所说，“通过一种难以察觉的必然性，文字概念正在开始超越语言的范围，它不再表示一般语言的特殊形式、派生形式、附属形式（a particular, derivative, auxiliary form of language in general）……它不再表示表层，不再表示一种主要能指的不一致的复制品（an insubstantial double of a major signifier），不再表示**能指的能指**”（*Of Grammatology* 6—7；《论文字学》8）。通常我们把言语之词视为外部世界里某物或某事的能指。因此表征这一言语之词的书写之词就成了能指的能指。不过假如我们反过来，让文字先于言语，那么在这样的条件下，结果就很难讲了：正常的语言关系不再能够持续，因为书写之词无法表达一个尚不存在的言语之词。通常文字的角色是附加在言语之词上面，后者才真正指涉外在世界中的某物或某事。但没有了言语，文字变成可以称为自由或漂浮的能指，没有任何责任。它不再是语言的延伸、言语的拓展，它必须表达另外的东西、此前并不存在的东西。没有了言语所施加的限制，它如今进入了一个更为自由和不同的领域。

不过，假如文字的作用不再是表达言语，我们可能要问它还能表达什么呢。要回答这个问题，我们需要回到言语失去相对于书写之词的首要性那一刻。结果就是，文字不再能够表达书写之词，因为后者还不存在。但是外面的那个世界——书写之词本来要表达的内容——自身只是意义。换句话说，作为能指的书写之词与世界之间的连接不是后者的原始物质性，而是我们对它的精神构建，这就是我们所能达到的最贴近的方式——外部世界存在于精神中的样子。因此精神与世界的关系就像是能指与其意义之间的关系。但是假如文字的所指只是意义，那么它作为一种精神意象或建构，也只能是一个能指；它也指向外部的世界。同时，它还向后指向那个唤起它的能指，因为任何时候我们有了能指都会不可避免地得到相关联的精神意象或建构。这一切的结果就是德里达所说的“派生性”（secondarity）：“所指始终起着能指的作用。人们确信文字的派生性影响所有的一般所指，并且始终在影响它们，也就是说，从它**参与之时**就在影响它们。没有所指可以逃脱构成语言的指称对象的游戏，所指最终将陷入能指之手。文字的降临也就是这种游戏的降临。”（*Of Grammatology* 7；《论文字学》8）换句话说，一切所指（和一切能指）都是派生的，因为它们只能指向其他能指。总体看来，这些能指的嬉戏产生了语言游戏。在这里我们也许可以把这些能指看作相互反射的镜子。对德里达而言，文字是能指游戏的降临，因为书写之词让我们意识到语言的游戏是个游戏，其中每个元素在某种意义上都是一个玩家。结果就是指涉的无限增殖，就像是大量镜子反射形成的无限序列一样。

这种能指的无限游戏让我们注意到了意指过程本身。一旦我们意识到能指之间的相互作用，我们就无法再考虑意义是什么，而只能思考意指的过程。仿佛我们不能从听到的词语转移到它们的意义，而只能把它们看作词语，看作能指。在这种分析性注视下，意指的过程将会崩裂。结果就如德里达所描述的这一过程的“解构”：“‘理性’支配着被大大推广和极端化的文字，它不再源于逻各斯……它开始拆毁所有源于逻各斯的意义的意义，但不是毁坏（demolition），而是清淤（de-sedimentation）和解构（de-construction）。对真理的意义尤其如此。”（*Of Grammatology* 10；《论文字学》13）换言之，我们不再能理性化地看待文字——即从它试图表达的意义来看待它。而这对于我们的真理概念有着特殊的影响。过去的传统是，真理建立在词语能够准确地表征外部世界的基础之上。但假如词语不再能将外部世界带给我们，我们就不再能够谈论它们是否是真实的。

尽管如此，要不是德里达使用“解构”一词的特殊方式，所有这一切本来只会是个纯粹的语言游戏。海德格尔在他的厚重两卷本著作《尼采》（德里达借用了其中著名的“总是已经”［always already］说法）里以几乎同样的方式使用了这个词。海德格尔对于整个哲学历史所采取的是激进的修正主义立场。受到尼采在《偶像的黄昏》里精彩的高度浓缩的“一个错误的历史”启发，海德格尔把形而上学的历史描述为存在的否定性历史，我们在其中与本质渐行渐远，而不是越来越近。而因为我们的错误实际上是由存在本身所导致的，所以可以把形而上学的历史理解成一种照相底片。假如我们把形而上学历史中每个阶段的著名形而上学思想家关于存在的论述看作是真实记录的反面，我们也许会获得存在希望自身被揭示的意义。海德格尔把为了获得这一意义所必需的阐释工作称作解构。与德里达一样，他所想的并不是对那些著名形而上学思想家的否定或拒斥，而是以一种不同的方式阅读他们。与其从表面上理解他们，他更愿意认为他们需要清淤、解构——将存在故意生成的错误或盲点逐层剥去。

德里达通过借用海德格尔的观点，试图表明他的语言游戏是有本体论影响的。他的策略是表明形而上学或本体论并不超出语言的范畴之外，我们能够思考或者感受的一切都只能存在于言说或书写之词的框架内。从一开始，他就坚持认为，“真理的一切形而上学规定，甚至包括海德格尔提醒我们注意的那种超越了形而上学的存在—神学（onto—theology）的规定，或多或少不能直接与逻各斯的要求或与逻各斯谱系中的理性要求相分离”（*Of Grammatology* 10；《论文字学》13）。也就是说，我们如果不依赖于词语就不能决定任何形而上学的意义——这两者不仅是不可分离的，而且是不能直接相分离的。这一论证的关键点在于言语之词。德里达对此简洁地指出：“逻各斯与语音（phonè）的原始的本质的联系并未割断”（*Of Grammatology* 11；《论文字学》13）。他接下来又解释了这样一种联系所包含的内容：“语音的本质直接贴近这样一种东西：它在作为逻各斯的‘思想’中与‘意义’相关联，创造意义、接受意义、表示意义。”（*Of Grammatology* 11；《论文字学》13—14）在德里达看来，言语产生意义。不过，关键的问题是，为什么这一点很重要。作为回答，他着重说明了言语作为能指的作用：“作为第一能指的创造者，它不只是普普通通的简单能指。它表达了‘心境’（mental experiences），而心境本身则反映或映照出它与事物的自然相似性。存在与心灵之间，事物与情感之间，存在着表达（translation）或自然指称（natural signification）关系；心灵与逻各斯之间存在着约定的符号化关系（conventional symbolization）。”（*Of Grammatology* 11；《论文字学》14）也就是说，语音处在一个因果序列的末端，这个序列可以回溯至事物，也就是存在本身。事物反映到心灵中，激发了情感，即对于存在的感知。德里达把这种存在与精神之间的关系称为“表达”或“自然指称”。这些词语暗示着一种简单而无痕的转换，一种几乎无法避免的过程。结果就是我们得到了“反映或映照出它与事物的自然相似性”的“心境”。对德里达而言，这些“心境”占据着重要的中间地带。它们“反映或映照出它与事物的自然相似性”的能力表明它们实际上提供了某种外部世界的东西，而它们与言语或语音之间“约定的符号化关系”似乎暗示着它们所提供的东西可以通过言语之词表达出来。因此德里达能够说：“逻各斯与语音的原始的本质的联系并未割断。”存在与语音之间这种从未隔断的联系带来的结果就是，言语具有本体论的影响。言语之词所表明的不仅是我们都参与的语言—游戏，还是外在世界在心灵中的反映。

德里达从西方哲学传统里存在与语音之间未曾割断的联系推断出在场的形而上学。在这一联系发生的更大框架里，语言=理性，语言表达思想或是心灵的运动。德里达把这样一种框架称为逻各斯中心主义。在他看来，有一种信念支撑着这一框架，即思想的结构就是外部世界的结构。这一信念使得存在与语音之间未曾割断的联系成为可能。因为思想与世界之间的相似性，我们感受到的一定会在心灵里反映出来，并将我们所感受到的表达为语音。因此德里达可以说：“逻各斯中心主义支持将在者（entity）的存在规定为在场（presence）。”（*Of Grammatology* 12；《论文字学》16）也就是说，逻各斯中心主义相信存在将自身反映在心灵中的能力，通过这种反映，它获得了在场性[①]。我们忍不住会谈论自己的感受。我们所感、所思就是存在：存在，通过外部世界，对心灵产生压力，迫使其承认外部某物或他者的存在。因为我们被迫承认存在的存在，

① 通过引入“在场的形而上学”，德里达将论述框架从存在（being/existence）切换为影响（effect）。而一旦开始讨论影响，那么我们就无法确定它确实来自外部事物。这样就形成了他所说的不在场的形而上学，也即我们的感受或者说精神建构并不一定具有外部诱因。

我们得到了在场的形而上学。外部世界反映在心灵中，心灵获得它接收到的印象并通过一个能指将其传递下去。一个能指，就意味着一个所指。于是所指也成了在场魔法环中的一部分。或者如德里达所说："所指的形式本质乃是在场，它靠近作为语音的逻各斯的特权乃是在场的特权。"（*Of Grammatology* 18；《论文字学》24）所指的形式本质乃是在场，因为在场才是它的意义所在，而不是相似性。如前所述，在德里达看来，所指实际上并不是外部世界的一部分，而只是心灵中的一种精神意象或建构。不过请注意，不论是我们最初的"心境"，还是我们用来表达它的能指，抑或是它指涉的所指，都没有宣称是那个外部的世界，而只是它在心灵中的意象。因此德里达描述为存在与语音之间未割断联系的过程是由在场的概念所主导的，而在场是通过某物对心灵产生的影响，而不是表征或者相似性来界定的。对这一过程的界定，最终由在场而非相似性所主导，这恰好使得将其重新阐述为不在场的形而上学成为可能。

德里达认为，解构是我们达到不在场的形而上学的路径。假如在场的形而上学建立在我们相信言语能够表达外部世界的信念之上，那么不在场的形而上学就是我们不再有那个信念之后的结果。不过，在德里达看来，我们只有参与到这个过程中，努力尝试表达，才会失去这个信念。也就是说："解构活动并不触动外部结构。只有居住在这种结构中，解构活动才能有的放矢。之所以说在一定程度上居住在这种结构中，是因为我们始终都在居住，甚至在我们没有料到此事时仍然如此。由于必须从内部入手，由于要从旧结构中借取用于破坏工作的所有策略上和结构上的办法，由于要从整体结构上借用它们，也就是说，不能将各个要素和原子孤立起来，所以解构工作始终在一定程度上成了它自身劳动的牺牲品。"

（*Of Grammatology* 24；《论文字学》32）居住在结构中，而不是处在外面，就是接受语言是我们生活和活动处于其中的元素。有意思的是，德里达甚至说道："我们始终都在居住，甚至在我们没有料到此事时仍然如此。"我们使用语言，而因为我们一直在使用它，所以总会有可能没有意识地滑入了逻各斯中心主义，陷入了这种信念，即言语的结构就是外部世界的真实结构。作为对抗，德里达似乎在倡导一种游击队作战方式（"必须从内部入手"，"要从旧结构中借取用于破坏工作的所有策略上和结构上的办法"）。然而，重要的是，他坚持认为从结构上借用言语的资源，我们不能将个体元素孤立起来进行分析或批判。但唯一从结构上借用它们的方法就是努力使用它们来表意。因此解构再生产了德里达前面所描述的"能指的能指"结构，而且仅仅是因为它不能表征外部的世界，解构才最终成为纯粹能指的无限嬉戏。但是如果说解构的结果是对能指表达外部世界能力的怀疑，那么这同样也可以用于解构本身。正如我们开始怀疑能指的有效性，我们也可以怀疑解构作为一个过程的有效性。这样一来，就如德里达指出的，"解构工作始终在一定程度上成了它自身劳动的牺牲品"。解构的怀疑，一旦应用于自身，就会导致自我抹除：如果我们怀疑能指表意的能力，我们同样可以怀疑解构过程本身。

作为一种自我抹除的过程，解构就会或多或少相当于黑格尔的否定性。与黑格尔的否定性一样，解构逐渐地或是渐进地实现其目标，即否定任何试图表达外部世界的尝试。与此同时，解构与黑格尔的否定性一样，都建立在另一个过程之上。我们记得，黑格尔的否定性预设了发展。与此类似，解构预设了一种过程，即能指使得外部世界获得在场。当表意到达终点之时，解构也到了终点：在我们从能指走向所指的一刻，我们意识到我们所传递的不是那个外部世界，而只是一种精神意象或建构，也就是另一个能指。实际上，德里达自己也意识到了解构与黑格尔的否定性之间的相似性，并且主动引起注意，显然是想先发制人。在描述了解构的过程之后，他紧接着说道："黑格尔已经迷上了这个游戏。"（*Of Grammatology* 24；《论文字学》33）对德里达而言，黑格尔既是将逻辑作为在场的重要哲学家，与此同时也暗示了怎样将其推翻。有可能实现的方法就是扬弃，一种同时将某事持续和消除的否定——也就是黑格尔的否定性。因此德里达才会说道："扬弃或多或少不言明地成了几乎所有的文字史乃至今天的文字史的主要概念。它也是历史概念和目的论概念。"（*Of Grammatology* 25；《论文字学》34）因为黑格尔对德里达而言，既是最后一位伟大的形而上学者，也是颠覆在场的形而上学所需否定性的肇始者，因此，在《论文字学》第一章的最后，德里达可以如此恰切地称黑格尔为"最后一位书本哲学家和第一位文字思想家"（*Of Grammatology* 26；《论文字学》36）。[1]

因此，德里达所提出的，是来自黑格尔的纯粹否定运动，去除了相应的肯定部分。德里达没有试图回到康德（如福柯所做的），而是全面接受了黑格尔。与福柯不同，他没有试图否认发展。发展、运动、成为是界定现代理论的概念：试图否认它们，将时钟倒转，是反历史的，因而毫无意义。相反，他更愿意强调否定的发展，这带来一种希望，即通过能指的自由嬉戏实现一种智性的自由。在德里达看来，解构的否定性发展允许我们推翻历史的正统作品，后者将自己表现为目的论或目的性。这就是他为何要坚持说扬

① 书本哲学家指他致力于建立体系化哲学，文字哲学家指他第一次在哲学中强调语言或逻各斯的意义。

弃是“历史概念和目的论概念”。扬弃，或者说黑格尔的否定性发展，确保了任何肯定性的最终的历史结果都可以被颠覆、被抹除。我们所得到的，不是一个因为表征了最终结果的有意义的能指，而只有能指的无限嬉戏。对德里达来说，这种无限的嬉戏非常关键，因为它代表着源自不确定性的自由。在这种无限嬉戏里，一切都有可能发生。移至我们关于发展的问题上来，这意味着最终的结果不能够提前被理性地决定。相反，一切可能性都存在。假如说我们通过书写之词表达我们所思所感，这个词能够表意的准确方法一定会对我们成为自身所是的过程产生决定性的影响。因此必须保留一切可能性。既然德里达无法看到任何阻止发展过程的办法，他选择让那种否定性发展始终如影随形，以期最终会将其颠覆。但是如同我们在黑格尔那里看到的，否定性总是可以变成肯定的。毕竟否定性也只是肯定性发展的另一面而已，是看待同一过程的另一种方式。也就是说，从另一个立场看待的肯定性发展。我们称为半空的杯子，也总是半满的。

第六章　性别（Gender）

假如说20世纪60年代所充盈的希望之春为理论带来了新的可能性，那么在接下来的几十年里这些可能性得到了充分的展开。其中发展最为充分的一个领域就是女性主义理论。可以理解的是，这一领域早期的大部分论著都侧重于实践，以及两性关系中产生的问题。第一代女性主义要着重解决这些问题，由此我们就容易理解为什么那些不那么明显而更为复杂的问题后来直到80年代性别研究才凸现出来。到那时，关于如何界定自我或身份，关于我们曾用来谈论我们是谁、是什么的一系列问题才被提了出来。逐渐浮出水面的是这样一种意识，为了改变我们目前境况中的诸多社会实践，仅仅揭露或是分析这些实践是不够的——在某个层面上居于这些问题背后的一种更大的概念架构也必须得到揭示。显然诞生一部试图揭示这个架构的著作，时机已经成熟。于是，80年代接近尾声之时出现的这部《性别麻烦》，直接产生了重大的影响。

我们还是尝试从黑格尔理论的三个主要方面来审视这部作品：1. 元理论，2. 发展，3. 目的性或目的论。有几点是显而易见的。巴特勒与60年代的几位理论家不同，她对元理论并不感兴趣。因此当福柯认同古典认识型、德里达把语言作为无所不包的架构时，巴特勒并没有提出类似的概念。实际上，她早先关于法国黑格尔主义的论著非常关注主观唯心主义背后的元理论。但在《性别麻烦》这本书里，她的侧重点则是在发展上，并试图抵抗或是拒绝它。简言之，发展让巴特勒感到忧虑，因为她认为它会太快或太容易导致目的论——也就是说，导致一种从确定性的或决定性的角度看待我们如何成为现在的样子的观点。尽管如此，巴特勒充分意识到作为界定我们自身的范式，发展具有极大的吸引力。她尝试绕过深渊而不陷落其中的努力，可以说，是诸多当代理论的典型故事。

概述：

巴特勒在《性别麻烦》中想要提出的是这样一种观点，它能够动摇我们的性别观念，其自身却不易被类似的批评所动摇。她先是审视了所谓的性别本质的形而上学。她认为，并没有任何持久的性别本质，性别完全是一种操演。你就是你操演所成的样子。与此同时，她也很小心地避免彻底弃绝性别：它可能是建构的，但并非虚幻的。她这一论断的理据在她转而质疑波伏娃的时候清楚地显现出来：一个人如何"成为"一个女人。对巴特勒而言，这是个复杂的问题。一方面，她喜欢谈论一个人如何"成为"女人，因为这指向一个持续的过程，由此可以谈论不稳定性。另一方面，这也很尴尬，因为"成为"暗示着一种本体论上的底层或基础——就如尼采可能会说，你只能成为你内在固有的那个你。为了避免这一点，巴特勒引入了性别戏仿的话题。她认为，性别戏仿表明没有任何所谓原初（即本体论基础），只有关于原初的神话，它是由性别生产创造出来的。但问题是，性别并不一定涵盖了我们所是的一切。换言之，在性别背后，仍旧可能有一个人或者主体，也就是一个本体论的基础。因此巴特勒必须要抨击"主体"的必要性。她的策略是将主体/客体描述为黑格尔及其继承者创造的一种人为的认识论框架。但是即使我们接受这一点，也无法消除什么成为我们所是的这个问题。最终，我们还是会回到对某种本体论基础的需求。而如果我们有了这种基础，那么我们成为我们所是的过程就会看上去很像发展。

《性别麻烦》的开篇，巴特勒就对她称为性别本质的形而上学进行了批判。她先是指出对于性别的通常理解："对'是'个女人且'是'个异性恋的毫无疑问的宣称表明了一种性别本质的形而上学（metaphysics of gender substances）。在'男人'和'女人'那里，这种宣称倾向于把性别的观念置于身份的观念之下，从而导致一个人**是**一种性别（gender），而且**是**基于其性属（sex）决定的，而对自我的精神感觉，以及对于这一自我的各种表达当中，性欲是最重要的。在这种前女性主义的语境中，性别……的作用是自我各种表现的统一原则，并针对一种'相反的性属'来维护这种统一性，其结构被认为是在性属、性别和欲望中维持一种平行但相反的内在一致性……每种性别内在的一致性或统一性，不论男人或女人，都需要一种稳定且相反的异性恋属性。"（29—30）巴特勒的理解是，一种毋庸置疑的性别观要求身份具有本体论意义上的稳定性：因为我们是我们现在的样子，所以性别是其现在的样子。

巴特勒在反驳上述观点时，描述了一种完全不同的图景："持续的本质或是性别的自我作为一种外在表现……是……沿着文化所建立的一致性产品线，通过对各种特性的规约生产出来的……但是假如这些本质仅仅是通过对特性的规约偶然创造出来的一致，那么本质的本体论自身看上去就不仅是一种人为的效果，而且从根本上就是多余的……因此，在本质的形而上学这一继承得来的话语内部，性别实际是操演性的（performative）——也即，构成它声称要成为的那种身份。"（32—33）换句话说，性别是其自身现在的样子，是因为我们以操演的方式构成了我们自身现在的样子。

虽然如此，巴特勒并没打算把性别完全看成是虚幻的而加以摈弃。那就像是说，在某种层面上，它其实并不存在。与此相反，她选择了一种稍许不同的策略："宣称性别是建构的，并非宣称它的虚幻性（illusoriness）或是人为性（artificiality），对那些说法的理解通常将其置于一种二元对立的关系中，以'现实'（the real）或者'真实'（the authentic）作为其反面。作为性别本体论的系谱学，这一研究尝试厘清对那种二元对立的合理性的话语生产，并指出性别的某些文化构造取代了'现实'，并通过巧妙的自我同化巩固和增强了它们的霸权。"（43）对巴特勒而言，赋予操演性如此重要性的正是任何其他形式'现实'的缺位：我们以操演的方式构成自身，因为只有操演这种方式。但是如果巴特勒坚信这种观念，那么她为何又没有直接说性别是虚幻的呢？那样做就会使得这个领域完全为操演自由敞开——通过操演我们可以成为任何样子。可是，她实际上所说的是，"性别的某些文化构造取代了'现实'"。某些构造，而不是其他的，这句话似乎在暗示，即使操演性在原则上是自由的，我们以操演的方式所形成的自身也是有原因的。而这又意味着操演性是个受限制的领域。不过，要理解巴特勒为什么会接受这样一种状态，我们需要在别处寻找原因。

具体地说来，我想指出巴特勒的问题根源出自波伏娃所说的一句话："一个人并非生来就是个女人，而是，逐渐成为一个女人。"[①]这句话就像一段主旋律一样，在巴特勒著作的不同地方出

① One is not born a woman, but, rather, becomes one.

现过多次（12，43—44，141—142）。它的频繁出现折射出某种焦虑的根源。每次提到它，巴特勒似乎都感到不得不对它做出讨论。然而她所有讨论积累起来的效果却并没有穷尽。就好像这些反复的提及（每次都从不同的角度）可以无止境地继续下去。因此我们要问，波伏娃的话为什么会让巴特勒产生如此浓厚的兴趣，为什么后者不能在分析过后将其抛之脑后，为什么它会在后者文本的许多关键地方一再地出现。

在我们更细致地考查巴特勒对波伏娃的讨论之前，我想先概括一下我自己的观点。巴特勒之所以无法摆脱波伏娃的那句话，是因为它对她自己作品中的一个关键问题有意义：成为一个女人是否必须要包含某种本体论的本质或基础（是谁或者是什么以操演的方式让我们成为自身），以及这一过程是否会意味着某种发展。如果上述问题的答案是肯定的，那么一种内在目的的可能性就再次浮上水面。但这对于巴特勒而言，意味着我们在操演上不再是自由的，我们不能使自己成为想要成为的样子，操演本身最终就仅仅成了一种达到某个目的的手段。于是就有了她的焦虑。

巴特勒对波伏娃最后最为充分的探讨是以一系列问题开始的。在引用波伏娃的那句话（“一个人并非生来就是个女人，而是，逐渐成为一个女人”）之后，她说：“这段话很怪，甚至有些荒谬，因为一个人要不是从一开始就是个女人，那么这个人怎么会可能变成女人？而且这个在实施变成的‘人’又是谁？有什么人是在某个时间点变成其性别的吗？假定这个人在变成其性别之前不是其性别，这合理吗？一个人如何‘变成’一种性别？性别建构的时间或机制是怎样的？也许最相关的一个问题是，这种机制是什么时候进入文化并将人类主体改造为性别主体的？”（141—142）

在这里，巴特勒默默地假定一个人所成为的样子与其曾经的样子具有本体论意义上的不同。基于这一点，她就可以质疑假如一个人不是一直以来就是女人，那么这个人怎么可能成为一个女人。如她所说，那样确实会是毫无意义的：假如我们已经存在，那么唯一在本体论意义上变得不同就是不再是我们所是，而这是不可能的。进一步说，假如我们在本体论意义上变得不同，那么就需要有某个时刻我们跨越了我们曾所是而进入我们新的本体论状态。然而，要有这样一个独特的时刻发生了这样的事件，也是不可能的——显然这只能通过一个渐进的过程发生，这将会排除我们认定这种跨越发生的具体时间的能力。巴特勒接下来质疑我们如何能够变成一种性别。因为性别是一种范畴，所以在本质上区别于我们自身，变成一种性别显然是不可能的。在这里，巴特勒又默认成为是在本体论意义上变得与我们曾所是不同。最后，因为我们自身与性别之间的本体论差异是如此巨大，巴特勒推想一个个体要成为一种性别，就需要某种外部机制的参与。

然而，这其中并不明晰的是，一个人究竟是否会在成为一个女人的时候在本体论意义上变得异于此前的自己。虽然巴特勒展示了本体论意义的改变将带来的荒诞后果，但她并没有证实这的确会发生。相反，假如这样一种假设带来了荒诞的后果，我们应该得出结论说成为的过程不需要涉及任何本体论意义的改变。巴特勒本人似乎也同意这一点。她关于波伏娃原话的第一个问题正触及这点："一个人要不是从一开始就是个女人，那么这个人怎么会可能变成女人？"也就是说，巴特勒所意识到的是我们不可能在本体论意义上变得异于我们自身。那么真正的问题就是，为什么成为一个女人意味着任何本体论的改变。

如果没有这种改变，那么最显而易见的后果就是，一个人成为女人的过程不得不包含一种本体论的基础或基点。在尼采的《瞧！这个人》（副标题为“人如何成为人”，How One Becomes What One Is）里，贯穿始终的重要因素就是那个“人”。反过来，一种本体论的基础或基点的持续存在（即“人”）也催生了对人如何成为女人的特殊描述。如此看来，这一过程像是一种自我发展。也即，如果我们并没有变得在本体论意义上异于自身，那么我们变化的过程就只能是某种原始材料的发展或增强。

但是对于巴特勒而言，发展是个尴尬的概念。几乎是不可避免的，发展似乎暗示着某种目的，一种向着某个特定的方向、某个特定的终点运动的内在倾向。如果发展是我们成为自身的过程，那么假定有其内在的原因或起因就是非常自然的：既然我们不是在本体论意义上改变，那么基础的部分一定是从最开始就有的。这正是我们获得目的的方式：我们的基础部分具有内在的目的性。但是假如这是内在的并因而具有本体论的意义，那就只能是必然的：毕竟我们无法控制自身的本体论意义。这就意味着，对于我们正在讨论的自我发展而言，我们不可能成为自己想要成为的任何样子。相反，我们只能成为自己其实已经是的那个样子。

巴特勒自己很清楚这一点，即假如成为一个女人的过程被理解为一种发展的故事，这将意味着什么。她在这本书的前半部分，实际已经明确指出，波伏娃原话中没有关于目的（telos）的任何暗示：“假如波伏娃关于‘一个人并非生来就是个女人，而是，逐渐成为一个女人’的宣称有一点正确的地方，那就是女人本身是一个过程中的概念、一种成为、一种建构，且不能被描述为有其原初或是有其终点……对波伏娃而言，要最终成为一个女人，就好像有种目的性在掌控着文化适应（acculturation）与建构的过程，这是从来不可能的。”（43）为了规避目的，巴特勒必须抛弃我们通常所认为的发展概念。一旦我们承认了某种起始、中间与终点，就等于是默默地引入了一种目的。因为我们一旦知道了终点，就可以弄清楚是如何到达那里的。而如果我们能做到这一点，很快很轻易地就会从原因过渡到倾向：毕竟倾向就是原因的内化和潜在的形式。于是，为了给操演性保留一片开放的领地，巴特勒必须排除一切起始、中间或终点的暗示。她不得不宣称，唯一的过程就是没有终点的过程：“如果性别是一个人可以变成——但永远不能成为——的东西，那么性别本身就是一种变化或行动，……而不应该被看作是一个名词或一个本质的东西或一个固定的文化符号，相反，应该视其为某种持续而重复进行的行动。”（143）在这里，究竟性别为什么是“一个人可以变成——但永远不能成为——的东西”并不是很清楚，就好像“某种持续而重复进行的行动”缺少有效性。然而，假如行动有效的话，这个过程就会到达终点。换句话说，我们就会变成我们试图成为的人。而恰好因为操演性只允许纯粹、持续的行动，它无法允许或接受上述这一点。

在接近书的末尾，巴特勒为了消除本体论基础的观念做出了更为积极的努力。她为此引入了性别戏仿（gender parody）的话题：“这里所提出的性别戏仿概念并不假定这些戏仿的身份在模仿某个原初身份。实际上，它所戏仿的正是所谓原初的观念……性别戏仿揭示了性别塑造自身所依据的原初身份是一种没有原初的模仿。不再由原初认同作为决定性的根源，性别身份可以被重新视为一种个体/文化的历史……受制于一套模仿性行为……它们共同建构了一个首要的内在的性别自我的幻象。”（175—176）

在这里，巴特勒使用了系谱学的策略：为了消解性别是一种本质属性的观念，她试图构建一种性别的系谱学。借此她可以批驳原初的观念，它与本质性（essentiality）密切相关。针对原初在某种程度上决定我们所是的观念，她提出了一种“原初性的神话”（myth of originality）（176）。这是为了撼动我们对于原初的信念：似乎我们在追溯自身历史的时候有一个原初的时刻，但巴特勒认为从来就没有这样的时刻，而只有一个被创造或建构出的关于它的故事。这一对假定原初时刻的批判会影响到我们的本质观念。因为我们相信我们所是是由某个既定时刻所决定的，任何撼动我们对于那个时刻的感觉的批判也会影响到我们对本质的信念。

值得注意的是，巴特勒本人对自己的论证似乎并不完全满意。几乎紧接着上述批判，她就稍稍改变了自己批评的基础。她批判的新基点集中于操演性（performative）与表达性（expressive）的对立：“不过，假如性别属性不是表达性的，而是操演性的，那么这些属性便有效地构成了它们所要表达或揭示的那种身份。表达与操演之间的区分非常关键。假如性别属性和行为，也即一个身体表现或生产其文化意义的各种方式，是操演性的，那么就不存在某种预先存在的身份来衡量一种行为或者属性；也就是说没有所谓性别行为的正确或错误、真实或扭曲，因而对于所谓正确性别身份的设定只不过是一种规训的虚构（regulatory fiction）。性别现实是通过持续的社会操演创造出来的，这意味着，所谓本质的性别、正确的永恒的男性气概（masculinity）或是女性气质（femininity）这些观念也都是为了隐藏性别操演性所用策略的一部分而已。”（180）

我认为，巴特勒转而论述操演与表达的对立，是因为她可能意识到性别的系谱学并不能够覆盖所有需要解决的问题。假如性别能将我们完全界定，那么她的系谱学论证也许行得通。但是，正如她自己似乎也承认的那样，任何关于我们所是的描述还必须包含性别以外的内容。毕竟最终性别只是其中一个属性或特性。巴特勒也并没有宣称性别超乎于此。如果说性别并不能完全说明我们所是的问题，那么任何通过这一概念的系谱学来颠覆或撼动我们对其的概念的尝试都不能真正解决所有的问题。人们总可以反驳说真正的问题在别处：性别看上去是虚构的，是因为我们很容易戏仿它，但这并不会影响它与我们所是之间的关系，就如我们戏仿其他特性并不会减少它们的描述价值。换句话说，假如性别只是一种属性或者特性，唯一否定它的方法就是在更深的层次上改变我们对于自己所是的信念和理解。不过，要做到这一点，巴特勒必须彻底揭露其中涉及的整个概念框架。只有如此她才有希望颠覆或者改变我们的视角。

为了颠覆本质性，巴特勒最后要论证的是我们不需要“主体”的概念。她坚持认为，我们没有这样一个概念是完全可以做到的：“身份政治的基本推理倾向于假定首先必须有一种恰在其位的身份，才能详细阐述政治利益，从而采取政治行动。我的观点是，并不需要‘行动背后的行动者’（doer behind the deed），行动者是在行动中通过行动以各种方式建构出来的。这并不是要回到那个自我由其行为构成的本质理论，因为本质理论认为自我及其行为都有一种前话语（prediscursive）的结构。而这里吸引我的正是一方在另一方当中通过另一方的不同话语建构。”（181）

对巴特勒而言，最关键的一点是，我们不可能有任何一种先于行动的自我。否则自我就变成了一种本体基础——即它的存在不依赖其行动。也就是说，它其实已经在本质上是其自身了。因此它不能被任何后继的行动从基础上改变或改造。毕竟假如没有一种行动能影响其存在的能力，那么很难想象有什么行动能够影响其本质，这从本体论的立场上看同等必要。它一旦进入行动后所成为的样子，都将成为额外附加的部分。但这看上去与发展类似，是巴特勒所不想要的，因为后者会引入目的的可能性。由此她才如此强调自我通过行为的“不同话语建构”。一种通过各种不同的话语行为所建构的自我没有一个稳定的本质，它会成为它的行动所塑造的样子。这正符合了巴特勒的需要，将操演性提升至高于本体论的地位。

由于主体的概念只是某种更大的概念体系的一部分，仅仅批判主体是不够的。最终，巴特勒还要处理整个体系的问题。因此她对认识论主体/客体模式做出了批判，并将其归因于黑格尔及其后继者：“即使在那些坚持某种地位高、能力强的主体的理论内部，主体也会在对立的认识论框架中遭遇到由话语构建的环境……黑格尔式的自我认识被马克思、卢卡奇和很多当代解放话语借用，它假定下面二者是等同的关系，即把世界包括语言作为客体来面对的‘我’和发现自身是这个世界中一个客体的‘我’。不过，主体/客体的二分法属于西方认识论传统，它恰恰限定了此处所要解决的身份难题……与认识论模式紧密相关的关于挪用（appropriation）、工具性（instrumentality）、间离（distanciation）的语言……属于一种管控的策略，它使得‘我’与‘他者’对抗，而一旦这种分离起效，便制造出了一系列关于那个‘他者’的可知性（knowability）与可复原性（recoverability）的虚假问题。”（182—184）[①]

① 这里没有引出来的部分是这样的：“施行者的问题不能通过先于表意存在的‘我’来回答……语言并不是我将自我注入的一种外部媒介或工具，并从其中收集对那个自我的反映”（183）。也即，假如“我”先于语言存在，那么“我”对语言的利用就会像使用工具一样，这就会造成自我与其使用的语言之间的间离。于是我们就不得不担心“我”成了一种具有本体论基础的实质。那样它成为自身（黑格尔式成为）的过程就不可能是自由的了。

针对黑格尔及其后继者们的认识论模型，巴特勒提出了一种由表意（signification）而非本质概念所界定的模型："从对身份的认识论描述转换为在表意实践中放置问题，这使得对它的分析可以把认识论模型本身作为一种可能的偶然的表意实践。进而，施行者（agency）的问题便可以重新表述为表意和再表意（resignification）如何运作的问题……显然，身份可以表现为许许多多看似固定的实质；实际上，认识论模型倾向于把这种表象作为其理论的出发点。然而，实质的'我'只是通过一种试图掩盖其机制并将其效果自然化的表意实践才有了这样的表象……话语指令（discursive injunctions）的共存或交汇产生了一种复杂重组或改造的可能；并不是某种超越性的主体使得这种交汇中的行为成为可能。并没有某个自我先于这种交汇，或是在进入这个充满矛盾的文化领域之前有某个自我维护着自身的'统一性'。我们只是在堆放工具的地方拿起了它们，而'拿起'这个动作本身是因为堆放在那儿的工具才成为可能。"（184—185）

具有反讽意味的是，这一看上去似乎很有吸引力的模型唯一的问题是，它无法解释我们的存在中可以说是最简单最明显的一个方面：物质性（materiality）。通过操演性这一细密的网络可以解释其他一切问题：概念，社会实践，甚至创造性活动。但是仅靠语言结构是无法解释物质的。也就是说，物质使得某种本体论成为必要。而因为物质是这样，自我也是如此，它是由与物质的关系所界定的。巴特勒想要反抗这一点，她提出，物质的真实性也是通过我们感受的方式来解释，而这也是由文化所决定的。但是，她所不能否认的是我们所感受到的存在，而这仍旧使得一种本体论成为必要。我们可以说，一切都回到那个成为我们自身的存在。我们可以在我刚才引用的那段话的最后清楚地看到，巴特勒说到我们拿起了那些放在那里的工具，我们“拿起”的动作是由放在那里的工具所成就的。巴特勒没有问的是，是谁或者什么拿起了工具，仅仅谈论工具本身并不能解释这一点。不过并不是说本体论是像巴特勒似乎认为的那样稳定。物质性（特别是我们自身的）总是处在一个变化和更新的过程中。因此，在本体论的层面上，融入我们在操演性里找到的那种转化行动应该是可能的。但是为此我们还需要反思自己成为我们所是的发展过程。

第七章　反讽（Irony）

当一个传统接近尾声，往往会表现出越来越多的自我意识或反思。实际上，反思它是如何发展到此时的过程和原因，很容易成为它最后阶段的重要主题。这种反思性或反身性的一个结果就是反讽。当然，反讽可以从很多角度来定义。但我想关注的是它对于哲学——或者更宽泛地说，理论——而言意味着什么。一位当代著名的思想家指出，反讽作为一种哲学视角应当包含（1）对于一个人的"最终语汇"（final vocabulary）的价值有激进而持续的怀疑，因为一个人会意识到过去和现在的其他各种最终语汇；（2）认识到用一个人的最终语汇所表达的任何论断都不能消除这种怀疑；（3）无法感到一个人自己的最终语汇比他人的更贴近现实或是与其自身之外的某种力量有所关联。因此它对于在不同的语汇间做出选择以达到某种中性的普遍的元语汇（metavocabulary）不做企图，对于越过表象抵达真实也没有期待。反讽只是用一种新语汇来对付一种旧语汇。在这里所谓"最终语汇"包含着我们以其为生的那些概念：体现了我们最深层的信念的概念，价值的概念。这个对"最终语汇"的定义和对反讽的描述都来自罗蒂的《偶然性、反讽与团结》。

除黑格尔外，我到目前为止所讨论的人物都不以哲学为首业。而罗蒂在这点上与他们很不一样。在这里我选择讨论他，正是因为他在某些方面处于理论的主要传统之外——这使得对他的讨论便于为这个领域提供一种“外部”的视角。他的作用还在于，当纯粹理论的传统似乎走向尾声之时，有越来越多的人在四处考察是否有某种方式可以理解理论传统的历史意义，以及由此该往何处去的问题。从黑格尔理论，或其三方面关键点——元理论、发展、目的性或目的论来看，我可以简单地描述罗蒂的思想：在他那里，只有元理论，没有发展，也没有目的论。不过，与福柯和德里达所不同的是，罗蒂并没有把元理论与任何特殊领域（比如古典认识型或语言）相认同。对他而言，元理论只是对理论的一种讨论。不过，他从没有明确地肯定发展或目的，重要的是，这些概念却总是在他的表述中边边角角的地方显露出来。

概述：

罗蒂因其“反讽”的视角，与我们此前讨论过的诸种理论持有一种不太一样的立场。在他看来，理论的问题在于，它要提出一种利于自己的“最终语汇”，而同时又知道任何“最终语汇”都不可能达到终极有效。罗蒂考察了两种解决这一问题的方法：反讽主义理论与反讽主义小说。他认为这两者在做的是类似的事情：将别人已经讲述的现象再描述一次，以接近一种切实可行的“最终语汇”。不过他认为这二者接近这一目标的方式有所不同。反讽主义理论从一开始就是尝试重新描述其哲学前辈们已经描述过的东西。不过，明知一切进行再描述的努力都很脆弱，它还是期望用一种叙事框架来击败此前的理论。这里表明罗蒂深知发展对于反讽主义理论，对于黑格尔和后来的尼采与海德格尔等人的巨大吸引力。他的表述反映出，反讽主义理论有种不可抑制的冲动想要把理论的故事讲述为各种观点逐渐走向自身的故事。但问题是，无论反讽主义理论为了追求崇高（sublimity）做出多少努力，都不可能有“最终决定”（final word）。罗蒂更倾向于反讽主义小说。他最喜爱的例证是普鲁斯特。与反讽主义理论不同，反讽主义小说并不假装自己能够容纳或取代所有其他的观点视角。它只是从个人的角度探讨了作者自身的经验。不过，任何从纯粹个人视角做出的描述或再描述，都将在不久之后变得具有反身性。为了解释我们对于某个人或事为什么会有某种感觉，我们需要讲述所有塑造自己感性或视野的境况。而这就意味着一种发展的叙事。因此，尽管罗蒂竭尽全力避免发展，这个问题还是一再地显现出来。

罗蒂因其“反讽”的视角，与我们此前讨论过的诸种理论持有一种不太一样的立场。在他看来，理论的问题在于，它要提出一种利于自己的“最终语汇”，而同时又知道任何“最终语汇”都不可能达到终极有效。罗蒂考察了两种解决这一问题的方法：反讽主义理论与反讽主义小说。他认为这两者在做的是类似的事情：将别人已经讲述的现象再描述一次，以接近一种切实可行的“最终语汇”。不过他认为这二者接近这一目标的方式有所不同。

反讽主义理论从一开始就是尝试重新描述其哲学前辈们已经描述过的东西。罗蒂视黑格尔为反讽主义理论的第一位实践者：“我认为黑格尔的《精神现象学》既是柏拉图—康德传统尾声的开始，也是表明反讽主义者能够进行宏大的再描述的典范。以此看来，黑格尔所谓的辩证法并非一种论证手段或是统一主客体的方法，而是一种文学技巧……他没有建构哲学理论并为其论证，而是通过不断地转换语汇来避免论证，借此改变了主题。在实践中，而不是在理论上，他放弃了达到真理的想法，而选择了制造新的事物。他对前人的批判不是说他们错了，而是说他们使用的语言过时了。通过发

明这种批判，年轻的黑格尔离开了柏拉图—康德序列，开启了一种反讽主义哲学的传统。”（78—79）

在对青年黑格尔的这番描述里，最显著的也许就是罗蒂小心翼翼地避免提及从实体走向主体的那一步，（我们此前已经看到）这一步决定了《精神现象学》的整体架构。罗蒂所做的，就是纯粹从论证的方式来看待这部作品。在这个过程中一切发展的感觉都消失了。我们所得到的就是蒙太奇照片：精神现象学成了一系列没有关联的图像，每一幅都是从不同的视角看一个不同的主题。结果就是：精神现象学成了早期现代主义意识流小说。

不过，明知再描述的一切努力都很脆弱，反讽主义理论还是要想办法超越前人。其方法就是利用一种叙事框架："反讽主义理论必须在形式上是叙事的，因为其唯名主义（nominalism）和历史主义（historicism）[①]不允许其把自己的作品看作在建立与过去的一种联系……这里与过去的联系不是指作者自己特殊的过去，而是一个更为广大的过去，物种、种族与文化的过去。这不是与那个偶然现实混杂而成的集合（a miscellaneous collection of contingent actualities）之间的关系，而是与可能性的王国，一个超越现实生活的英雄驰骋经过、并逐渐耗尽其可能性的王国之间的关系。幸运而凑巧的是，正当文化抵达这些可能性序列的底部之时，叙事者诞生了。"（101）

---

① 唯名主义指否认普遍的抽象的物体真实存在，历史主义指任何事物都必须理解为一个历史发展过程的一部分。反讽理论家的唯名主义指他不认为自己的理论与真实的普遍的事物有任何联系，他此前的理论也如此。反讽理论家的历史主义指此前的理论都属于一个引向他的理论的历史过程，因此他的观点将是对此前整个历史的阐释，也就是最终的定言。

罗蒂在这里表现出他非常清楚发展对于反讽主义理论、对于黑格尔以及后来的尼采和海德格尔等人的巨大吸引力。他的表述反映出，反讽主义理论有种不可抑制的冲动想要把理论的故事讲述为各种观点逐渐走向自身的故事。基于这个原因，反讽主义理论不能与过去发生关联。那样就意味着它在一个正在进行的故事中只是另一个链接，另一个时刻，或另一个片段。与此相反，罗蒂特别地指出，反讽主义理论被叙事的形式所吸引。典型的叙事并不只是一个正在进行的故事，而是一种给时间塑形的方法。这种方法就是赋予其开端、中间、结尾的结构。在这个故事里，反讽主义理论希望自己是那个结尾，也即整个发展的高潮。

这一情景的问题在于，反讽主义理论宣称自己是结尾或高潮，因其有能力重新描述此前被讲述的一切。但假如它的游戏就是再描述（redescription），就让我们不禁要问，如何才能确定它的再描述不会再遭遇另一种再描述的影响呢。或者如罗蒂所说："假如一个人通过与一系列前人观点的对立来界定自己的独创性，并骄傲于自己能够将他们描述的比他们之间相互所描述的更为彻底和激进，那么这个人最终将会问自己'谁将要来重新描述我呢？'因为理论家试图**看清（see）**而非**重新编排（rearrange）**、希望超越（rise above）而非操控（manipulate）前人的理论，他不得不费心考虑用他自己的理论重新描述和阐释自己这一前无古人的成功的问题。他想要表明，因为可能性的王国已经穷尽，没有人可以像他超越其他所有人那样超越他了。也就是说，没有任何辩证的空间可以提出这样的问题了。"（104）

最终，再描述对反讽主义理论来说是个问题，因为它不仅要提供一种比前人更丰富、更激进的再描述，还要说明为什么它自己的再描述不会被超越。毕竟，反讽主义理论并不仅仅与再描述有关。尽管它超越前人的方式是提供一种更好的再描述，因为它是一种理论，它还需要有足够的阐释力。此处这就意味着它必须证明自己的再描述是最好的。不仅是目前为止最好的——这对于任何一种有分析能力的理论来说并不难，而且永远不会被超越。简言之，问题在于，如果说一种再描述包含了对于此前描述的改进，那么为什么这个过程只能在此止步，其中的原因并不清晰。假如一种再描述因为给同样的材料提供一种更好的视角而超越了前人，那么为什么同样的材料不能再有另一种新视角以提供更多的内容呢？

基于这一困境的本质，下一个问题似乎应该是：反讽主义理论是否有某种方法可以让自己成为最终的论断？成为最好的描述这一游戏看上去是个无止境的黑洞，反讽主义理论需要找到一种方法使得最好的论断=最终的论断。也许满足这一需求最为自然的办法就是将前人的观点描述为一种发展，这一发展在反讽主义理论这里到达了终点。这样做，不仅表明它已经超越了前人，而且说明了为什么它在此后不会被别人以同样的方式超越。这里的诀窍是，提出一种容纳所有前人洞见的再描述。也就是提出一种所有前人的观点自然导向自己观点的叙事，使得自己的再描述成为一个传统的巅峰。接着需要论证的是，自己的再描述已经穷尽了重新描述的所有可能性：它成为最终的论断，因为它不仅包含了一切过去曾有的观点，而且通过对一切可能性的分析已经表明不存在其他观点的余地了。

尽管如此，这种叙事对于反讽主义理论来说是很难生产出来的。在罗蒂看来，这样一种叙事只能暴露出反讽主义理论内部的紧张关系。在提出一种关于哲学前人的叙事之前，反讽主义理论先得问问自己："我们怎样才能写出一种关于形而上学的历史叙事——

关于那些前赴后继的尝试，它们都在追寻一种未来无法重新描述的对于过去的再描述——而我们自身却不会因此成为形而上学者呢？我们怎样才能讲述一种以自身为结尾的历史叙事，却不会像黑格尔那样让自己看上去如此荒谬呢？一个人如何能够成为一个理论家——写下思想的叙事而非人的叙事——却不假装自己是不受自己所写叙事约束的？”罗蒂接下来具体说明了对于反讽理论而言为什么这样一种叙事是个问题：“反讽主义理论家处于一种两难境地，一方面他要说已经实现了余下的最后一种可能性，另一方面又要说他不仅创造了一种新的现实，而且创造了新的可能性。理论的要求需要他说出前一方面，自我的创造则要求他说出后一方面。”（108）

对罗蒂而言，反讽主义理论所面临的困境几乎是得不到解决的。在此前的一段话里他说，反讽主义理论者在“持续地尝试获得超然的崇高”（105）。超然的崇高自然是好的，因为它使一个人高于其游戏规则，免于任何未来再描述的影响。罗蒂所谓超然的崇高似乎是指那种我们可以看见现在以及所有未来的跨越时间的视角。考虑到再描述游戏的性质，这也许是唯一的解决办法。因为一旦一个人把自己当作哲学前人的再描述者，就等于是邀请后来者对自己做同样的事情。实际上，再描述总是关于一种未来描述的可能性：一旦我们开启了这个问题，就很难结束对它的讨论。但假如唯一阻断再描述的方法就是通过超然的崇高，反讽主义理论的问题在于任何走向超然崇高的举动都会因其自身的反讽视角而遭到削弱。换句话说，假如我们明确宣称对权威持批判态度，那自己又怎么能够自诩为权威呢？罗蒂正是以此为反讽主义理论的最大问题：“如何在不宣称自己为权威的情况下克服权威的问题”（105）。一旦我们提出了一种再描述，很难说明为什么不应该对自己的描述进行再描述。也即，对于反讽主义理论而言，最大的威胁来自它自身的反讽主义视角。

不过，假如说反讽主义理论处在这样一种难以解决的困境中，罗蒂认为，反讽主义小说可以作为一条出路。他特别推荐了普鲁斯特的作品。如罗蒂所描述的，普鲁斯特并没有困扰反讽主义理论的那种再描述问题。相反，“《追忆似水年华》的叙述者不会因为‘谁会对我重新描述呢？’这个问题而感到不安。因为当他把自己生活的事件按自身的序列排好，在所有细微琐事里形成一种结构——荆棘中的吉尔伯特（Gilberte）、盖尔芒特（Guermantes）教堂窗户的颜色、盖尔芒特这个名字的声音、两次漫步、错落的尖顶。他明白如果自己早一些或晚一些死去，这种结构就会变得不一样，因为那就会有更少或者更多的琐事要容纳进来。但这并没有关系。普鲁斯特完全知道如何避免被扬弃（avoid being aufgehoben）[①]。美，依赖于为一种复杂多样赋形，总是转瞬即逝，因为当这种复杂多样注入了新的元素，美很可能就毁掉了。美需要一种框架，而死亡就提供这种框架”（105）。

因为普鲁斯特没有再描述的问题，所以他也就没有追求超然崇高的需要。相反，“在他生命的结尾，他看到自己在随着一条时间

① 黑格尔的“扬弃”指纳入并上升至另一个高度的过程。比如，一颗橡子在成为一棵橡树的过程中被扬弃，即它作为橡子消失了但长成了一棵高大的橡树。此处这句引文指普鲁斯特没有被别人的叙事纳入而消失的问题。这是因为，普鲁斯特并没有试图创造一种对自己人生的哲学阐释，而只是以某种方式组织其人生的事件，让它们形成一种美的结构。这一点没有人能超越，因为这是他的人生，只有他知道自己对这些经历的感受；即使有别人也以不同的方式组织了这些经历，也没有关系，因为他自己已经找到了一种美的结构，这使得他的人生有了意义。

轴回望过去，观察色彩、声音、事物和人们在自己对他们的最新描述中各就其位。他没有感觉自己是从高处俯视这一时间序列的各种事件，或是从一种视角化的（perspectival）描述跃升至非视角化（nonperspectival）的描述。理论观照不是他的野心；他是一位不需要担心视角主义是否是真正理论的视角主义者”（107）。

不过，即使普鲁斯特不需要担心理论的问题，他确实在担心这样一个问题：“他所想要的就是……把自己从遇见的人们对他的各种描述中解放出来。他不希望自己仅仅是这些其他人所以为的那样，不希望被他人视角所拍摄照片的相框所冻结……他将自己从他人那里解放出来——获得自主性——的办法是，重新描述那些曾经描述过他的人们。他从多种不同的视角——特别是在时间中的不同位置来描绘这些人，由此表明这些人都没有占据某个享有特权的位置……这一切致力于表现限定性（finitization）的努力的结果就是，普鲁斯特本人不再因为自身的有限性（finitude）而感到羞愧。他通过认可偶然性而将其掌控，因此能够不去担忧他所遇见的偶然性不仅仅是偶然性。他把他人从自己的审判官变成了一同患难的伙伴，并由此成功地塑造了自己审视自我的品味。”（102—103）

为了让自己不受他人描述的束缚，普鲁斯特必须找到一个对抗他们的有力支点。“从多种不同的视角”描绘他人是个好办法，假如再加上“时间中的不同位置”，观察人们的方式方法显然会成倍增加。但要使这些描述有足够的说服力，它们必须建立在一个确定的有力支点上面。普鲁斯特很清楚这一点。罗蒂提到他有一种冲动，“不希望被他人视角所拍摄照片的相框所冻结”。普鲁斯特明白每张照片都只能由一位摄影师从一个特殊的角度拍摄出来。因此，一张照片之所以引人注目，不是因为假装自己有多么客观，而是基于它来自一个特殊的人——某个见过普鲁斯特、跟他谈过话、共同经历过某件事的人——的那种感觉。为了对抗这些，普鲁斯特必须具有一个同样特殊、个人化、贴近同一经历的有力支点。只有这样他才能表明，那些描述过他的人们的观点角度实际上并没有任何特别的权威——它们只是许多视角中的一个，同样都受到个人境遇的限定。

与此同时，普鲁斯特也十分清楚他自己的权威在很大程度上依赖于他讲述了什么。显然，他可以描述那些描述过他的人们，并且从他们所使用的同样的个人视角出发。不过他的任何描述理所当然地也可能会得到他给自己的描述者那样的回应。因此，为了建立自己视角的权威，普鲁斯特不得不谈论他自己。不过仅仅报告他目前的状态也是不够的。从他对他人的描述可以看出，他知道在不同的时刻捕捉他们会开启相当多的视角，不那样做是得不到这样的结果的。但是，对于他对别人的描述言而有效的规则，对于他对自己的描述也应该有效：选取的时间点越多，越有利于描述。普鲁斯特自身的反讽主义立场还意味着，他不能宣称对自己的真实本质有任何绝对的认识。他最多可以宣称对自己在不同的时刻所想、所感或者亲身经历之事有所认识。他也不能声称自己能够完全描述在某一时刻所经历的一切。在《追忆似水年华》里，叙述者是因为一次幸运的偶然机会才能够凭经验复原某些时刻。但如果说他不能宣称确知自己的真实本质，甚至连经历的完整回忆都无法保证，那么对叙述者而言，竭力描述更多的过去时刻以赋予其视角以可信性，就成了关键。

最后，不论是普鲁斯特还是叙述者，仅仅描述他能够回忆的过去经历是不够的，他还需要将它们组合为某种具有一致性的架构：如罗蒂所说，叙述者必须“把自己生活的事件按自身的序列排好”，以便“在所有细微琐事里形成一种”他可以回忆的“结构”。在某种程度上，任何这种结构都依赖于具体的情况：叙述者如果早一些或晚一些死去，它就会变得不一样，因为“那就会有更少或者更多的琐事要容纳进来”。因此普鲁斯特或者叙述者并没有被置于某一特定的结构中。他所坚持的就是需要有某种结构的存在。罗蒂似乎暗示，普鲁斯特的动机就是对美的渴望，叙述者似乎感到，将自己过去的经历组成一个内在一致的架构，美就会从中产生。在某个层面上，他肯定相信一种内在一致的结构会让他看待自己生活的视角具有更大的力量。但是，一种让他理解过去经历的意义的结构，如前述分析所见，只能是某种叙事。

也许因为罗蒂意识到反讽主义小说的这种叙事倾向，他试图对反讽做出更为宽泛的界定：“反讽主义者们的普遍特点是，他们不会期待有某种高于自己的东西来解决自己对于最终语汇的疑虑。这意味着他们解决疑虑的标准和自我完善的标准是自主性，而不是与自身之外某种力量的关联。反讽主义者可以用来衡量成功与否的，只有过去——不是追赶过去的标准，而是以自己的方式重新描述过去，并由此得以说出‘我就这样理解并掌控了我的过去’（Thus I willed it）[①]。”（97）

每个反讽主义者想要的，就是能够以这样一种方式描述或者重新描述过去，以求解释或者合理化他或她在某个时刻所感或所为。如果说反讽建立在对于任何最终语汇有效性的强烈怀疑之上，那么

① 此处的it指过去，willed指理解了我人生的各种事件如何发生，因此可以宣称对它们有所掌控。从根本上讲，反讽主义者的目标是获得自主性（autonomy），也即他不愿意从某种自己无法掌控的高层视角来理解自己的人生；他可以看到一切如何发生，而已经发生的事情可以归因于他能够理解并掌控的某种内部力量与外部力量的结合。

进行再描述的可能性显然总是不能穷尽的。但假如没有一种描述或者再描述能够宣称自己是最终的那种，其真理价值的标准就最终必须是它在多大程度上能够帮助我们认识自身经历的意义。为了与已经占据某领域（且往往相当有力）的那些描述竞争，一种自我描述必须能够表明自己的合理性，表明自己能够提供一种更有说服力的描述，而其他的描述都是以外部来源为基础的。但它也不能仅仅依赖于自己是来自内部而非外部这一点来争取信任。它的权威只能建立在阐释力的基础上：能够以其他描述所不及的方式点亮我们的经历和感受。但是要理解我们为什么会对某个特定的人或事产生这样的情感，我们需要了解自己是如何具有了某种特定的感受或观点，而这又需要我们对自己过去的经历有一定的认知才有可能。

以反讽主义的立场看来，一种描述或者再描述要具有说服力，最终还是要表达我们是如何成为自身的某种意义。因此罗蒂才会说“反讽主义者可以用来衡量成功与否的，只有过去”。假如我们只能通过普鲁斯特的方式——因为意识到我们在时间里不同位置的状态——才能够得到对自己所是更为全面的认识，那么显然任何期望成功的视角都必须充分地描述我们能够回忆的所有过去时刻。此外，罗蒂还说，它对这些时刻的描述或者再描述必须是“以自己的方式”，也就是说，以那些对他而言非常个人化的语言和形式。但即便如此也是不够的。因为在罗蒂看来，我们应该能够说出“我就这样理解并掌控了我的过去（Thus I willed it）”。然而，要说出这句话，需要某种必要性，一种因为我们在某个特定时刻有了某种感受，所以事情不得不像这样发生发展的感觉。将其适用于我们过去所有时刻的整体，就大致等于我们是如何成为自身的意义。但是谈论我们是如何成为自身，就等于是谈论发展。于是即使我们没有试图写一部普鲁斯特风格的反讽主义小说，发展的问题还是会盘旋在任何一种反讽主义视角之上。

似乎是为了提防这样的讨论可能的走向，罗蒂竭尽全力地抵制任何对目的的暗示。在提到尼采的“一个人如何成为他自身”该做如何解释时，他说：“根据尼采整句话的意思看，‘一个人真实的样子’（who one actually is）并不是指‘一个人总是如此的真实的样子’（who one actually was all the time），而是指‘一个人创造的品味最终被用来判定自己，在这个过程中他所变成的样子’。不过，‘最终’一词有误导性。它暗示着一个预先已决定的位置。但是通过再描述而逐渐意识到一个人的根源的过程，直到这个人即将死去还在进行当中。任何最终在濒死之时的自我描述都会有来不及重新描述的根源。它会被自然法则所支配，而人是没有机会发现它的。”（99）

在上述段落中，罗蒂表明他是如何精心地去除任何目的论的痕迹，因为基于目的论我们只是成为自己实际所是的样子。因此他才会拒绝把“一个人真实的样子”等同于“一个人总是如此的真实的样子”。他明白每当我们把发展与本体论基础联系起来，就很难排除某种意义上的目的。为了避免如此，他不得不借助于这个尴尬的解释，“一个人真实的样子”被阐释为“一个人创造的品味最终被用来判定自己，在这个过程中他所变成的样子”。我自己很难接受他把尼采的雅句做如此解读。为了使其有效，罗蒂必须把它放在一个主观的、反身性框架之内：我们成为我们以为自己想要成为的样子。但即便如此，他似乎也难逃尴尬的境地。这来自“最终”一词，它暗示着某种走向结尾的运动——可以被领会为有目的性的运动。

最后，罗蒂为了抗拒目的论做了最终的努力。他对濒死之时的自我描述的评论强调，任何这样的再描述都不能做到完整完善。他可能是想说我们永远做不到正确地描述我们如何成为我们所是。但即使在这里，他还是不得不承认自然法则通过描述所有起作用的力量，其存在会让这样一种自我描述具有它应有的形式。罗蒂接着补充说，我们永远无法期望能够得到这样一种自我再描述，但也许某个未来的批评者或是后继者能够做到。假如这样一种自我再描述实际是可能的，我们生活的故事就可以是完整的了，那就意味着它可以被讲述为一个发展的故事，并考虑到内在与外在力量来描述我们如何成为最终的样子，那就意味着在我们的故事里是有可能找到目的的蛛丝马迹。

第八章　杂糅（Hybridity）

在任何传统的历史中，最后的阶段常常表现为一种折中主义（eclecticism）。人们不再确定哪些是重要的而哪些是不重要的。在这种情况下，最好的选择就是保留所有的机会和可能性。这样一来，所有的因素都在其中发挥着作用。对于后殖民领域而言，似乎尤其如此。这部分是由于这一领域和西方的理论传统之间有种特殊关系。西方理论传统之内的人仍然相信其前辈们所做之事的价值，认为其有重要的影响，而后殖民批评则更可能从一个相当有距离的外部视角来看待这一传统。以后殖民批评的视角看来，早期理论与其说是成就，倒不如说是一些可能有用的建构。不过，因为后殖民领域利用了诸多西方理论的建构，所以激发这些建构的研究和抱负也参与到该领域中，就是很自然的事了。甚至在有些时候，后殖民理论看上去也在焦虑某些同样困扰理论前辈们的问题。接下来，我就以霍米·巴巴为例说明这一情况。

从黑格尔理论的三个重要方面（1. 元理论，2. 发展，3. 目的性或目的论）来看，很容易找到巴巴的位置。与福柯和德里达不同，巴巴不相信某个特殊的领域比如语言或古典认识型能够充当元理论。他也绝对不愿意像罗蒂那样讨论各种形式的宏大叙事。我们可以说，他与元理论之间的关系是显著的间接性。因为他只以一种片段化的方式谈及它，我们很可能都不会意识到他在谈论元理论。而这正是他希望的结果。实际上，对巴巴而言，重要的一点就是我们不应该把元理论当作元理论，不应认为其有特别优势的一种立场。相反，他希望我们直接进入一切问题（take it all in medias res）[①]，感受我们身在其中，全心参与。至于发展和目的论，巴巴对它们极为警惕，想要完全避开它们。本质上，他就是担心只有接受目的论才会有发展。对他而言，目的论就像是把我们想要成为的样子彻底交给外在力量去决定——所有后殖民批评对此都坚决反对，从根本上讲，就是担心如果我们进入西方理论所概念化的发展之类的建构，我们为了自身而对发展概念所做的事情会被理论内化的某种动机所征用。尽管如此，巴巴还是明确感觉到思考发展问题的必要性。而抛弃目的论的同时是否能做到这一点，就是问题所在了。

概述：

我认为霍米·巴巴试图通过一种不同的叙事来避免目的论，这种叙事要彻底地改变我们对原初、进步和终点的观念。他宣称不可能有原初的时刻，而只能是有着多种来源的异质显现（heterogeneous emergence）。与此同时，巴巴还想让批评理论去除一切外部视角。他的目标是阻止任何通过目的论来设想我们的结局的尝试。他提出用协商（negotiation）来替换传统的叙事，协商的特征包括对抗（agonism），以及通过话语或言语行为来解决我们成为什么的问题。巴巴还强调了这一过程的混杂性：因为事物都是混在一起的，我们只能谈论一种辩证的历史而不是目的论的或超验的大写历史。显然，巴巴喜欢这一过程的不可知性——它的中间

① in medias res指从情节/叙事的中间开始，比如《伊利亚特》开篇即是特洛伊战争的第九个年头。巴巴偏好“从中间开始”的知识，因为它们不会试图从头讲述一个故事，而是从某个对立的事实（比如帝国与殖民地）中间开始说起。

性、模糊性和不可判定性。这使得他将个体表达（the enunciative）看作优于认识论或者理性。在一个更为理论化的层面上，这还使他能够具体提出一种没有主体的新式施行者（agency），其谈话的符号流（semiotic flow）既有建构性，也具偶然性。这些观点都是为了创造一个更好的未来，或者说巴巴所谓的未来的前期（future anterior）①。在他看来，对过程中一切混乱和杂糅的报偿就是我们可以自由地成为自己想要的样子。但问题在于，没有目的论，如何获得完美。对巴巴而言，后殖民领域要包含前行的运动（forward movement），这一点很重要，它不能只是毫无作用的无休止的滑动（endless slippage）。但假如理论不明白我们是如何成为我们所是——也就是说，不对我们的发展过程做出某种解释，那么它是否能够帮助我们前行呢，对此他并没有给出明确的答案。

霍米·巴巴在《文化的定位》（*The Location of Culture*）里首先宣称，所谓独特的原初时刻是不可能存在的："激进批评的这种异质显现（而非起源）……让我们意识到，我们政治中的指示物和优先级……并非存在着某种原初的自然的意义。它们也并不体现某个统一的同质的政治目标。它们的意义产生于……话语……的建构中，而话语的首要目标……总是处于历史和哲学的紧张状态中，或是与其他目标相互对照。"（26）

巴巴为什么会这么激烈地反对后殖民意识有某个具体而明确的起源，一开始也许很难看出来。甚至连政治上的指示物和优先权实际上都"并非存在着某种原初的自然的意义"。由此可见我们也不

① future anterior来自法语的futur antérieur，即未来完成时态，如"我周六就会读完《艰难时世》"。巴巴喜欢这个词是因为他可以用它表达未来会发生的某事，而又不至于陷入内嵌目的论的宏大叙事。

能把它们的价值视为理所当然。这样做的结果就是强烈地动摇了任何对于基础或基点的信念。不过，考虑到这样做的风险，我们也许会好奇巴巴为什么这么快就投入其中。我认为，在他的这段话里可以找到答案：指示物和优先级“的意义产生于……话语……的建构中，而话语的首要目标……总是处于历史和哲学的紧张状态中，或是与其他目标相互对照”。换句话说，我们并非在一片真空中获得那些观念。我们所具有的每个关于价值的概念可以说都是从各种价值概念的复杂交错中显现出来，每个概念都会对其他所有概念产生影响。巴巴最不想要的就是被人发现自己在强调某种价值或世界观的重要性，而通过回溯其诞生时的历史境况就可以削弱这种宣称。因为假设我们可以解释某种特定的价值是如何兴起的，我们应该也能够具体描述塑造这种价值的因素及其可能的发展状况。在巴巴看来，唯一可以避免这一点的方法就是否定有某种独特的具体的诞生时刻。历史分析一旦找到这种时刻，它总是可以揭示在其中起作用的相关力量，并建构一种叙事。那么为了安全起见，一个价值概念一定要与其他价值概念具有广泛的连结和联系，它才不会被孤立起来。

与此同时，巴巴以同样的决断否认理论在后殖民舞台上具有任何优势。对他来说，“把理论看作一种宣称具有更加完整概括性的元叙事，是不可想象的。要宣称知识分子和活动家的时空之间有某种熟悉的认识论意义上的距离，也是不可能的……我竭力要去除的，正是那种流行的理论与政治之间的二元对立，其基础无非是一种认为知识有高度概括性而日常生活只是经验、主观性或虚假意识的观点”（30）。

也就是说，我们不仅不能囿于某个原初的具体时刻，而且也不能与我们所观察到的事物保持一个分离的有利视点。因为我们身处于后殖民的语境中，因此不可能具有任何批判的距离。此外，因为我们不仅是观察者，还是参与者，我们对它的表征就既不会是客观的也不会是天真的。与此相反，巴巴特别想要我们意识到表征是一个多么复杂的过程。在他看来，这并不构成一个问题。他的目的恰好是要让模仿成为一个问题，这样我们才不会那么确信表征的透明性。假如日常生活是经验、主观性或虚假意识，我们需要足够远离它才能意识到这一点。因此，表征的透明性显然取决于批判的距离：如果把日常生活看作它的本质，你就不需要同时生活于其中了。但如果假设这种距离是不可能的，假设知识分子和行动家的时空是完全一样的，巴巴说，那么这才是事实。前述那种观点的基础是一种错误的二元对立，将理论看作更广泛的概括而日常生活是经验、主体性、虚假意识。因为我们相信理论是更广泛的概括，我们就把日常生活降为更低的层次。我们将理论视为更广泛的概括，也是我们为自己建构元叙事的尝试作出的合理化解释。不过，拿掉批判的距离，元叙事的可能性就消失了。

巴巴希望我们思考一种完全不同的过程，以取代元叙事。他是这样描述这一过程的："'真实'总是带着显现过程本身的模糊性和生产性的印记，并受其影响，这种生产性是指，在事物中段，在对抗行为当中，在对抗或敌对的元素之间某种协商（而非否定）的条件之内建构反知识的意义具有的生产性。政治立场不能先于批判行动发生之前或在它们的话语表达条款和条件之外将其简单地归为进步或反动、中产阶级或激进主义。在这一意义上可以说，必须把政治行动的历史时刻视为政治写作形式历史的一部分。这并不是在陈述显而易见的事，即表征之外没有知识——无论政治还是其他。

这是在说，写作与文本性的动态关系要求我们重新思考因果性与决定性的逻辑。”（22—23）

显然，巴巴不想要一个结果可以预知的过程，因为那就意味着一个目的论的框架。因此他才会强调对抗和斗争。值得注意的是，他对否定也持怀疑态度，尽管他自己也承认显现过程中的元素是相互对抗或相反的。他如何能够完全避开否定，实际并不清晰：毕竟对抗或相反的元素必定在某种层面上是相互否定的。如果我们把否定理解为在他的头脑中与黑格尔的发展相关，那么就可以解释他的焦虑。在黑格尔那里，先在的一个元素基于一个缺陷或不足产生出自己的否定形式，通过复归的运动弥补这一缺陷或不足。与此相对的是，反知识（counter-knowledge）只能在事物中段（或者说对抗行为当中）生产出来。也就是说，它们是通过与其他知识互动的方式显现为反知识的。我怀疑，基于同样的原因，巴巴不想把政治立场描述为中产阶级的或是激进主义的、进步的或是反动的，而只讲他所说的“它们的话语表达条款和条件”。如果我们可以独立于一个立场的话语之外来判断其进步或反动，那就意味着我们具有某种更高的有利地位来看待它。与此相反，巴巴相信显现的过程应该能迫使我们“重新思考因果性与决定性的逻辑”——这种逻辑也即目的论。

在接下来的一段话里，巴巴清楚地表明这一点如何实现：“批评话语并不产生一种新的政治目的、目标或知识，这些只是对某种先在的政治原则或承诺的模仿……这种老一套的政治理想主义也许是个人无限激情的一种姿态，但却缺少理论话语中历史逝去所留下的那种深刻（也许是危险）的意义。批判的语言如果要有效，不是因为它总是把主人与奴隶、重商主义者与马克思主义者的条款相互分离，而是因为它能够克服已有的反对立场，并拓展协商的空间：用一种形象的说法就是，这是一种杂糅的空间，其中建构着一种新的政治目标，非此亦非彼（neither the one nor the other），并适当地远离我们的政治期待……这是历史正在发生的迹象——在理论的篇章之内，在我们为了理解历史过程所建构的体系和结构之内。”（25）

称之为与敌同眠吧：为了表面上看起来我们并没有早已下定决心，就允许对方的话语跟我们的混在一起。结果就是杂糅。如巴巴本人所承认的，这是个危险的游戏：一旦对其他选择敞开大门，我们自己就有可能被别人劝服而改变主意。最起码，显现出来的观点也不会完全是我们自己的，如巴巴所言“既非此亦非彼”。我们也无法完全控制这一过程。因此结果“会适当地远离我们的政治期待”。简言之，一切皆有可能。不过如果说杂糅包含着这种风险，我们也许会奇怪巴巴为什么想要玩这样一个危险的游戏。我认为，这源自他对目的论的深刻怀疑：唯一可以确保其立场不会隐藏一个目的论框架的办法，就是让杂糅成为唯一的选择。而要做到这一点，并不需要使自身的术语区别于其他人的。巴巴想要的是面对任何具体情形与状况的彻底开放性。认定任何一种目的论都是在明哲保身，让自己开放地直面一切可能发生的事情，才是我们称为历史的这个“深刻（也许是危险）的游戏”。

在巴巴看来，杂糅会带来一种不同类别的历史进程：“我提到协商（negotiation）而非否定（negation）的时候，是在表达一种时间性，它使得我们能够想象一种相反或对抗因素的表达：这种辩证法并不包含一种目的论的或是超验的大写历史……在这种话语的时间性当中，理论事件成了相互冲突和对抗实例的协商，它们开发出杂糅的空间和斗争的目标，摧毁了知识及其客体之间、理论和实践政治理性之间那些否定性的两极……通过协商我想强调政治运动所呈现的迭代结构（structure of iteration），这些运动试图表达对抗或相反的因素，却并没有那种扬弃（sublation）或超验的救赎式理性。”（25—26）

在这里巴巴关于目的论的焦虑表现得非常突出。通过把协商描述为一种时间性，巴巴表明他希望这是一个历史过程。同时，他也明白任何包含对抗或冲突因素的历史过程看上去都是辩证的，因此就可能是目的论的。为了避免这一点，他就必须坚持“不包含一种目的论的或是超验的大写历史”的辩证法。到此，巴巴能够感到自己与黑格尔十分贴近（注意他提到了扬弃）。但他似乎相信自己应该能够避开深渊，不至于堕入其中。他的策略就是强调协商，抛弃否定。否定制造出诸多无法和解的对立两极（知识与其客体，理论与实践）。因此尝试某种形式的超验将我们提升并超越这些对立面，就很有吸引力。这当然就是目的论的诱惑：超越无法调和的两极，将它们融入一个你已然知晓其终点的过程当中。但如果说否定会导致无法协调的对立两极，并最终引入目的论，那么我们就不能被否定所吸引。这就是协商的原理：选择某种超验的提升和翻越的运动，我们试着处理那些不同，占据甚至创作其间的空间。这样一来，我们可以避免“那种扬弃或超验的救赎式理性”。我们不必制造一种包含并调和各种差异的叙事，因为我们能够找到一种与差异共存的方式。

为此，我们应当用个体表达的（enunciative）方式[①]，而不是认

① 即“我，正在这样说”。巴巴将其与认识论对立起来，因为认识论讲求的是客观性，而非个人观点的重要性，后者使得帝国主义书写的叙事抹除了其他民族的声音。

识论的方式："如果说作为认识论的文化将关注点放在功能和目的上面，那么作为个体表达的文化则关注表意和体制化；如果说认识论方式倾向于对其经验指示物或客体的反思，那么个体表达方式则不断地尝试对政治宣称进行重新界定，在表意行为的社会制度中定位其文化优先顺序和层级（高/低、我们的/他们的）。认识论在对倾向于整体性的文化因素进行描述的过程中，被锁进了阐释的循环。个体表达方式是一种更具对话性的过程，它试图追踪文化对抗和表达所引起的移位和改组——颠覆支配性时刻的基本原理，重新定位文化协商的其他可能的杂糅场域。"（177—178）

为了与差异共处，我们必须抑制住理解或分析的冲动。巴巴认为，认识论关注功能（它认为自己可以分析）和目的（它认为自己可以理解）。二者都基于一种透明性的观念：我们可以理解或分析外部客体，因为它们对于我们的认知能力而言是透明的，我们只需要模仿它们即可。但是，巴巴并不相信这种认知的透明性。相反，他更乐于研究表意和制度性：文化被创造出来的过程，以及创造文化的各种群体。对他来说，任何对文化优先顺序和层级的宣称都仅仅是政治性的：它们产生的社会语境是某种以创造一种文化为目的而进行的特殊表意行为。他认为，认识论方式只是这种文化的一种形式。其倾向是整体性，也即目的论或元叙事。作为另一种选择，他提出了个体表达方式，这种方式不会假装分析或理解（两种支配形式），而只是传达我们所观察到的。因此它会试图"追踪移位和改组"：如果我们不假装理解其他群体或文化，也许最好的策略是确切认清我们如何以及在哪些地方与他们存在差异。以这种方式，我们也许可以期待颠覆认识论的"支配性时刻的基本原理"，也即把它自身看作唯一可行的视角。

因为认识论不免要与一个主体相关，因为与主体性相关，任何试图避开这一点的企图不得不找到某种办法克服主体的首要性。考虑到意识的直接性，这显然不是个容易的事情。不过，巴巴在他某些最为艰涩的理论部分，就试图做到这一点："施为者的个体化（The individuation of the agent）发生在移位（displacement）的那一刻。这是一个冲动的事件、瞬息发生的运动，当主体制定（固定）的过程在旁侧展开，一个神秘的、附加的偶然性空间就会出现。在主体的这种'回归'当中，跨过所指的距离、被抛到句子之外，施为能力以追溯效力（retroactivity）的形式显现，即后延性（Nachträglichkeit）。这不是作为自身的施为能力（超验、透明）或是在自身之中的施为能力（统一、有机、自主）。它自身在表意中有时间上的延迟而自我分裂，主体个体化的时刻显现为主体间性（intersubjective）的结果——主体作为施为者回归。这意味着施为能力所必需的那些社会'意识'因素——特意的个体化的行动以及分析的具体性——如今可以在以下这种认识论之外进行考量了，这种认识论坚持认为主体总是先于社会，关于社会的知识有必要将特殊的差异划归整体的超验同质性（transcendent homogeneity of the general）中或者干脆将其消除。"（185）

在巴巴看来，这里关键的一点是，个体的主体性被我们视为基本或首要的事实，而它实际只是主体间性的一种结果。具体说来，他认为它是语言学上的主体间性的一种后遗症。由此他才会提及表意在时间上的延迟。在表达与反馈之间，或者问题与回答之间，我们意识到自身作为个体和主体的存在。重要的是，我们只有通过与彼此在语言上进行互动才会有这种意识。因此我们可能有的作为个体对自我的意识，只能是偶然的，因此也就是第二性的，即如巴巴所言“在句子之外”。因为自我意识与我们进行交际的努力捆绑在一起，它就总会依赖于和言语行为相关联的偶然情境。但如果说自我意识来自言语行为，那么我们所具有的任何自我意识就不可能是我们所认为的基础性或首要性事实。

将个体的主体性等于主体间性的后遗症这样一种看法，产生了非常重要的后果。因为传统认识论与个体主体性的首要性联系在一起，而巴巴现在可以摈弃它所强加的概念框架。这对巴巴而言非常重要，因为这有助于他抵制理论以他称为“整体的超验同质性”的名义试图划归特殊差异的倾向。如我们所见，理论要将我们如何成为我们所是进行概念化，是很容易的事。同样容易的是，理论所说的成为规定性的东西，会将我们的个体进行同质化或是抹平差异。而从那里到目的论就只有一步之遥。为了对抗这一切，巴巴必须表明主体间性如何能够在不超越差异或是不导致同质化的情况下让我们成为我们所是。

与此同时，理论不可能仅仅建立在希望的基础上。它还需要对未来可能会产生的情况提出一定的看法。巴巴在《文化的定位》结尾试着处理这个问题：“在劈开现代主义那些焊接点的过程中，一种后殖民的现代主义对立面逐渐显现……作为一种追溯效力，以文化上的重新描述为形式回到未来。我将称之为一种‘投射的’（projective）过去，一种未来的前期。我认为，如果没有后殖民的时间延迟，现代主义的话语是写不出来的；有了投射的过去，它可以被重新描述为一种他异性的历史叙事，这种叙事探索那些还没有得到恰当表征的社会对立与矛盾的各种形式、还在形成中的政治身份，在重新阐释和评估文化差异的过程即杂糅行动中的表达文化。”（252）

在巴巴看来，“未来的前期”是个有用的观念，因为这使他既能够谈论过去，又不会妨碍我们成为自己想要的样子的自由。显然，任何谈论我们是什么的尝试都会倾向于将其解释为我们过去是怎样的一种自然结果。在这个程度上，似乎很难避免对一种决定论式视角的青睐：过去为未来设置了参数。为了避免这种暗示，巴巴尝试重新界定过去：与其说它是我们曾经怎样，不如说它包含着我们曾经想要成为的样子，这是一种无法表达的后殖民意识。结果就是，历史叙事变成了“一种他异性的历史叙事，这种叙事探索那些还没有得到恰当表征的社会对立与矛盾的各种形式，还在形成中的政治身份”。因为这个过去是关于我们曾经想要成为的样子，而不是我们曾经的样子，因此它并不妨碍我们成为可能成为的样子。不过，作为一种过去的形式，它确实使得巴巴能够对未来进行投射。在这个意义上，它使用了一种发生叙事（我们如何成为我们所是），但并未止于我们当前的状态。

但是如果说“未来的前期”要从过去传递到未来，那么它就必须要包含一种前进的运动。如巴巴所说，“后殖民现代性的时间延迟向前移动，抹除了与进步神话捆缚在一起的温顺的过去，这一神话的秩序由其文化逻辑的二元对立所构成：过去/现在，内部/外部。这种前移既不是目的论的，也不是一种无尽的滑动”（253）。

在某种程度上，巴巴讨论前行的运动并非如何，是比较容易的。它不应该是与并非它自己的进步神话捆缚在一起的温顺的过去，这种神话只会消耗自身，让别人受益。它不应该坚持一种过去/现在或内部/外部的二元对立逻辑，因为后殖民意识的过去同时也是它的现在，还因为任何内部/外部的逻辑都会将其置于外部，永远处于边缘的地位。此外，前行的运动也不应该是目的论的或是无尽的滑动——否定目的论的原因很明显，无尽的滑动也被否定是因为那暗示着无法改进的失败。

但是，巴巴很难确切说明的是这种前行的运动应该是怎样的。他在这里只能说："进步的问题不仅仅揭示人类的可完善性，不仅仅是进步的阐释学。人类行为的施行中，透过面罩，显现了一个文化时间的形象，在这里可完善性并非不可避免地与进步主义的神话相联系……对这种未来观念而言，关键的是相信我们不能仅仅改变关于我们的历史的叙事，而是变革我们对于在另外的时间、另外的空间里生活和存在的意义的感知，这些空间既包括人类的，也包括历史的。"（255—256）

在这里，我们很难得到具体的细节，而它们对于我们能够想象没有目的论的可完善性十分必要。如巴巴所言，我们想要一种"可完善性并非不可避免地与进步主义的神话相联系"的文化时间的形式。但这就导致了缺少叙事的可完善性问题。巴巴明白一旦我们进入叙事，就很难避免他所说的"进步的阐释学"。毕竟，对于我们来说，想要把我们的故事解释为发展的叙事是很自然的事情。而我们一旦这样做了，一种进步的阐释学就诞生了。如他所述，要避免这一点，我们需要做的不能仅仅是改变我们的故事。他暗示但并没有明确说出来的是，我们需要文化时间的一种非叙事形式。问题是怎样将其概念化。然而巴巴并没有对此做出尝试。他所做的就只是给了一个手势，指出我们如何必须"变革我们对于在另外的时间、另外的空间里生活和存在的意义的感知"。

在更广泛的意义上，巴巴要解决的问题是，思考发展的问题而不涉及目的论究竟是否可能。我们已经看到，即便是理论的新近形式也试图将发展界定为我们如何成为我们所是。因此，对巴巴而言，问题就是理论在不涉及任何发生叙事的条件下是否能够帮助我们到达我们想要去的地方。在思考发展这个问题的时候，即使是巴特勒和罗蒂也觉得有必要对理性做出一些让步。因此当目的论再次浮现时，他们的论述架构中存在着内部的紧张关系。巴巴出于对目的论的担心，显然不允许出现任何形式的理性分析。实际上，如我们所见，他甚至明确地试图阻止任何想要理性地描述后殖民问题的企图。但是，巴巴要追求的那种理论究竟有没有阐释力量，现在很难确定：它究竟是否能够解释——而不是仅仅描述——我们如何成为我们所是的过程。除此之外，没有任何解释的元素却要达到某种能够解释这一过程的洞见，这究竟是否可能，还是说理论只能期待着我们不知道以怎样的方法就能够找到巴巴模糊提及的那些另外的、不同的人类和历史空间，也都很难确定。

结　论

目前看来，当代理论似乎走到了某种僵局。如果说我们想要的是没有目的论的发展，那么提出某种我们都能够赞同的版本应该是可能的。然而，新近的理论并没有做出这样的尝试，而是转而将各种不同的视角进行折中的混合。其中很多视角都在一个更深的层面是相反甚至相互冲突的。没关系——它们之间的龃龉被忽略掉了。在历史中，折中主义的产生经常是由于某个深层难题或问题没有人能够完全解决。所以我们不妨也可以问一问现在的状况是否出于同样的原因。如果我们审视一遍当前所有的理论视角，可以清楚地看到，它们全都没能对发展做出解释。要想做到这一点，我们必须厘清一种状态或情形如何导致另一种。不过，每一个宣称都必须得到合法的解释。而迄今为止我们唯一用来进行合法解释的形式就包含着对理性的诉求。这便导致了僵局。要是我们诉诸理性，就会有目的论重现的忧惧。但是如果舍弃理性，我们又似乎没有其他办法来展示任何一种理论优于其他理论的首要性。

与此同时，近些年出现的另一种情况是，逐渐形成了一种理论档案（theory archive）。也就是早先理论形式的重新显现（resurfacing of earlier forms of theory）。不过，这并非一般意义上的复兴。因为那意味着我们要相信这些理论形式对于我们当前的状况具有特别的价值，它们潜藏着深层的可能，等待我们的发掘与恢复。实际上，当前对于过去理论形式的兴趣与理论的可能性几乎没有任何关系。相反，我们能感到一种强烈的博物馆化的冲动：一种将这些理论形式的原本样貌满心珍惜地保存下来的渴望。如果说理论上的野心最高潮已经过去，那么我们现在看到的就是一种历史意识在取而代之。换言之，理论之后，是理论的**历史**。再换句话说：一旦我们不再专注于解决某个问题，我们可能开启历史的眼光对过去解决这一问题的种种尝试产生兴趣。因此理论的历史开始变得像是各种科学的历史。但是科学的历史建立在这样一种信念之上：我们在解决科学提出的问题过程中持续进步，总在用不同的最终也是更加优秀的方式解决这些问题。而对于理论的历史而言，就很难这样描述了。

不过，理论档案最让人惊讶的事，也许是它选择保存的对象。其中最为显著的对象包括：解构、本雅明和早期福柯。在保罗·德曼曾为战时纳粹宣传的丑闻爆出之后，很难想象解构还会引起人们的任何兴趣。而在多年之后，德里达等人关于西方形而上学历史的一切宣称彻底丧失了可信性。当然，历史常常会带来对往昔罪责的宽恕和原谅。但是当解构背后的元理论不再能够产生对智性的吸引力，那么解构的方法就很难有什么意义可言了。本雅明的情况似乎也与此类似。当前看来，帝国确定无疑是在衰落中。同样，资本主义的高峰时代看上去也结束了，或者至少在过渡到其他什么阶段的过程中。然而，本雅明对于商品拜物教以及与资本行为相关的一切所做的反思仍旧吸引着人们的注意。最后我们还看到了回归早期福柯理论的现象。曾有几十年人们的关注点都在《规训与惩罚》和《性史》之上。福柯自己显然已经远离了他在早些年的考古学计划。因此我们对此会有些难以理解：为什么他在《词与物》里提出且并没有解决的问题会再次引起人们的兴趣。不过，也许这种兴趣并不意味着一定会有人真的想要解决它……

描述变化的方法之一，也许是讲述当前状况与此前情形之间的关系。如前所述，早先的理论都希望成为那个最终的定论，成为整个理论史的高潮和总结。黑格尔与其前辈们的关系即是如此，马克思或尼采与黑格尔之间、海德格尔与整个西方形而上学传统之间，均是如此。正如罗蒂所言，理论家的野心是要以一种决定性的方式重新描述其先辈们的理论，这意味着此后不会给一种类似的再描述留下任何余地。因此我们看到了一种被取代的焦虑，而不是影响的焦虑。但要避免被后继者取代或是重新描述，并不那么容易。就像罗蒂等人发现的那样，完全避免只有一种办法，就是彻底退出这个游戏。因此罗蒂才给出了反讽的姿态。不过，这一姿态的背后，就是一种焦虑：取代我们的先辈们就意味着，我们也会有取代自身的后继者。与这种情况相反的是，当前我们没有感受到这种焦虑，因为现在的理论并没有要超越其理论先辈们的野心。由此导致的结果就是，反讽的消失。

假如我们现在观察一下理论档案所采取的形式，不妨可以称之为理论蒙太奇。在理论蒙太奇中，不同的理论在一种没有时间的空间里漂浮着。这是博物馆式的空间，或是任何将不同历史时刻的物体汇聚在一起的收藏。多年前马尔罗（André Malaux）曾将这种空间描述为“没有墙的博物馆”（Musée imaginaire）。在这样的空间里，我们可以说，不同理论之间的关系是空间上的，而非时间上的。于是解构可以与马克思主义放在一起比较它们对历史的看法，也可以与福柯提出的考古学框架并置，还可以把三者全部放在一起讨论。而这里面一种理论坚持经济基础为先，另一种的前提是能指为先，这都不重要了。现在任何一种理论都不再需要超越其他理论了，因为取代这种观念本身已经消失。没有了被取代的焦虑，各种不同的理论形式可以和平相处。但这种状况里唯一逝去的就是早期理论形式那种想要解决问题的野心。

不过，虽然理论蒙太奇具有显著的空间性质，我们却越来越倾向于从历史的角度看待自身。结果就是，我们正在经历一种可以称之为过渡期的阶段，这一时期表现为各种形式的不同理论包含在一个更大范围的历史框架之内。或者我们可以将其描述为，在历史的海洋中漂浮着许多理论的岛屿……举例说来，阿甘本（Giorgio Agamben）近期的“牲人”（homo sacer）系列并没有试图给历史强加一个理论框架（就像福柯所做的那样），而是一直回溯到古罗马共和国来进行“牲人”的理论建构：根据罗马法，牲人可以被杀掉，但不能作为牺牲。阿甘本接下来要做的就是考察这种建构的历史演变，从古代罗马的父子关系，到中世纪国王与其臣民的关系，再到现代极权国家与其人民的关系，在这些关系中，我们都是“神圣人”（homines sacri）。在阿甘本考察牲人建构演变过程的时候，他没有任何借助于某种元理论的尝试。对德里达来说，语音的历史只有借助于作为元理论的语言才能得到解释，与此相对，阿甘本纯粹是从历史的角度看待牲人：中世纪的牲人形式，即国王的两个身体，仅仅是古罗马观念和实践的复兴。因此，虽然这一建构包含着理论内容，但阿甘本在谈及它的实践内容时，只能在具体的历史情境中进行讨论。

我认为，阿甘本要从纯粹历史的角度考察牲人的演变，是因为他真正感兴趣的是能够解释这一建构的发展过程。正如我们在福柯那里看到的，当理论框架试图解释发展时，常常会陷入困境。简单地说就是，很多这样的理论都过于静态化——它们本质上由一个视角、一种看待当前状况的方法组成。但是除非它们包含一种目的论，否则鲜有能力预示未来，或是解释事物成为其所是的原因。因此，我认为阿甘本看上去愿意为了获得更强的阐释力而放下自己对牲人的理论视角，是很了不起的。换句话说，他没有试图从理论上或是通过理论解释我们怎样从古罗马的牲人演变为中世纪国王的两个身体，而是满足于从历史的角度做出解释，主张国王的两个身体的概念只是古罗马牲人观念的复兴。同样，他也没有试图论说我们如何从国王的两个身体演变为现代的牲人形式，即我们都是神圣人。实际上，这里没有出现任何对于连续性做出理论阐释的尝试。相反，我们所看到的就只有一系列历史时刻：法国大革命将生命的诞生与公民权联系在一起，纳粹的优生学是现代国家对赤裸生命的政治控制。显然，阿甘本想要理解当前的状况是如何形成的，而看上去他觉得唯一的办法就是考察牲人的历史演变。

无论怎样，历史和理论放在一起还是有种仅仅到达中途客栈而非终点的感觉。显然阿甘本之所以喜欢将牲人作为一种概念建构，是因为它在理论上的意义和作用。具体而言，这个概念使得他能够凸显国家（政治）与个体（赤裸生命）之间的紧张关系，并从许多不同的方面来揭示它。因为这个概念具有历史现实，因此他不需要努力把它以及对它的使用做出合理化解释。还因为这个概念具有一个复杂的理论结构（牲人的人/非人状态，对牺牲的禁止以及理由），它可以用来解释很多关于国家以及国家与公民之间动态权力关系的问题。与此同时，也有很多问题没有得到解决：比如，为什么这个特殊的建构得到优于其他建构的对待，为什么我们需要花费这么多的时间在它背后的理论上才能理解个人与国家之间的关系。

总体而言，对于这种关系为什么以及如何随着时间而变化，还是没有清晰的答案。也就是说，理论不能够解释国家发展的过程以及原因，包括它与个人之间关系的发展及其原因。

现在，让我们把目光从理论的现状转向理论的未来。我认为，未来可能的情况是，我们所处的世界不再为理论保留一个特殊的位置，理论本身将被吸纳或是融入历史当中，作为我们如何成为我们所是的历史的一部分而存在。尼采在《偶像的黄昏》里对于他所谓的“一个错误的历史”有段很简洁的说明，“‘真实的世界’因为这个错误的历史过程而最终成为了一个寓言”（485—486）。他在这个过程里描述了那个让“真实的世界”最终变得不可企及——无法再与我们相关——的时刻。他的用词是“灰色的早晨”“理性的第一声哈欠”。我想说，在某种意义上，这就是我们现在所处的位置：理论渐渐地——不过是非常缓慢地——消失在历史的灰色清晨。这还不会马上发生，还会过段时间，首先我们会看到各种社会理论应用于不同的历史研究实践，不过最终我们要到达的时刻将是：不再有任何必要将理论视作一种特殊的事物、一种需要特殊对待和处理的例外。到那时，理论本身会被视为一种文化或是历史力量，促使某些变化逐渐发生的力量之一。到那时，历史会成为头等重要的东西，即一切的一切。

不过，这并不意味着理论会消失。相反，我们将会看到的，是可以视之为理论遗产的东西。自黑格尔以降，理论想要做的就是以某种方式谈论发展，谈论我们如何走到如今的这个过程，而并不因此陷入目的论，即不会导致将我们所有最好的可能全都关闭的决定论。我们已经看到，仅仅通过设想没有目的论的发展的理论形式来做到这一点的尝试，都失败了，它们都没能解释我们为什么会有现在这样的发展过程。但是其他解释的渠道依然可能。具体说来，我们最终很可能会纯粹地从历史的角度来看待这个过程，而并不试图对终点应在何处给出任何指令。换言之，我们仅仅试着理解这个过程所涉及的各种力量，以及它们如何以及为何可能朝着某个特殊的结果发生作用。不过，还有一点很清楚，直到我们、除非我们找到一个将理性包含进来的方法，我们都不能期待自己对发展的描述具有任何阐释力。因此，我们所需要的，就是将理论的理性因素融汇到历史的描述中，从而揭示我们为什么走到如今。正如广义相对论提供了在一个更深的层面解释万有引力的方法，我们也需要类似的方法。不过，目前看来，这种方法还需要在未来继续寻找。

附录一：理论问题的语境

一、进入理论的通道

首先我想先谈谈自己跟理论的关系。这就要回到很多年前——实际上是我在高中的最后一年。当然那个时候的我不太可能想到这就是理论，不过，其他人也没有这样想。不管怎样，我记得，那是在1972年3月或是4月的某个时间。我正处于一种无聊和抑郁的情绪中，这似乎是美国所有准高中毕业生们都会感染的一种特殊情绪。就在那时，我收到了一封朋友的来信。这个朋友曾是我中学三年级的法语老师，她后来决定回到学校继续深造，并考上了位于奥罗诺的缅因大学法语研究生。在信里（那时还没有电子邮件等我们如今使用的各种通信手段），她提到正在一个研究生讨论课上做“一些神秘的智性话题”研究，她觉得我可能会感兴趣。于是几天后，我就一路开车来到60英里开外的奥罗诺，旁听关于卢梭的一节夜间课。不过，那节课只有一部分是关于卢梭的，课上花了同样的、或许更多的力气在讨论一位当代法国哲学教授——那时只有几所东海岸大学里的少数人知道这个名字：雅克·德里达。后来我发现讲授这门课的教授是在约翰霍普金斯大学（德里达曾在那里访学）获得的博士学位，在纽约州立大学布法罗分校（这是少数几所对德里达感兴趣的学校之一）评上了教授。因此他的那节课等于是非常接近德里达思想的本源了。那节课听得我目瞪口呆：我记得自己对于文字先于言语的说法感到十分迷惑（假如文字只是用来表征我们言说的声音，那它怎么可能先于言语？），我也搞不懂为什么能指并不指向它们应该表意的内容，而指向其他能指。有意思的是，这位教授实际上在用德里达（主要是《论文字学》，但当时还没有英译本）对卢梭进行细读阐释。不管怎样我从这位教授那里学到了我所能学的，除了德里达，他还提到了很多其他人：列维-施特劳斯、福柯、拉康，等等。

因为有了这次学习的经历，我后来去普林斯顿上大学时才觉得自己对于一些最为先进和前沿的批评趋势算是有所了解，而当时这些趋势正在引发人文学科的震动。在当时，很多法国思想家（特别是德里达）的大量作品还没有英译本。这就意味着对这方面的了解大多限于外语专业或是比较文学专业的学者圈。我在跟一些这样的学者们熟悉之后，发现他们倾向于将这些来自法国的思想吸收、同化到自己所熟悉的内容里，包括俄国形式主义和其他此前流行的欧陆思想流派。这就意味着我们如今视为后结构主义（特别是德里达和福柯）的思想是被如今称作结构主义的视角阐释后的结果。而这就是当时那些学者所做的主要事情。人们对于这股法国新思潮会为文学文本的细读带来怎样的新意很感兴趣，而细读正是俄国形式主义的特长。因此很多各种各样的细读，比如列维-施特劳斯和雅各布森（Roman Jakobson）对波德莱尔的《猫》（“Les Chats”）一诗的细读被拿来重新审视。我记得见过托多罗夫（Tzvetan Todorov）和热内特（Gérard Genette）到普林斯顿做讲座。这一切的结果就是德里达、福柯等人很多真正激进的思想被淹没在一种更为传统的结构主义框架里。而有些新作品就可能被视为“也并没有那么新颖”。因此当托多罗夫尝试复兴莱辛（Gotthold Ephraim Lessing）的《汉堡剧评》（*Hamburg Dramaturgy*）时，他的努力被看作与美国新批评没有实质性的区别。总体而言，一切进展得很慢。1972年的人们还没有准备好迎接来自后结构主义的那些即将开始的大胆突袭。

不过，当时并非只有结构主义和后结构主义。我们现在已经知道，1970年代是个社会动荡与变革的时代，由此激发了很多新的思考方式。其中一个方面的结果是在美国哲学领域出现了很多新的作品，探讨语言哲学、精神哲学、模态逻辑（modal logic）和生成语法（generative grammar）等主题。此前很多年，这些主题大都属于传统英国学界的领地。而当美国哲学家们开始研究它们时，他们对其中很大一部分做出了重大的革新。我在上他们开设的研讨课时，常常会注意到，比起英国前辈们，他们中的很多人都喜欢那些更为大胆的形而上学概念和形式。因此克里普克（Saul Kripke）对康德的“第一批判”（即《纯粹理性批判》）中提出的问题感兴趣，并最终试图复兴一种伪装成新理论的亚里士多德式本质主义。同样，刘易斯（David Lewis）热衷于可能世界语义学（possible-worlds semantics），而这可以追溯到莱布尼茨（G. W. Leibniz），它意味着对传统的本体论进行彻底的改造，因为这涉及所有假设的可能世界里所有物体的本体论状态。那的确是一个让人兴奋的实验时代，这其中最大胆的实验概念之一就是模态逻辑，即试图建立一种以哲学必要性为基础的形式逻辑。那时人们总体上对于形式主义充满期待，具体而言，期待能够在纯粹形式证明序列的基础上获得关于必要性的深刻结论（当时正是计算机早期发展的时期）。当时的期望是，我们从这些形式证明序列中得到的东西可以揭示因果必要性的某些深层运作原理，而那是我们从纯粹的哲学推理所难以达成的。

当然，这些也引发了怀疑和批评，怀疑这是错误推理，批评这是没有价值的过度行为。我记得那时曾跟一位普林斯顿哲学研究生聊天。他说："你知道吗，数学系有很多人认为模态哲学就是垃圾数学。"这句话当时让我一惊，从那以后显然也一直记在了心里。实际上那段时间我正在花费大量时间细读模态哲学的教材，竭力去理解和吸收这种新式的形式推理。不过我仍旧感觉必须要严肃对待那样的负面批评。毕竟普林斯顿的数学系在当时被认为是全国最好的数学系。也就是说，当时在纯粹形式方面最有智慧的头脑在看过这些模态哲学的证明后说它们与几何或解析中的证明根本不一样。那句话让我吃惊的原因还有一个，就是它似乎暗示，虽然我们的形式证明序列可能每一步都是从前一步严密推理而来，但是最终结果却不一定有意义。这一点让我觉得非常重要。因为假如说这种负面评价适用于模态逻辑，那么它也可以令人信服地应用于任何数量的其他思考或推理形式与概念。

当时让我感觉到某些变化正在发生的另一个原因是1975年春季学期我旁听了罗蒂的一门关于精神哲学的课。那时罗蒂为人们所知，主要是因为他在几篇文章里针对当时美国认识论领域的著作提出了一些敏锐的问题，而这很大一部分都源自于塞勒斯（Wilfred Sellars）的一篇著名长文《经验主义与精神哲学》（"Empiricism and the Philosophy of Mind"）。罗蒂和很多其他人都特别推崇这篇文章。不过，记得有一天坐公交去纽约时，我跟坐在旁边的一位哲学系年轻老师聊到塞勒斯的那篇文章，他直接对我坦白说，他觉得那篇文章没有什么意义，而且很奇怪罗蒂怎么能从中看出那么多东西。我深有同感。不管怎样，罗蒂那时正在逐渐远离围绕塞勒斯建立的正统，而朝着相当激进的方向思考，这种思考后来在《哲学与自然之镜》(*Philosophy and the Mirror of Nature*)中最终成形。不过在当时，这本书的内容刚刚以几个油印章节的形式存在，罗蒂每周会给研讨课的学生分发下一周要讲的部分。实际上，这些章节潜藏着一个更大的基本前提，即任何一个陈述(以及更为宽泛的知识)的真实性在很大程度上依赖于评估这一陈述的视角。但是他的这些观点似乎并没有被听众们接受，学生们更感兴趣的是认知的确定性或可证实性。有一天罗蒂正好讲到塞勒斯《经验主义与精神哲学》个别段落的晦涩。一个学生突然反驳说："噢我知道塞勒斯是在干什么。"罗蒂看了看他，回答道："我有些朋友也认为他们知道亚里士多德在《形而上学》主要几卷里在做什么。"不过，那段时间他在为后来关于相对真理价值的论述和框架慢慢地做着准备。

我去弗吉尼亚大学读研究生的时候，没有修太多理论。不过这期间发生了一件很特别的事。德里达到我们学校做了个讲座。他来这里部分是因为他与法语系资深学者沙特克(Roger Shattuck)的友谊。作为对沙特克的友好表示，德里达在讲座开始，讨论了《独立宣言》中的表意过程，因为《独立宣言》的主要作者杰斐逊(Thomas Jefferson)在晚年创立了弗吉尼亚大学。有意思的是，德里达演讲的这个部分完全是用英语表达的，他有点儿费力，但总体流畅，而且没有使用《独立宣言》以外的任何文本。但是接下来演讲的法语部分，他是拿着一份写出来的完整讲稿在读。这让我很惊讶，因为我所知道的那些普林斯顿大学哲学系的学者们大都是脱稿演讲。尤其是克里普克，他做讲座时从来不看任何讲稿或笔记。很快听众们就发现，德里达的这次讲座不论思想内容还是语言风格，都是一篇精心构造的文章。复杂而不易理解——弗吉尼亚大学的很多著名理论学者很快开始摇头，相互确认彼此的迷惘。然而，在问答环节，德里达自己在一段错综复杂的演讲过后犯了一个非常基础的哲学错误：他试图宣称尼采应该为大屠杀的一切恐怖负道德责任，即使尼采并没有造成这样后果的意图，只因为纳粹想办法利用了他的理论。考虑到他前面讲座本身复杂的推理过程，这个宣称的天真和简化，看上去相当显眼。这更让我觉得他的讲座本身推理就很可能是有问题的。他的推理无疑很费解，而当一个人可以犯这样基础性的哲学错误时，很难相信他的另外那些推演步骤能够经得起仔细推敲。

1984年我到伊利诺伊大学香槟校区任教，我发现自己再次专注于理论研究。我到那之后的几天参加了第一次讲座活动，主讲人的主题是海德格尔。现在回忆当时的全部细节已经很难了。但是当时让我感到惊讶的是整个讲座缺少对海德格尔哲学语境的讨论：完全没有涉及胡塞尔，也没有讲到一般意义上的现象学，连海德格尔自己会不断提及的前苏格拉底派、黑格尔和尼采这些伟大的先辈们都没有涉及。就仿佛海德格尔独自漂浮着，发着光，唯一的联系就是由理论拣选出来引人注目的其他几位思想家，却远离了其思想脱胎的哲学母体。我后来发现这就是理论利用大多数思想家的典型方式。

接下来我想说说我在伊利诺伊执教期间下过功夫的一项工程，乍看之下它可能跟理论没什么关系，但是现在回想起来它深刻影响了我在理论问题上的总体看法。我在数学教授雷兹尼克（Bruce Reznick）的帮助下——我希望总有一天能回报他多年的好心——开始学习高等代数。处理纯粹抽象的对象——比如群论（group theory）的元素——至少有一个方面与跟理论打交道非常不同。我们会对纯粹的形式关系更加敏感，也会意识到是否可能用不同的方法处理这些元素。首先，我们会意识到不同种类的思考步骤。在数学里，有一些思考步骤看上去会反复出现。我们会学着尊重这些步骤，因为它们会产生非常有效的结果。我们也会意识到有些事情是行不通的。比起很多其他领域，数学也许是很多思想大厦的墓地。具有能力的人很容易建构，但是要证明这些建构具有真正的意义，却是困难得多。我从这次的学习当中学到了很多东西，其中有一个方面与我对理论的研究尤其相关。我使用的教材——《代数的主题》（*Topics in Algebra*），赫斯坦（I. N. Herstein）著——是我和我的数学老师成年时的经典数学教材，而且和很多1960年代的事物一样，这部教材也是实验性的。其中一个证明练习是这样的："请用你目前所知的知识证明这一结果。"后面还有一个星号指向作者的脚注："在本教材的所有题目里，关于本题我收到的来信最多。"这意思是，没有人——包括赫斯坦本人在内——能解答这个题目。这让我学到，不是每个形式系统都一定能够得到结果，假如一个既定的形式系统没有表征关键概念的方法，那么不论我们使用怎样的思维步骤，都不可能达成我们的目标。在更广泛的意义上，我突然觉得这一点也可以令人信服地适用于不同形式的理论，亦即，假如一种特殊形式的理论不能表征其必要的概念以达到目标，那么整个理论都会受到重压，在它的框架内思考也会变得异常困难。

2000至2001那个学年我开始教授本科生的理论课。实际上，我在伊利诺伊大学任教初期就曾想尝试开设一门文学理论史的课程，计划讲到1900年前后。那门课最终因为选修的学生太少而被取消，这或许并不令人意外。那时理论课都是选修而非必修，而且一般来上课的都是"几个兴致勃勃的学生"，而不是很多不情愿的人。但是等我想着再次开设本科理论课的时候，情形已经大不一样了：理论已经从选修课变成必修课，也就是说每个学期我们系都会提供多个时段的理论介绍课程。虽然理论课变成了必修，选课人数有了保证，我不得不承认，因为很多原因，我有很长一段时间没有选择教授本科理论课。但是在一门研究生研讨课试用了这本书中的材料以后，我感觉终于准备好可以为本科生讲解一门更为宽泛的理论概览课。但是我开始备课以后却感到有些不安。在美国，大多数本科理论课程都会使用某种教材，而且往往也只会用这些教材。结果就是，学生们只会读那些来自原著理论的选篇。因此不出意料的是，当他们真的看到理论原文时，就像新兵刚入伍第一次上战场：吓坏了。我很多学生就是这样：被理论给吓坏了。说实话，那情形有点像喜剧。一方面，系里老师（比如我的一位同事）一边强迫学生选课，一边广而告之本课程的材料“不是给胆小之人准备的”。显然教师当中开设此课的热情很高。另一方面，学生们就像克尔凯郭尔的《恐惧与战栗》（*Fear and Trembling*）里的以撒一样，希望能找到出路。因此，这门原本应该是大二学生修的课，大多数学生却都是大三甚至大四最后一学期才选。不管怎样，尽管教师和本科生对这门课的材料有不同的态度，我任教期间似乎情形并没有多少改变。这也很有启发性。具体说来，这说明教师群体对理论这门学科投入很多，不论学生们是否有兴趣。这就引发了下一个问题，为什么大学教师会对理论有这样大的投入和兴趣。

二、阐释回报

要理解文学研究为什么会在理论上投入这么多，我觉得有必要回溯到美国的新批评时期。新批评在二战之前和二战期间逐渐成为美国大学文学研究的主流思潮，其地位在战后持续了近20年未变。

在新批评之前，我们看到的可能更像是曾被称为语文学的研究，即依据最先从西方古典语言包括古希腊语和拉丁语的经典作品中发展出来的历史原则对文本进行研究。这意味着必须了解一个词语的全部历史，包括在所有希腊语和拉丁语来源中的用法。而且，因为这些词语产生的文化已经远离我们，我们还需要恢复这些词语表达的文化实践，也即历史。理所当然的是，对于古典作品或是古典研究，如果没有坚实的历史基础，没有人会尝试去理解或阐释一个词语或文本。对古典语文学而言，历史一直是其根本。如果不了解一个特定词语的历史用法，我们就没有资格谈论它可能的意义。如果不了解一个古典文本所有词语的历史用法，那么整个文本的意义也就无从谈起。尽管这种历史方法初始于古典语言研究，但它也被广泛用于英语文学研究。然而，随着新批评理论的兴起，这一切彻底改变了。因为现在人们被告知：忘了那些吧，我们不必再找出词语用法的全部历史，即延伸意义上的语源学了，只要把注意力集中在构成一个文本的不同词语间的关系即可，这些词语之间的关系才有意义，而不是它们与此前或之后事物的关系。也就是说，没有必要回溯到过去（垂直关系），只要关注当前的一切（水平关系）。新批评在这里的宣称是，对一个文本（特别是一首诗）中所有词语间可能关系的细密探究会得到更为丰硕的成果，即对这一文本更为丰富和全面的阐释。为了这一更为丰硕的阐释结果，我们可以冒险选择忘掉那些语文学的东西。当然，这也就意味着其中会有很多艺术鉴赏家对文本词语或主题的操纵利用。因为假如页面上那些词语就是你所拥有的全部，你就只能付出加倍的努力才能产生足够丰富的阐释，才能与包含大量文化实践信息的语文学资源相比拟。无论如何，新批评似乎感到这一切都很值得。这也许可以归结到二战前后美国的孤立主义，或是其他原因。但不管因为什么，新批评一经启动就没有回头路了。

新批评所做的事情，是在提高阐释游戏的赌注。最后，它的宣称不再是自己的方法能得到跟语文学阐释一样好的结果，而是按照它的方法去做的人能够获得更佳的阐释。这就增加了阐释游戏的风险。因为现在任何一种研究文本的方法都需要马上兑现其现金价值，也就是阐释成果，这进而提高了对阐释的要求。在新批评之前，我们可以看到语文学自由缓慢的研究路径：花费大量时间研究一个文本不同词语的意义、其用法的历史。当你做完这一切，最终可能会对整个文本做出某种阐释。但这个过程需要很久，甚至有可能是几年。而新批评却不是这样。我们可以把这种对阐释的要求和由此产生的压力比作篮球场中的“罚球区”（lane），这个区域很小（特别是对大块头来说），任何人都不能在里面停留超过3秒。因此，在这块狭小区域内会发生大量的复杂的进攻性操作，而且最重要的是，一旦进入这个区域就面临要投篮得分的强大压力。这就是新批评所做的：增加了得分，即获得足够阐释成果的压力。但是这种对更多阐释成果的要求和对文本更加丰富、完整的阅读，会产生一些严重的后果。因为一旦有了这些高要求，就不可能再降低标准了。换言之，这种对高回报的要求将使阅读进入一种不可逆的趋势，这意味着从今以后，这会自动成为对任何阐释的必备要求。靠刀剑生存的人，也会死于刀剑。新批评在要求更多阐释成果的同时，也让自己面临被另一种阅读或阐释方法超越的可能。这种对阐释高回报的要求一旦提升，就会永远存在。我们可以把新批评想象成一首乐曲，它引入了一个关键的过渡张力音（transitional tension note）：你一旦引入了那个音符，就不能停留在那里了。任何张力音都会通过其后的音或音序自动召唤结语。新批评所启动的过程，就是类似这样的情形。

在某种程度上，第一个试图推翻或者超越新批评的尝试来自一个可以预见的地方。假如你排除了一切从外部获取阐释帮助的可能——比如历史或传统——那么更好的阐释也只能来自内部了。因此我们才有了原型批评（archetypal criticism）或神话批评（myth criticism）。与新批评相比，原型/神话批评带来的是文本词语和主题中更加深层的意义。新批评去除了以语文学形式从外部寻求阐释帮助的可能，但是它并不能排除有人声称文本的修辞中潜藏更为深层的意义或共振，而文本自身可能对此都没有意识。在这个意义上，我们也许可以说，原型/神话批评并不需要到外部寻求帮助。具体说来，就是它不需要从词语或主题的某些早期用法来寻找这种深层意义与共振，而只需要说深层意义就包含在文本内，嵌于其中。任何人所要做的就是将它挖掘出来。使得原型/神话批评能够超越新批评的一个原因是，前者并没有那么依赖词法传统（lexical tradition）。也就是说，它不需要在某个实际的先前资料中找到一个词语或主题的明确用法。反之，它只需论说：即使在作为分析对象的文本中特定词语或主题是这样的用法，其深层意义也是包含在这个特定词语或主题当中的。这就让它战胜了新批评。因为新批评曾经宣称自己的特色就是对文本作出比语文学更加丰富而全面的阐释，如今它自己也面临这同一标准的评判。于是当另一种批评方法出现并抢占了对这一标准的宣称，那它也就无话可说了。

与此同时，我还发现一个重要的情况，那些最终使得原型/神话批评战胜新批评的论著不仅使用了原型/神话批评，而且结合了貌似文类理论的某种研究。这里我指的是弗莱（Northrop Frye）的《批评的解剖》（*The Anatomy of Criticism*，1957）。实际上，纯粹原型/神话批评从20世纪30年代就有了：鲍德金（Maud Bodkin）、奈特（G. Wilson Knight）等人在新批评出现之前很多年就已经写出了他们的主要著作。尽管如此，新批评刚出现时还是轻易地取代了早先的神话研究，而将自己确立为支配性的阐释范式，因为它有神话研究所不具备的一种能力：从文本中生成复杂的形式结构。这在另一方面就成了新批评的名片和特色：更加丰富而全面的阐释，具体而言，就是它证明了自己能够产生更具复杂性的阐释。而这种复杂性吸引人的原因是，它并非是纯粹的词法——也即不仅是关于文本中的词语及其相互关系，而且它可以从这些词语（还有更多的是它们表达的主题）中创造出形式结构。与这一切形式的复杂性相比，纯粹的原型/神话批评便不具多少吸引力了：只要它无法产生那种更大的结构以涵盖整个作品，它就不能宣称与新批评具有同样的形式复杂性。因此纯粹的原型/神话批评在这次竞争中失败了，直到弗莱出现。弗莱看到，他的原型/神话批评前辈们没有觉察的，是形式的魅力。于是，弗莱就提供了形式，而且是用文类理论加以伪装。而因为《批评的解剖》能够同时提供形式和原型/神话的吸引力，它就战胜了新批评。我们知道，好莱坞长期以来就是这样做的。这也是奥特曼（Robert Altman）的电影《玩家》（*The Player*）中所描述的情形。有人提出用两种不同的电影类型结合成一个剧本，这种两个类型叠加的吸引力是无法匹敌的。就如《高斯福德庄园》（“Gosford Park”）与《三个女人》（“3 Women”）相遇，或者《银色、性、男女》（“Short Cuts”）与《漫长的告别》（“The Long Goodbye”）相遇。弗莱所做的，就是将原型/神话批评与文类理论的魅力叠加，亦即，深层共振与形式复杂性的魅力叠加。而且它也是要将一切涵盖在内的。因此弗莱试图提出一种包含一切文类的范畴。不过也许他最微妙的一步是重新引入历史。因为他的范式演进——从神话的到浪漫的，到高级模仿，到低级模仿，到反讽的——与我们在奥尔巴赫的《模仿论》里所看到的一样，后者的发表比前者也就早了十年。结果就是，弗莱能够宣称自己可以提供原型/神话批评的吸引力，能够把握词语特别是主题在新批评阐释之外的深层共振，同时还具有文类理论的吸引力，让我们感到那些深层共振并不会孤零零地漂浮在某种缥缈的文化空间或是集体无意识，而是实际扎根在某种既定文类的形式边界之内。而这些文类或范式本身也可以被置于一种序列或者历史演进当中，正是这种批评复杂性的点睛之笔。

然而，弗莱对包容性的强调最终为更加广泛的包容形式敞开了大门：人类学。弗莱一直宣称他所倡导的那种分析是严格意义上的文学批评。在这个方面，我们可以说，他是忠实于新批评的经典规则：不应游离在文本之外。但是来自涵盖所有文类的文学包容性，加上来自原型/神话批评的深层共振的吸引力，一定会激发更大包容性的可能。假如我们可以包含我们所能够找到的所有文学，并且假如我们切入这些文学的范式（原型/神话批评）使得我们能够触及深层意识或无意识，那么为什么不尝试能够包含更大范围的方法，即不仅仅是文学而是文学最终可以找到其恰当位置的更大领域、那个包含着我们一切文化实践的领域呢？于是，通过提出这种探寻，或是类似的问题，我们就能够看到文学批评是如何拓展到人类学这样的领域去的。

我认为，人类学在20世纪60年代大放异彩并非意外。那十年社会动荡不安，很多人在西方传统文化的边界之外寻找答案。尽管有些基础性研究工作已经由列维-施特劳斯（Claude Lévi-Strauss）和埃文斯-普理查德（E. E. Evans-Pritchard）在十年前甚至更早完成了，但是直到20世纪60年代他们的著作才得到人类学专业研究人员之外更广泛圈子内学者们的重视。60年代的各种事件让人们意识到西方出现了价值危机，需要在别处寻求答案。具体说来，在美国当时有民权问题，越南战争也让越来越多的人意识到其他人可能会有不同的视角和价值观。1968年5月，巴黎学生运动兴起，法国各地的工会运动也此起彼伏。尽管这些事件都走向了终结，它们却促使整个西方的文化意识发生了不可逆转的改变。这也无可避免地激发了人们对于人类学的广泛兴趣。我仍然记得自己在高中毕业前几天兴奋地阅读列维-施特劳斯的《野性的思维》（*The Savage Mind*），当时感到这本书敞开了一扇新世界的大门。列维-施特劳斯对土著部落的社会实践进行描述和解释，表明它们以令人惊奇的方式与西方的文化实践相关联。因此，某样事物一开始可能看上去很陌生，但是在探究的过程中，就与我们一直以为自己理解的某种西方文化实践联系了起来。而由于有了这种联系，那种实践也成了俄国形式主义称为陌生化（bestrangement）的对象，也即由熟悉变为陌生。有些读者可能像我一样记得那本著作的封面是著名的克卢埃（François Clouet）肖像，并且好奇这么典型的西方艺术，精致的蕾丝，怎么会跟据说是原始的部落实践相关。然而在这部著作的最后，所有的疑问都得到了有意义的解答。

我前面提到列维-施特劳斯和著名语言学家雅各布森对波德莱尔诗歌《猫》的解读及其在批评界引起的反响。现在也许可以对此多说几句，因为他们的解读比弗莱的《批评的解剖》还能提供更大范围的包容性阐释。假如说弗莱的著作试图对西方文学做出总结，那么列维-施特劳斯/雅各布森的解读显然超越了这个范围，将波德莱尔诗歌的主题联系到一个更广泛的文化领域，其中涉及人类学和大量的语言学知识。显然，这里出现了另一种吸引力。确实说来，就是科学（Wissenschaft）的吸引力。自从19世纪德国古典语文学迅速发展以来，人文学科的研究一直感到——即便不总是有意识地认可这一点——科学的吸引力。这是对一种感觉的渴望，而这种感觉就是任何宣称都能具备坚实的基础，所有我们建立的关联都不是个人化的、主观的，而是具有更广泛的客观性。而这其实就是列维-施特劳斯/雅各布森的解读最大的吸引力。它将阐释扎根在更大范围的文化实践主体中，不仅包含西方也包含其他种族。这意味着不能将其视为主观印象而轻易勾销或摈弃。与此相反，它突然之间无限敞开了这种可能性：将任何文化主题——以及任何文本作为主题的集合——置于一个更广大领域的文化相关性当中。而因为列维-施特劳斯/雅各布森的解读能够为其论证更广大范围的文化相关性，那么它对自己能够统领任何既定文本阐释的宣称似乎也是同样无可辩驳。

不管怎样，当时已经有了变革的迹象。1966年10月新成立的约翰·霍普金斯人文研究中心主办了题为“批评的语言与人的科学”（The Languages of Criticism and the Sciences of Man）的学术会议，有多位颇具盛名的法国思想家来到美国参会，他们是巴特（Roland Barthes）、德曼（Paul de Man）、伊波利特（Jean Hyppolite）和拉康。据当时在场的米勒说，整个会场都是高卢香烟（没有滤嘴的法国烟）的刺鼻味道，蓝色的烟雾弥漫在空气中。在会议进行到后面时，拉康用口音浓重、难以理解的英文做了一次报告。然后他半夜给列维-施特劳斯打电话，说自己打了场令人瞩目的胜仗。然而，他很快就被会议最后一天的一场报告抢了风头。那场报告的题目叫做《人文科学话语中的结构、符号与游戏》，报告人是一位当时寂寂无名、来自法国巴黎高师的年轻哲学教授，名叫德里达。让德里达的报告成为那次会议的高潮以及未来的预兆的，是它认定人类学反映了西方的民族中心主义，即将自身看作事物的秩序中心，最终表达了一种对在场的欲望。问题是，一旦揭示了这种民族中心主义，那么也就不可避免地将其瓦解了。因为人类学自诩为客观的，剥掉其客观性就意味着它不可能再成为中心。也不可能有任何东西可以取代这个位置：我们一旦意识到一个体系要构成中心的企图，就不会再让这种中心继续存在——因为我们自己已经不再占据那个中心位置，而是从外部，从某个边缘或边界看过去。现在看来，这种通过揭露曾被假定为客观之物对于中心的内在欲望从而颠覆中心的做法，将被很多人视作后结构主义开端的标志。

不过，就当时而言，德里达的报告意味着从一种不受时间影响的天真坠落到历史的时间当中。我们在某种意义上可以把人类学看作永恒的天真（timeless innocence）。它在不同种群的人们创造的一切社会实践和文化之间假定某种基础的同一性。而假如所有这些社会/文化实践只是某种基础性活动的不同版本而已，那就意味着没有所谓历史时间，因为没有从更原始到更文明的实践的“发展”过程。但是现在人类学这种超越时间的天真被揭示为西方民族中心主义的一种形式，一种将特定秩序强加于非西方文化实践的欲望。这就表示我们不能再相信所谓非历史性，因为它所反映的文化相对主义只是西方对于永恒天真的欲望。而我们一旦抛弃人类学那种超越时间的视角，便不可避免地回到历史的时间中去。但如果说离开人类学意味着从永恒的天真坠落，那么回归历史也不可能重拾天真了。因为我们不仅仅是生活在历史的时间当中。我们所生活的历史时间在很大程度上是由我们看待它的方式塑造而成的。但假如说历史时间是由我们的视角塑造，那么从人类学永恒的天真坠落只能意味着：不是从理论坠落，而是从一种形式的理论落到另一种形式的理论当中。

三、时间难题

在很多方面，福柯看上去像是结构主义的余波。尽管他公开宣称自己跟结构主义没有任何关系，但我们很容易看到他的早期著作与列维-施特劳斯这样的结构主义人类学者之间的相似性。简单地说，像人类学一样，福柯实际并不想处理时间的问题——尽管表面上他在做的是历史研究。我猜测，与几乎所有他的法国同代人一样， 他受到了人类学兴起的深刻影响，他不断地把人类学称为“人的科学”。进一步说，福柯像结构主义人类学一样，非常专注于他在《词与物》中讨论的特定时期的精神框架。实际上，一个看待他著名的认识型概念的方式可以是，这是列维-施特劳斯常常提出的那种网格（grid）或框架（framework）的遗留物，网格或框架是为了表明不同的部落族群之间如何将彼此的概念联系起来。这种网格或框架实际就是一种组织世界的方式，在这个方面它与那些非西方族群标画（map out）世界的方式并没有特别的差异——尽管认识型更具复杂性。但假如说认识型从根本上只是对世界或是我们对事物知识的标画，那么它也必定会与其他那些标画方式具有共同的特性，也即超越时间性。毕竟地图都是非时间性的。它们表明某物与某物在空间上的关系，但它们从不告诉你这些事物随着时间是怎样变化的。这就是福柯喜欢它的原因：能够表现事物的关联性，而不必说明它们的关系在某个时刻是如何消失的。

从根本上说，福柯害怕时间、生成、发展。对他而言，那些概念都像穿越在地图上未标明的水域。我猜测，福柯害怕的是一旦我们进入生成或是发展——也即我们成为我们所是的最终过程，就面临发现这一过程背后有某种决定性力量的风险，某种决定我们无可避免地变成现在的样子的原因，同时在本质上排除了我们成为其他样子的可能性，也就排除了自由、自主和施为的可能。当然，福柯明白那是19世纪理论的中心问题：试图理解生成的整个过程。这也是他不愿意涉足其中的原因。因此《词与物》故意在18世纪之后戛然而止：福柯对19世纪发生的事情不感兴趣，因为他知道那是关于生成、过程和发展的。实际上，福柯完全不遮掩自己对18世纪的怀念——我们可以说，那是个在我们真正进入历史事件之前的时期。在这个意义上，他提出的并不是人类学的永恒天真。而正因为那不是永恒的天真，而是对于一种过去的认识型非常自觉的渴望，所以我们可以认为福柯是人类学的后继者。这样当我们知道无法再坚持永恒的天真但又想要那种不同概念与建构之间的关联性时，福柯就是我们所看到的。他同时也满足了理论的野心。福柯提供给我们的，是一种浸润在历史意识中的观点，但这是在一种非常有限的意义上。具体而言，他表明我们意识到自己无法再坚持人类学永恒的天真，但却不愿意牺牲对关联性的感知，因为后者让人类学具有理论的魅力。这有点像是说：我知道我不能再吃蛋糕了，但是我还想吃。

不过，假如说福柯认同试图坚持永恒的天真是无望的，那他也并没有准备像海伯利安（Hyperion）那样坐在他的宫殿里等着一切熄灭。[1]相反，《词与物》提出了一个充满野心、几乎疯狂的计

① 希腊神话中天与地的孩子、十二个泰坦神之一，光之神。此处的比喻来自济慈未完成的长诗《海伯利安》第一卷第290—295行。

划。实际上，它几乎是在试图宣称词的秩序能够以某种方式与物的秩序完全对应。现在的大多数读者只读过该书的英译本（*The Order of Things*，《物的秩序》），因而很容易忘掉法语原著的题目是《词与物》（*Les mots et les choses*）。这个法语书名才最恰当地表达了该书的真正目的：试图恢复18世纪对于词与物一一对应的信念，并竭力再次肯定这一信念，以期施以足够压力，也许这样就能够重建那些让这种信念成为可能的条件。这就像是在想着，要是某种特殊的状况是真的就方便了，接着就决定——因为太方便了——我们就直接假装这是真的好了。但是在某个层面上，福柯当然知道我们不可能永远这样假装。显然，时间和历史都在继续前移。而既然如此，在某个点上他也不得不继续前移，不过却不是移至作为变化、发展、生成的历史。他为了避免这些，需要一种替代计划。

福柯在《词与物》出版几年之后提出另一种看待历史的方法，这一方法使他不需要直接面对他在发展、过程和生成当中感到的必要性预期。于是，我们在他的文章《尼采、系谱学、历史》（“Nietzsche, Genealogy, History”，1971）里看到他将系谱学作为考察历史的另一种方法，这个方法让我们不必接受发展或生成那些难以接受的隐含意义。与认识型和《词与物》里超越时间的词物矩阵不同，系谱学承认时间的存在，但是以一种奇特的、部分的方式承认。系谱学作为考察历史方法的奇特之处在于尼采从来没有想让它取代过程或生成。毕竟尼采本人并不反对生成，他后期著作之一《瞧！这个人》（*Ecce Homo*）的副标题就是《人如何成为人之所是》（“How One Becomes What One Is”）。他对历史是一个过程也没有意见，这是他看待事物发生状况的基本方式。一切物和人都经历过程，从无机物到生命的低级形式到人类，连超人都不是过程或生成之外的特例。因此，对尼采而言，系谱学并没有取代或掩盖过程和生成。我认为他只是把它看作进入历史的一个方式。某些历史进程，尤其是那些包含社会或文化价值的进程，其产生的根源来自特定人群的颠覆性活动。系谱学就是对此过程的追踪探寻。因此我们在尼采的《道德系谱学》（*On the Genealogy of Morals*）里看到各种道德偏见如何经由犹太教和基督教的破坏性活动而产生的历史。由此，系谱学成为揭示那些乔装为客观性的事物的方法：我们发现那些所谓普遍适用的道德价值之所以存在，就是因为特定人群想办法将它们放置在那里，并在这个过程中同时破坏了其他的价值。但他在这里没有在任何一个方面消除历史过程或生成本身。他只是让我们有了进入这个过程某些特例的方法。

我猜想福柯是把系谱学看作一种权宜之计，是在你感觉没有更好的选择时才会选择的东西。但归根结底，系谱学并不是真正的历史。它只是认识论：一种认识到某些历史过程中发生过哪些事情的方法。在这个意义上，福柯选择系谱学意味着他放弃了在历史上描绘更大图景的努力。也就是说，在那以后，福柯不再试图假装他对所发生的事情有全面的了解，不论是19世纪还是20世纪。结果就是，我们在福柯后期著作中已经找不到他早期作品里那种广阔的视野：不再谈论西方文明，不再讨论理性与疯癫的分界线，或是囊括一切的分类学（taxonomy）与细分至局部、具体科学之间的界限。我们也可以说，后来他的著作属于认识论，而不是形而上学。福柯不再试图宣称词与物是一一对应的，而只是说我们需要通过追溯各种价值产生的过程来质疑它们的有效性。

不过，假如说福柯把系谱学或者说认识论看作权宜之计的话，他还是竭力使之物尽其用。他所宣称的实际上就是，认识论就是全部，除此以外我们其实并没有其他东西。也就是说，我们关于外部世界的一切认知，都会回到认识论，即我们获得知识的过程，以及我们分析或意识到那些过程的过程。然而，通过选择认识论而非形而上学，福柯也可能被看作是回到一种理论的早前完美理想——解释或阐释的完美理想。我们已经看到，新批评胜过早前的语文学是因为它能够提供对文本更加丰富和全面的阐释，原型/神话批评进而超越新批评是因为它能揭示文本的深层共振，而不仅仅是在词法或者词语和主题上进行阐释。接着我们又看到人类学如何胜出，因为它能够提供科学的吸引力，并能将文学文本中的东西与更加宽泛的文化实践联系起来。然后，我们还看到德里达从理论的立足点颠覆了人类学，揭示了其中隐藏的民族中心主义、对中心和在场的欲望，使得理论从人类学的永恒天真坠落，进入历史时间。然而接下来我们看到福柯表面上似乎要将理论带入历史，实际上却根本不想进去——他从未真正想要完全进入历史当中，因为那意味着进入过程和生成，并面临内部潜藏的必要性的可能。通过《词与物》的词物矩阵，他试图避开上述可能，而当这难以证明的时候，他选择了系谱学。但我猜想，系谱学最终对福柯来说只是一个诡计。更大的问题是认识论相对于形而上学。福柯通过放弃词物矩阵的形而上学，试图通过认识论做出另一种选择：假如我们不能拥有词物矩阵可能带来的永恒天真，那么我们至少可以通过进入认识论来避免过程或生成，即宣称我们所拥有的只是获得知识的过程和意识到这些过程的过程。但是这种认识论回归并非仅仅放弃形而上学，福柯要表明的是，通过认识论和应用系谱学范式，我们可以期待恢复理论的原初目标，也就是阐释。在这个意义上，可以说我们又回到了当初的回报。不过还是有差异。因为按照福柯的意思，我们在这期间学到了，知识比我们想象得更加难以获得。之所以如此困难的原因是为了维护统治秩序而故意让知识难以取得的各种破坏性过程。这就是我们需要认识论的原因：质疑我们表现价值的过程，揭示导致这些价值产生的破坏性过程。

我前面只简略涉及福柯后期的代表作品《规训与惩罚》（*Discipline and Punish*）。这里值得再说几句，因为它和《性史》一起为接下来的理论发展铺平了道路。我们看到，福柯在从形而上学转向认识论的时候，实际上认为认识论如今具有必要性，因为获得某些关键主题的知识非常困难，比如当前的一些价值是如何形成的。这会成为后面理论的标志：获得知识很困难，因为破坏性过程为了强力构建特定价值而干涉知识的获取，结果就是，我们需要获取与那些过程相关知识的更加直接的方法。但是，这在某种意义上，只是让取得那种知识的回报更加丰厚了。因为那种知识的取得会带来权力。获得知识的同时，我们也获得了权力，因为在获得知识的过程中，我们意识到所有最初要阻止知识的破坏性过程。这种知识与权力之间的关系将成为后来理论几个关键发展形式的标志。对福柯而言，就如他在《规训与惩罚》里分析边沁的全景敞视监狱时所充分证明的那样，知识就是权力。而因为这一点，从理论得来的回报——假如那就是关于破坏性过程如何塑造了我们或者让我们成为我们所是的知识——只会更加丰厚。

四、发展的焦虑

有了福柯后期的著作特别是从形而上学到认识论的转变，才使得后来的某些理论成为可能，其中就包括巴特勒对性别理论的发展。但是巴特勒又与福柯不同。福柯在选择认识论而非形而上学时，并没有宣称形而上学意义上的物质是不存在的，相反，为了讨论系谱学，他说外部必须有什么东西作为系谱学所描述的对象。在这个方面，巴特勒要更加激进，在她看来，根本没有什么形而上的物质，也就是说，没有所谓纯粹的“存在”。一切都是操演性，你就是自己让自己所变成的样子，或是表演出来的样子。然而，这种宣称使得理论有了一次激进的转向。至此，我们看到理论一直在描述或分析或解释某种外在于它的确定存在的事物。在这个意义上，理论总归是关于它自身之外的事物。因此，它总会有一种解释的负担，这也构成了它存在的理由。然而，一旦巴特勒将形而上的物质或存在物的观念抛弃，这种解释的负担显然就消失了。没有存在物，也就没有可解释的东西了。但由此产生的后果可能乍一看令人有些惊讶。正常情况下我们可能会想：没有物质，就没有理论。而实际上结果却正好相反：没有物质的情况下，余下的只有理论。在巴特勒看来，在一个没有形而上物质的世界里，我们所是就是我们让自己成为的样子，也就是所谓操演性。但如果说操演性就是这场游戏的名字，我们到达目的地的唯一路径就是理论。换句话，只有当你明白各种符号和能指的意义时，你才能将自己“操演”出来。而唯一获得这种知识的途径就是通过理论。从这一点出发，巴特勒花那么多时间在性别戏仿上就是自然而然的事了。显然，性别戏仿是操演性最为复杂的形式，因此我们才正好需要理论来将它厘清。但假如说操演性需要厘清，我们还需要一种操作它的方法，因此一切的重心最后落在了理论上。

与此同时，我们还可以说操演性也是巴特勒无可避免地要回到过程或发展的原因。生活在一个没有任何事物可以确认为“存在”的世界，就像是生活在一片虚无的空间。而唯一可以将你的状态区别于纯粹的空洞或虚无的方法，就是有什么发生——有某种事件发生。但是，事件的发生需要时间，它们往往不是一瞬间的事情。而且，它们很可能不仅仅是一次孤立的事件。不，它们更可能是一系列或是一整个序列的事件。而一旦发生了一系列事件或是前后连贯的事件，我们最有可能看到的是一个过程，尤其是当这些事件以某种方式相互关联。假如说操演性认为你是你让自己所变成的样子，那么变成自己就需要经过一系列操演。一系列操演就是一个过程。变成自己，就是这个过程的结果。因此，操演性的实质就是你变成自己的过程。如果说操演性就是个过程，那么理论也只能是关于过程的。但是，如我们所见，这正是福柯想要避开的。不过对巴特勒而言，这却是不可避免的。因为一旦去除了物质，剩下的就只有事件，正在发生的事件。它们一而再，再而三地发生、积累，结果不可避免的就是过程。

与巴特勒一样，霍米·巴巴也认为过程无法避免。但与巴特勒不同而类似福柯的是，他很担心这一点，因为他看到过程很容易导致一种事物被先在决定的感觉，从而丧失自主与自由。对此他的解决办法是找到不同的方法来混合一切。我认为，这就是他总是坚持我们要从中间开始、总是居于故事中间的原因。拿破仑曾说，每场战斗都包括开端、中间和结局。一旦他的敌人们认可了他所认为的开端，剩下的就是一个预先决定的结局了。这正是巴巴所担心的：我们从某个正在发生的事件开始，接着我们加入作为第一个事件结果的第二个事件，接下来我们继续思考作为第二个事件结果的第三个事件。很快，当这些事件不断积累的时候，我们发现可以发现某种序列，某个像过程的东西。但是过程是一种麻烦。因为我们一旦有了过程，就要开始标出它的各个不同阶段：起始、中段、结尾。

一旦开始这样做，我们就很容易滑入一种想法，相信某个事物最终的样子在很大程度上——假如不是全部如此——是由它起始的方式所决定的。我们一旦有了这种想法，就几乎丧失了对于自主或自由的可能性的信念。在巴巴看来，要想避免这种结果，就不要从起点开始。巴巴认为，我们需要从某个中间位置拾起这个故事。他指出，那样的话，它就失去了将自身发展或塑造成一个故事的机会。这就是我们避免染上那种从起点到中间到结尾的综合征以至于失去施为自由的办法。

另一种混合一切的方法，就是打破我们对这一过程设定主体的关注。在巴巴看来，我们一旦将目光集中在某个人身上，就很容易在他/她的故事里读出决定主义的意味。因此解决这个问题的方法就是持续打断我们固定在那个单一主体的努力。巴巴认为，打断的方法是将整个过程看作相互作用的而不是某个单一主体的故事。换言之，不是某个主体成为他/她所是的故事，而是那个人如何与其他人持续相互作用的故事。而一旦我们努力确立了这一点，就很难在故事中找到必然性或决定主义了。现在要说出必然性或决定主义在哪里，不是件轻而易举的事：是在那个主体中，还是在那些影响了主体的其他人当中呢？既然主体与其他人的总体关系是相互影响的，要证明某个必然或是无法避免的结果就更难了，因为现在我们可以质疑另一个人或另一些人所施加的影响是否真的足以决定那个单个主体。也许那个个体可能会对这些外部影响做出不同的反应，又也许不会。关键是，我们并不知道。我们知道的就是这些不同主体间有些相互作用，即巴巴所说的协商。是的，这仍旧是个过程，而既然是个过程，我们就可以认为它是会有结果的。但这个结果是如何形成的，如今就是一个开放性问题了。在这个意义上，相互作用是有效的：它让我们避开那种在某人或某物中看到内在固有特性的倾向，这一倾向对我们试图建立自主性的努力有致命的威胁。而它留下的唯一问题，对理论来说，就是我们是否还能够理解我们想要探寻的那个过程。

在巴巴这里，我们显然已经到达一种理论的极点，很难想象理论还能越过他往哪里走。也就是说，我们已经将事情混合得如此彻底，要说出我们应该怎样进行下去才能把一切厘清，实在是太困难了。而这一点对理论而言，当然是个棘手的问题。因为假如理论不能真正把握我们成为我们所是的过程，它就很难宣称自己能够合法地讨论这个过程。在巴巴这里，连贯性肯定是个问题。首先是讨论主题的连贯性：假如我们不能形成一个连贯的图景，那么我们能确定自己所谈论的实际是一个过程（而不是混沌）吗？其次，理论的连贯性：即便我们有某种理由假定一个连贯的过程（假定我们终究是我们所是，也会在一个序列的事件之后成为我们所是），如果理论不能够掌握它，那么只能质问理论是否应该还在讨论它。如维特根斯坦所言：我们无法谈论之事，只能沉默以避之。不管怎样，假如说在巴巴这里，我们到达了某种极点，那么显而易见，我们到此的过程看上去似乎是基于某种必然性的。具体说来，我们已经看到理论以某种方式关注过程是无可避免的。毕竟，过程就是我们如何成为我们所是，这是我们最终希望获得的知识。如果说我们所关注的是过程，那么我们还关注的就是在多大程度上能够用理论来描述或解释它。

五、视角

摆脱这个僵局的一个方法是采取一种更为疏离的视角，并由此对于这个僵局为何以及如何产生形成某种观点。这就是利奥塔（Jean-François Lyotard）在《后现代状况》（*The Postmodern Condition*，1979）和罗蒂在《偶然性、反讽和团结》里所做的。比如，利奥塔讨论了提出“宏大叙事”的各种企图，这些企图想要解释我们如何成为我们所是。同样，罗蒂看到，试图解释我们当前状况的理论都有一种无可避免的叙事冲动。以这种方式讨论对过程的执着和关注，两位论者显然或多或少都在有意识地与之拉开距离。我们可以把他们所做的看作是构建一种框架：通过讨论理论用自己的叙事描述我们如何成为我们所是的努力，利奥塔和罗蒂显然都将自己与那种努力做了区隔。因此，在某种意义上，我们可以说他们所提出的不再是理论，而是哲学或是其他的什么。我认为他们应该会乐意接受这种说法。显然，他们都对如何找到一种方法来讨论我们的发展而不陷入决定主义或必然性的陷阱缺少兴趣，也许他们根本就不觉得这是个需要担心的问题。不管怎样，他们以这种方式讨论对过程的执着和关注，把它当作追求某种引人注目的叙事的企图，就足以激发一个疑问。也即，我们可能会感到奇怪，为了避免理论制造的僵局，我们就必须与理论保持距离吗？

不过，罗蒂并不满足于此。他做了非常具体的尝试，希望找到这种疏离应该采取的形式。他提出的方法就是反讽。反讽，在他的框架里，就是意识到总有提出另一种叙事、另一个故事的可能性。而总有这种可能性的原因是，我们总是可以从一个不同的视角描述发生了什么——我们成为我们所是的过程。毕竟这是这个情形中所固有的问题：即个体主观性的问题，我们受其所限，在看待我们身处的任何生活情形时，总会与其他经历同一情形的人视角不同。但是假如说总是有提出另一个故事或者故事另一个版本的可能，那么没有任何一个故事或版本可以统领其余，进而意味着我们没有理由接受任何特定的故事版本。正因为我们告诉自己总有讲出另一个故事的可能，因此我们等于退出了这个游戏。这样我们就避免了陷入理论的僵局，不再一直寻找某种方法描述我们成为我们所是的过程而不落入决定主义或必然性的陷阱。不管怎样，我认为这种反讽疏离的姿态很显然并不那么让人满意，且不论它在避免理论困境上可能有多么成功。因为，最终我们对于我们如何成为自身的那个过程还是真诚地感兴趣。正因为如此，放弃理解那个过程的努力恐怕是无法让我们感到高兴的。

但是如果说疏离不像是我们要找的答案，也许另一个获得答案的方法是尝试讲述那个故事的故事，也就是说，我们在讲的这个故事是怎么发生的故事。而这，就如罗蒂所描述的，大概就是普鲁斯特——罗蒂最喜欢的作家——所选择的方式。普鲁斯特和他的伟大作品《追忆似水年华》实际上是一种元叙事，不是利奥塔所描述的那种宏大叙事，而是一种更加个人化的叙事，它不再试图讲述我们的民族、种族或其他群体的故事，而是我们自己、个体的故事。不过，我们还是期望它能够到达一个更高的层面，从而获得对于我们正在讲述的故事的某种概观，也许那时我们可以得到关于我们自己的故事的一种更为深刻的洞悉，继而更好地理解我们如何成为我们所是的这个过程。这里的想法似乎是，我们越是能够赋予自身故事以更多的架构（framing），结果越好。架构是有用的，因为它能帮助我们与自己的故事拉开一定的距离。不过与此同时，我们又没有完全与之疏离到放弃讲述这个故事。我们通过给它提供更多的架构——希望——能够理解我们究竟是怎样开始讲述这个故事的。这里的希望是假如我们能够追溯自己开始讲述这个故事的过程，就可能帮助自己了解这个故事本身。显然，我们如何开始讲述自己的故事与我们的故事本身并不是一回事。但不管怎样，希望是确切存在的，这个小一点的故事——它自身毕竟也是一个过程，对于理解我们如何成为我们所是这个更加隐秘的过程将会有所助益。

与此同时，还有一点也很明显，我们为自己的故事提供架构的唯一方法是基于我们获得这一架构的过程，也就是说，我们开始讲述自己故事的过程。《追忆似水年华》的叙事者开始讲述他的故事的唯一原因就是他遭遇了一系列的经历，意识到他的故事里有些很重要的东西，试图把它们讲出来对于他自己是有意义的。但是这些经历发生在他身上的方式，它们影响他的方式，这本身就是一个故事。具体说来，这是一个过程的故事。因为这些经历很可能发生在其他人身上却不会产生同样的效果。因此这不仅仅关乎这些经历，同样关乎他对这些经历的反应，以及他这些反应在不同方面如何塑造了他。显然，这些经历发生的顺序也同样重要。因为我们在普鲁斯特的小说里看到，所有这些经历的影响是一步一步积累起来的。它们逐渐地建立起了什么东西。而这一定是一个过程。因此，正是因为《追忆似水年华》的叙事者曾有过在威尼斯洗礼堂的台阶上绊脚的经历，他后来在巴黎的盖尔芒特旅馆有类似体验时才会回忆起前面的那次经历，从而促使他思考记忆（具体地说，重新体验的经历）是怎样帮助我们超越时间的。这一思考继而让他开始写出自己的生活故事，由此，他在盖尔芒特旅馆的那次体验中暂时获得的感觉将获得某种更为永恒的形式。但是这一切都形成了一种过程。这意味着只有通过过程的方法，叙事者才能架构起自己的故事。

因此，最后一切还是回到了过程。没有过程我们无法到达那里，甚至为我们的故事提供架构本身也只能是一个过程的结果。不过这意味着，我们唯一到达那里、讲述我们的故事的路径，只能是通过一个过程。如果说这只能经由过程而发生，那么通过讲述那个故事的故事——或者说那个故事如何发生的故事——来架构我们的故事的唯一希望，就是通过理解那个过程。也就是说，促使普鲁斯特的小说叙事者最终写下自己故事的，是很多次不同经历。而在我们看来，这些经历是深深嵌在他生活的肌理、质感当中，而他的生活就是包含他所有经历总和的更大序列。打个比方来说，他能够在整块地毯中找出那个图案（pattern）的唯一原因，就是他自己已经明白所有那些促成自己最终写出这个故事叙事的各种互不相干的事件本身是如何形成一种模式（pattern）、表达一个过程的。而那个过程就是他得到启迪写成自己的故事所经历的过程。因此，我们最终总是回到过程。无论我们在它的周围做多少架构，或是用理论尝试其他办法到达那里，最终还是会回到理解这一过程的需要：即我们究竟是如何成为我们所是。

附录二：理论的未来

一、无可逆转（The Irrevocable）

几年前，拉贝特（Jean-Michel Rabaté）出版了《理论的未来》（*The Future of Theory*，2002）一书。这部颇有论战风格的著作的主旨是，理论远远没有消亡，我们有充分的理由认真对待理论的某些形式，特别是解构。实际上，拉贝特给读者的感觉是理论的这些形式还有很大的潜力有待开发，以这些理论框架为基础的分析仍然具有显著的意义。显然，如他自己承认的那样，拉贝特个人非常认同这些理论形式，他自己的思想发展无疑也与它们有着紧密的关联。而这恰好也是当前许多理论支持者们的共同之处，他们都针对理论的命运发表了自己的观点。

尽管有很多理由对那些曾帮助自己的思想走向成熟的观点保持忠诚，但是，对于这些坚持认为理论具有持久活力的宣称，我还是要提出异议。在我看来，他们似乎下定决心对其他人显而易见的状况置之不理：不再有人继续做纯理论了，近年来连相关的讨论都越来越少，人们已开始另辟蹊径。

现在与解构相关的文章著述发表很少，这是有充足原因的：一旦理论进展到“过程”这一步（具体说来就是，我们到达目前状态的过程），要回到解构或是其他理论的早期阶段就不是那么容易的事了。其中的原因与时间有关。从根本上说，解构所做的是揭穿人类学所谓“永恒的天真”。而只要人类学的时间观是天真的（比较不同的社会与文化实践，仿佛它们都处于同样的永恒空间），只要解构通过揭示它基于在场的渴望假定了自身的中心性，就能够将其颠覆（就如德里达在他的讲座《人文学科里的解构、符号与游戏》中所做的）。在那个语境里，这个方法的确是奏效的：因为在比较不同的社会实践时把它们放在一个超越时间的空间内相互并置，此时唯一能够给它们提供统合架构的就是人类学。而一旦揭示了它潜藏的民族中心主义，就等于将它的架构基点从中心转移到了边缘。实际上，我们可以在海德格尔版本的解构（尤其是他的《尼采》）中发现同样的情况，而德里达就是在他这里获得的灵感。在海德格尔那里，解构不需要担心时间的问题。当时间静止的时候，“存在”在形而上学的历史当中促成了对它自身的遮蔽。解构（海德格尔的“消解”，Destruktion）就是对这种自我遮蔽的揭示。它的方法是指出那些重要的哲学文本如何自相矛盾，其中原因不是推理的错误或者失败，而是存在的自我遮蔽消解了任何试图理解它的企图。不过，最重要的一点是，所有这一切只能发生在一种超越时间的空间里，一切都没有发展进化。因此我们无法想象一个哲学文本朝着某个方向前进，因为那样它就成了一个过程的某一部分，各种观点像赛马骑师一样争抢有利位置。因此我们可以说，为使解构有效，文本本身需要无所作为。这样，解构就像上帝一样，是这里唯一的游戏、唯一的活动。

如果我们想一想引入时间的话会发生什么，也许就可以更清楚地看到，解构需要超越时间，否则我们得到的就是黑格尔式的否定性。对黑格尔来说，否定性就是某物变成其反面——因而进入矛盾当中——的自我他者化的过程，这样它才能通过整个发展的过程实现自身。在这里我们看到了同样的内部矛盾。唯一的区别就是，一切都发生在实体逐渐变成主体（或者说自我意识）的过程之内。换言之，黑格尔式否定性把解构给收编了：它把自我否定的破坏性过程纳入自身，从而表明那个过程可以理解为一个更大的生成过程的一部分，这就是某物成为它自身的过程。不过，黑格尔式过程通过把解构作为否定性纳入自身，使得解构本身的意义相对降低了。在黑格尔那里，解构或否定性只有相对价值，因为它只是一个更大过程的一部分。由此黑格尔的否定性与海德格尔的消解（以及德里达的解构）便分道扬镳了。一旦某物进入一个过程当中，它所做的任何自我破坏活动都只有相对价值，而没有绝对价值。在海德格尔那里，哲学文本的自相矛盾之处有一种绝对的意义，因为它反映了存在的自我遮蔽。但假如哲学文本的这种内在矛盾只是它朝向一个最终观点前进的过程，那么它唯一的意义就是作为这个过程的一部分。换言之，一旦解构或消解成为生成过程的一部分，或是进入时间当中，它的绝对意义就消失了。这就是我们在黑格尔以及在他之后处理过程问题的后继者们那里所看到的。

因此，一旦理论进行到了朱迪斯·巴特勒或霍米·巴巴这些人这里，我们就不可能再回到解构那里：因为这些人都在讨论过程的问题，也即我们如何成为我们所是的过程。所以，任何解构之类的方法，任何形式的否定性，都会被融入理论的发展之中，不论这理论关涉性别或操演，抑或一个民族及其意识的后殖民显现。因此，不是说我们不能再使用这种方法，相反，巴巴在很多地方明确地使用了解构，但是它却不再具有曾经的重要性，也即，不再是理论的中心了。

但是，如果说过程理论的出现使得我们无法回到解构或是其他理论的早期形式，那么，过程理论本身其实也同样处于困境当中。它的麻烦源自它试图讨论我们成为我们所是的过程而不想要落入暗示任何决定论或必然性的陷阱。毕竟过程理论（性别理论、后殖民理论）的全部意义就在于自我赋能（self-enabling），具体地说就是，帮助我们成为我们想要成为的样子。那么，显然，任何形式的过程理论如果不能避免在我们成为自身的过程中看到决定论或必然性，就一定会遇到麻烦。而这恰好是目前这些过程理论形式所处之地。为了具有真正的阐释力，它们必须能够表明我们是如何到达我们目前的状态。但是一旦开始这样的阐释，就很难不暗示这是不可避免的结果。毕竟，阐释是关于某物如何产生，如何成为这个样子的。而如果我们能够确切表明它究竟是如何产生的，一步如何引向另一步，那么理论就可以宣称自己具有阐释力。但是这种阐释力，对于理论而言相当必要，却有着很大的代价：我们所阐释的很可能恰好是我们自身固有的弱点，也即我们无法避免地要走向如今悲惨境地的缘由。为了避免这一点，理论不得不扭曲自己，攻击形而上学的本质概念（metaphysical substances），宣称它不过都是操演性，坚持说我们从没有起始/中段/结尾而永远只会处于中间地带（in medias res），论证我们并不是我们所以为的那样（具有个人主体性的人或自我），而只是不同声音间的协商。然而，所有这些观点的问题在于，有了它们，理论变得缺少一致性，难以表达它所要描述的内容。是的，现在过程没有那么无法避免了，没有那么必要了。但是也更加难以宣称我们能够通过理论的方法来阐释那个过程了。而这就是那些过程理论形式所遭遇的困境：要么为了维持其阐释力而容许决定论或必然性，要么放弃作为理论的阐释力宣称。而这些过程理论形式因为自身的原因不可能只是摆一摆手、云淡风轻：作为社会理论形式，它们致力于帮助我们自助。毕竟它们致力于阐释的过程并不是随便哪个过程，而是与我们关系最为密切的过程。这样一来，过程理论就不能轻易离开这个僵局，然而也无法有效地解决它。这也是理论不能够停留在此的原因。过程理论遇到困境是有原因的：它的僵局之所以产生，是因为它致力于理解我们如何成为我们所是。而如我们所看到的那样，当我们所要理解的是我们自己的时候，这种尝试需要付出高昂的代价（太过贴近决定论或必然性）。然而要是放弃这种理解自身的尝试，就等同于放弃了理论。

考虑到过程理论总是朝着一个结果前行，冒着滑入决定论或必然性的风险，那么就容易理解人们会去寻找某种跳出僵局而无关理论的方法。我认为，这就是为什么像罗蒂或泰勒（Charles Taylor）这样的哲学家会把自己跟做理论的那些人区分开来。前者所提供的是不涉及理论（因此没有陷入过程理论的僵局）而仍旧讨论理论所关注的同类事物的方法。而他们的方法就是，在某种程度上揭示理论正在做些什么。在罗蒂和利奥塔（Jean-François Lyotard）这样的人看来，理论就是寻找某种叙事或者宏大叙事。在某个意义上，这甚至适用于过程理论，因为过程理论所关注的就是我们如何成为我们所是——最终这也是一种叙事形式或者说故事。通过揭示理论对于叙事或宏大叙事的渴望，罗蒂和利奥塔这样的哲学家展示了一个把我们自身置于那种追求之外的方法——这正是任何一个陷入过程理论僵局的人想要的。如果你困在这种情形里，那么你往往会去找某种架构的方法，允许自己置身其外，以更好地看清自己的问题在哪里。而这正好是罗蒂等人所提供的方法——一种谈论叙事而不进入叙事或者过程困境的方法。这也是泰勒吸引人们的地方：他谈论的是架构（我们的和别人的）。但也许罗蒂才是得到最多关注的人，因为他所讨论的是为一个叙事提供架构的各种具体方法，特别是像普鲁斯特的例子那样针对我们最为关心的事物做出的描述。

但不管怎样，遭遇过程理论僵局的人们最终并没有一直追随罗蒂或是其他哲学家们，这一点也不让人惊讶。毕竟哲学跟理论不是一回事。首先，哲学不像理论那样致力于帮助我们成为我们所是。它最关心的是理解。这跟过程理论的关注点并不完全一样。不过因为如此，过程理论在某些方面更接近于我们现在所处的状态，即我们所是。我们想要理解我们成为我们所是的这个过程，因为我们希望通过这种全面的理解能够找到一种成为我们想要成为之人的方法。而因为我们相信只有通过全面理解和把握我们如何成为我们所是，我们才能达成目的，所以我们仍旧倾向于追随理论。换句话说，我们现在的感受是，我们不能就这样躺在扶手椅上，通过架构自己的叙事而置身事外。我们必须尝试着理解它，而要这样做就仍然需要一种致力于理解此种过程的理论形式。假如我们通过目前各种形式的过程理论达不到这个目的，那么也许某种对过程感兴趣但尚未形成的理论形式可以担此重任。这就是为什么对过程理论的兴趣并没有落在罗蒂、利奥塔和其他安抚性的哲学家那里。最终的结果就是，我们仍旧时时感受到那种在耳边絮叨不停的声音：我们需要理解我们究竟如何成为我们所是。

这一切的重点是，理论的前行在某种意义上是不可逆转的。我们无法回到过去的状态，因为我们已经意识到像过程这样的事物（我们生成的过程）有多么重要，而我们过去不曾想到这一点。它先是引发了不同形式的过程理论（巴特勒、巴巴等等），接着当他们在试图找到阐释方法并避开必然性时遭遇了困境，便开始想方设法借助哲学做出架构来摆脱困境。然而，最后我们无法满足于仅仅为我们的故事提供架构。因为它毕竟是我们自己的故事，我们不可能让自己恰好处于那种疏离状态而满足于为这个故事提供一个框架。这就是为什么我们最终不得不回到过程，回到我们成为我们所是的过程。但假如我们意识到我们不能奢望逃避这一点，那么经过理论的发展我们同样清楚的是，当前的过程理论形式不能让我们达到目的。因此重要的是，我们要意识到理论的整个前行过程怎样以及为什么会到此地步——就像我们的生活过程本身一样——都是无法逆转的。因为每种理论形式都提供了一些前辈们没有过的东西，理论一直在前行。但因为每种理论形式也都揭示了一种特殊的关键弱点，理论也不能维持在原地。那么，我们最终要从近期理论历史当中得到的就是，我们是怎样到达这里，以及我们为什么不能停留在原地。

二、折中主义（Eclecticism）

对待过程理论困境的一个方法是某种形式的折中主义——特别是把几种近期理论形式结合在一起。这里的想法似乎是：如果我们无法解决过程理论中的时间问题，那就让空间取代时间。如我们前面所见，时间对于过程理论来说是个问题。时间意味着序列，序列引向过程，过程又引发那些潜藏的决定论或必然性的问题，过程理论无法回答这些问题。也许，最简单的解决办法就是彻底避免这些问题。方法之一就是折中主义，我们从这些不同形式的过程理论中拿来我们想要的部分，加上解构，再加上我们喜欢的其他东西。因为我们没有做出更大的承诺，只是拿走一点这个一点那个，我们不需要从过程的角度考虑它们的问题。相反，通过把不同方法的各个方面结合起来，我们以并置的方式创造了一种非时间性的或者说空间性的组织形式。在这里我们因为没有专注于任何一种理论，所以避开了每个理论不得不处理的时间问题以及由此引发的麻烦。而且因为我们没有以任何序列组织这些不同方法的部分，我们就不需要处理时间的问题。因此这就是折中主义希望能够避免过程理论产生的时间问题的方式。

目前对于折中主义最为典型的批评是，它没有充分考虑不同理论形式所附带的包袱。比如说，马克思主义关注的是经济基础决定上层建筑，而弗洛伊德主义或精神分析总是将内在性（interiority）的重要性置于外在性（exteriority）之上。你不能两者并行，两个都要。但假如你在分析中加入了很多18世纪末19世纪初英格兰经济状况的信息，那就会暗示这对情感产生了决定性的影响。而假如你热衷于抑制的心理动力学，那就意味着心理过程超越了任何外部的影响——包括薪资结构、阶级等级等等。关键是，不付出相应的代价，我们就得不到任何东西。如果我们想要引入精神分析的分析技巧，就不得不认可内在性的首要地位。而如果我们想要探讨职业或房租与工资的对比从而论述它们对社会或阶级意识的影响，那么就必须认同经济基础决定上层建筑的马克思主义信念。换句话说，所有这些理论的各种方面都有其隐含意义和相应后果，它们常常会相互抵牾。当我们把它们结合到一起，结果不可避免要自相矛盾。

过去我曾认为折中主义所引入的不同理论形式之间的矛盾和差异足以成为放弃这种办法的理由。但现在我不再这样认为。最近我想到，有一个地方我们所得到的恰好就是这种矛盾和差异，而且是一个具有实体的例子：博物馆。想一想博物馆是如何将各种互不相干的事物放在一起的：在不同时期创作的高雅艺术作品，甚至来自完全不同的文化语境（比如东方和西方），很可能还有各种样式的匠人作品。但不管怎样，我们通常不会觉得这种矛盾和差异不够和谐而难以接受。我们甚至可能会——在适当的情况下——感到颇受启发。我认为，其中的原因是，我们受到了另一种视角的支配，这是一种不同的组织原则。我建议将这种原则称为收藏原则。收藏不需要担忧它放在一起的各种不同物件是否有差异。相反，收藏的理念也许可以说是假定它收集起来的各种物件之间存在不同。毕竟，假如这些物件之间没有差异，那为什么要把它们放在一起，从而形成一个收藏的集合呢？一般来说，非常相近的物件大都来自同一时间和地点。这就是为什么我们一般没有将它们放在一起的强烈动机。因此差异实际上非常有用：它会带来收藏的理由或动机，一种合理化解释。收藏所做的，就是悬浮在差异性之上。显然，博物馆都会承认它所收藏的艺术品之间存在着巨大的文化差异。在这个意义上，我们可以说，它充分意识到了所有附带的包袱。尽管如此，收藏本身是一种跨越文化距离的统一力量。以这种方式，我们也可以把折中主义理解为表达了一种相似的收藏原则。因此我想继续我的博物馆类比，看看它能不能揭示这种收藏原则的某些潜力，以及弱点。通过这个方式，我们也许可以期望对折中主义做出某种评估，看它实际上在多大的程度上将不同的理论形式融合在了一起。

也许，关于博物馆，我们最直接最容易注意到的是它将自身作为空间组织起来的方式。此前我们也看到这正是折中主义不同于过程理论形式的方面之一。过程理论关注的是时间，而博物馆和折中主义利用空间来引入不同时期和时间的物件或理论侧面。博物馆在把它们放置在一起的时候，实际上创造了一个空间。我猜想，我们大都去过某个博物馆，也都知道它们是什么样子，是怎样布置摆放的。任何博物馆或收藏的关键是它的陈列。我们把陈列界定为一种房间或空间的组织安排，也可以通过观察它在构成收藏的不同物件之间建立怎样的关系，以这个同样有效的方式明确陈列的内涵。我们可以看到，这对于引入或融合不同理论形式的折中主义而言也是可行的。通过将这些理论形式融入同一个分析当中，它在不同的理论形式之间建立了一种关系。因为它们几乎同时占据同一个分析空间，所以这种关系几乎是空间性的。这就像我们从博物馆收藏的一个部分走到另一个部分的体验——我们可以在头脑中将本来不会去比较的艺术作品或物件进行并置，由此我们也许会注意到除此之外不太可能看得到的关联。显然，这同样也适用于折中主义：通过将不同的理论形式融入同一个分析当中，它所做的并置也可能极具启发性。

然而，我们也会在博物馆或收藏的空间组织方式中发现它们的弱点。简单说来，作为空间，博物馆只允许艺术作品以极其有限的方式相互关联。举个例子，假设我们在看一个包含17世纪荷兰艺术和意大利文艺复兴时期艺术的收藏展。理想当中我们希望这些作品被放在一起：17世纪荷兰画家伦勃朗等人很可能受到意大利文艺复兴时期画家提香等人的影响，因此将这两个收藏放在一起，可能会让我们更容易看到广泛的亲缘性以及具体的借鉴或影响。与此同时，我们还知道17世纪的荷兰艺术还可能对19世纪法国等地的现实主义产生了某些影响。因此为了让这个关系更加明显，将17世纪荷兰艺术藏品与19世纪法国现实主义藏品放在一起会很合适。但是，这些17世纪荷兰绘画大师们对光与影的处理还可能影响了印象主义流派。不论怎样，你可以看出我列出这些关系是为了什么：要在空间上表达所有这些关联，即便不是完全不可能的，也是非常困难的。这就是空间的有限性——任何一种组织安排只能表达某些关系。任何一个去过巴黎卢浮宫的人很可能都记得从博物馆的一个地方到另一个地方要花多么长的时间，而这又会在多大程度上消磨或者减弱我们对不同艺术时期之间关系的感知。因此，空间是一种明确的局限。我们可以看到折中主义也有同样的问题。是的，它使得不同理论形式之间曾经潜藏的关系显露出来。但是在某种意义上，它选择特定的理论形式来占据同一分析空间，这会妨碍我们感知那些可能同等重要的其他关系。

不过，博物馆并不只是以空间的方式组织自身——它也创造自己的时间形式。最近我有机会参观了一家非常棒但（我怀疑）相对不那么出名的博物馆：德国不莱梅美术馆（Bremen Kunsthalle）。它将大多数最厉害的欧洲绘画藏品陈列在一长套房间里，时间跨越四五个世纪。结果就是，像我和我妻子发现的那样，一次性将它们看完会让人筋疲力尽。然而，这样做所得到的是对时间的一种确切感受，这种感受是在参观不莱梅陈列的绘画藏品整个序列之后形成的。显然这种时间与我们通常所经验的时间是不同的。不过我们所感受到的在很大程度上是一种时间的形式。也就是说：当你在不莱梅美术馆穿行于这一长套房间的时候，会获得一种明确的对连续性（progression）的感知。比如，你会看到一种艺术风格在一段既定时期内是如何演变的，以及从一个时期到另一个时期它是如何变革的。不管怎样，显而易见的是，至少在一个方面我们所经验的这种时间有一种确切的不同感受。因为它完全形成于我们对一个序列的绘画的印象，这种时间并没有通常的时间给我们的那种毫无缝隙的延续性（seamless continuity）。相反，我们明显地意识到从一幅绘画作品跳到另一幅。在这个意义上，把我们在这里所感受到的称之为连续性而不是时间，也许更为准确。同样，如果我们认为折中主义涉及互不相干的理论形式，那么可以想见这些形式可以被安排组成某种连续性或者序列，但却产生不了我前面所说的那种毫无缝隙的延续性。

这里所缺少的东西似乎也很明显：我们在连续性这里得不到的就是可以称之为生活时间（lived time）的感觉。这可能就是很难从博物馆那里得到的东西。我们从一幅画走到另一副画面前，这样就得到了一种连续性、一种序列的感知。但是我们却得不到生活时间所带来的毫无缝隙的延续性。对于博物馆而言，这并无大碍：我们并不会期待它给我们带来生活中的一切东西，或者是我们生活经历的总和。但是，对于作为理论替代物的折中主义，我们的期待是不一样的。毕竟理论所带来的是对于我们如何成为我们所是这一过程进行描述的尝试。而我们知道这个过程具有显著的无缝延续性。从一个时刻走向另一个时刻，我们在持续的变化或生成当中。不过我们所经历的这种变化最终就是一种延续性。折中主义如果不能讨论它，那么就缺失了某种东西，某种对于我们所是具有决定意义的东西。

到此，可以说我们从博物馆或收藏那里得到的是一个碎片（fragment）。不论那个收藏有多么庞大或者广博，它提供的永远都是一个更大总体的碎片。这就是博物馆或收藏的意义所在。毕竟我们并不想要它提供一切。假使它真的把一切都囊括在内，那我们永远也没有办法把它看完。我们在其中寻找的显然就是一种挑选的结果——博物馆馆长认为他们藏品中最值得观赏的部分。但任何一种挑选的结果最终只是一个碎片。它是一个挑选过程的结果，因此不可能是总体——要是它可以成为总体，那就没有挑选的必要了。那么如果不是总体，它就只能是其中的碎片：某种曾经属于一个更大整体的东西。然而，如果把它视作更大整体的一个部分，就不可避免地遇到这样一个问题：它能在多大程度上代表那个整体。对于博物馆或者收藏来说，这个问题的答案可能稍许没那么重要。但是对于我们自己的生活而言，特别是对于我们如何成为我们所是这个过程而言，这个答案至关重要。在这个问题上我们不希望感到有什么重要的事情被遗漏了，或者说我们没有看到所有涉及的方方面面。也许这就是折中主义有所不足的地方。因此，最终看来，折中主义最让人苦恼的地方不是那种潜在的自我矛盾性，而是我们可以称之为碎片性的本质。

思考一下我们在博物馆或收藏中所没有看到的东西，最为恰当的描述可能是一种流动的、时间流逝的感觉，法国人叫它la durée（时间的延续）。有很多谈论它的方法，不过其中十分恰当的一个方法需要集中于我们的某种感觉，即通过毫无缝隙的延续性使我们从一个时刻过渡到下一个时刻。这对于博物馆或收藏来说，是最难以表现的。因为博物馆和收藏都只提供一个拣选出来的结果，所以我们不能期望它所提供的展品可以一一对应那种无缝延续性中的每个时刻。这并没有关系。毕竟我们还是可以从博物馆的展览获得某种前进的感觉。我们在观赏一个时期到下一个时期的艺术，甚至是同一时期的一幅画到另一幅画的时候，都可以看到其间的变化。这对于博物馆而言已经足够。一般来说我们不需要博物馆告诉我们一个时期的艺术究竟是怎样发展到下一个时期的。因此要让一幅艺术作品表现发展过程中的每个时刻并不那么重要。但是对于我们的生活和我们成为我们所是的过程而言，就是另外一回事了。这时我们确实想要那种感觉，即我们有某种办法可以把握那种时间的流动或运动，而那就是我们的生活。而这就是折中主义不能满足我们的地方。因为它总是涉及拣选或选择，它总是很难充分地表达那种时间的流动或延续。相反，我们所得到的最多是一个更大总体的某个碎片，就像在博物馆里一样。作为艺术，它是充分的。但考虑到折中主义的初衷是要替代理论的，那么我们就有理由要求它提供更多的东西。

但是假如我们要找寻时间的流动或延续，你可以说我们实际上最终要的还是个过程。我们已经看到博物馆似乎可以给我们除了那个之外的任何东西。也许这就是以空间性为本质的事物的局限所在。通过可以解释为前进的某种空间的安排，你可以指向时间。但是你不能由此提供那种与过程相关的时间流动的感觉。这就是折中主义的缺陷所在：因为它专注于拣选和选择，最终就只能是纯粹空间性的。而由于其空间性，它就只能放弃表现我们真实生活的能力，而后者永远离不开时间。结果就是，我们在折中主义那里找不到过程的感觉，而这种感觉对于我们生活的质地，特别是我们的发展，具有至关重要的意义。

三、包容性（Inclusiveness）

如果说折中主义的问题在于其偏好性，那么解决这一问题最自然的方法就是更大的包容性。也即我们不是仅仅挑选几种理论形式，并用精心设计的条件试图将它们结合起来。与此相反，我们现在所寻求的是一种将我们所见过的所有不同视角完全容括进来的描述。要想知道这具体怎么操作，可以看看意大利导演安东尼奥尼（Michelangelo Antonioni）的著名电影三部曲最后一部《蚀》（*The*

Eclipse，1962）的片头。影片启幕是几乎处于静止状态的里卡多（弗朗西斯科·拉瓦尔饰），这个镜头使他看上去就像屋子里所有其他物品一样。此时镜头转向维多利亚（莫妮卡·维蒂饰，她那让人印象深刻的沉思神情为她赢得了美誉）。我们看到她正在把一个烟灰缸从一个画框界定的空间移开，在那个空间内留下一个布朗库西式的金属雕塑。我们随着镜头盯着这里看了一会儿，突然一个反向角度的镜头迎面而来，向我们展示了这个空间实际上还有其他的物品，这样就将它们都降格为一种平凡、乏味的意义。接着，窗帘拉开了，表明实际上这不是夜晚，而是白天。这就是包容性在大银幕上可能会呈现出的样子：将各种观看任何既定物体的角度不断叠加，直到获得一种非常不同也是非常全面的事物原本模样的图景。就理论而言，这意味着不断纳入不同的视角，直到我们获得比此前任何论断都更好的东西，理由就是它没有前面那些论断的偏好性。

在此我们可以举一个相当出色的例子：本雅明的《论波德莱尔的几个主题》（"On Some Motifs in Baudelaire"）。这篇散文是本雅明巴黎拱廊系列这一庞大工程的核心文章，它将马克思主义和心理分析以及其他很多理论结合起来的方式，具有典范意义。本雅明在引入主题的时候，谈到19世纪的城市生活方式让人们面临很多令人震惊的事物。林荫大道和街道马路上都是拥挤的人群，交通繁忙，充满喧嚣。结果，人们开始寻找保护自己远离这些惊扰、远离城市生活的残酷和丑陋的方法。其中之一便是诱使大脑显现各种意象来替代那些东西。通过这些意象，大脑可以保护自己不必太过直接地面对残忍与丑陋。由此才有了《致过路的女子》（"A une passante"，"To a woman passerby"）这样一首诗。该诗是《恶之花》（*Fleurs du Mal*，*Flowers of Evil*）里最负盛名的诗篇。表面上看这首诗是关于叙事者短暂遇见的一个美丽的女人。但实际上，在本雅明看来，这首诗是波德莱尔在表现大脑通过显现或产生这种飞逝之美的意象来保护自己不会被街道上的现实经历所惊扰。本雅明借美丽过路女子的这一屏蔽意象展开讨论，从弗洛伊德精神分析所描述的最为敏感、复杂和难以捉摸的内部机制，到马克思分析的庞大外部发展过程：19世纪中期资本的兴起，第二帝国巴黎的兴盛，商业拱廊反映出的消费主义时代的到来，最后一方面是本雅明深广纵览的焦点。

但是我们在这里找不到时间。本雅明在《论波德莱尔的几个主题》里所做的是捕捉一个时刻——19世纪中期的关键节点，第二帝国时期的法国巴黎居民们见证了这个时刻。但他没有捕捉到的是那时的巴黎是如何形成的，或者说它最终变成的样子。这样我们就看到了这种理论包容性的局限所在。它能够论及最私密的内心或主体，也能够论及最庞大的外部现象，其原因在于这些都发生在时间中的某一个时刻。因此，本雅明所提出的是建立一个从内部到外部的桥梁：用于屏蔽的意象。但是这个屏蔽意象作为他的分析的关键点，最终是超越时间的，是空间性的。它只在一首诗、一个波德莱尔的文本中作为主题出现。既然它唯一的存在方式就是诗歌的主题，那么它就无法表现变化或过程。那么最终我们能够从中获得的也就只有对于19世纪中期某个特殊时刻的分析。因此尽管这种包容性的空间性可能初看起来比我们此前考察的折中主义要少很多，也没有那么受限于我们说的博物馆的局限性，但是它仍旧不能避开我们在前面所遇到的同一个问题：无法解释事物如何成为它们自身的那个过程。

但假如我们不能在本雅明那里得到我们所寻找的东西，也许可以转向一部更加明确地讨论时间的论著。在这里我想到的是奥尔巴赫（Erich Auerbach）的《摹仿论：西方文学中现实的再现》（*Mimesis: The Representation of Reality in Western Literature*）。在批评史上它被视为德国语文学界的产物，充分证明了两次世界大战之间德国人的学识所能企及的高度。尽管这部著作大部分是奥尔巴赫战时在土耳其伊斯坦布尔写出来的，但显然他为此所做的研究要追溯到二战以前了。众所周知——亦如他自己所述——他发现自己不得不在缺少他的研究所依靠的那些书籍的情况下写作。土耳其的图书管理员告诉他："我们不保存图书。书会着火。"因此，《摹仿论》在很大程度上成了一部基于保存下来的记忆的著作。在这部著作里，奥尔巴赫一直回溯到西方文学的最初，荷马的《奥德赛》。他的目标是尝试厘清西方主要文学作品对现实的再现。起于《奥德赛》，终于伍尔夫的《到灯塔去》，《摹仿论》所提供的是文学经典文本中的一序列关键片段，通过分析揭示它们实现自身目标的艺术手段。在这个意义上，他的论著展示了一个场面的序列，每一个场面都充满了某个特殊历史时刻的文化意识。因为这些场面之间的关联，我们从它们的时间序列安排上可以获得某种类似历史时间的东西。

然而，如果看得更仔细一些，会发现它并不是完整意义上的历史时间。它所缺少的，或者说没能传达的，是一种时间流动的感觉，就是那种与时间流逝相关的无缝隙延续性。在这个方面，我们在《摹仿论》中所找到的感觉可以说是我在不莱梅美术馆体验的文学翻版。我们已经知道不莱梅美术馆通过将其西方绘画藏品展示在一系列画廊组成的长长套间里，表现了我们所说的西方艺术的序列。但它在其相当出色的展示中没能传达出来的是一种过程的感觉，一种我们如何到达那里的感觉。这就是博物馆的局限。它可以给我们序列，但这种表征序列的能力却并不能给我们时间。在某个意义上，这也适用于《摹仿论》，尽管二者在艺术媒介或文体上有很大差异。毕竟我们在该著作中所看到的也是一种场面的安排或序列——只不过那是文学的而不是绘画的。当然，我们可以说每一个文学文本当中都有时间：故事或叙事的时间或延续。但是那种时间不会超过文本的界限，更不会越过文本到达外部世界。奥尔巴赫以一种极有召唤力的方式表达了每个文本当中的文化意识，以及它们独特地表征外部世界的方式。但他没有表达出来的是我们如何从一种文化意识或文本走向另一种文化意识或文本。最终这就是《摹仿论》所缺少的东西。我们从中得到的是互不相干的个体时刻——对它们中间究竟发生了什么毫无感觉，而这并不等同于时间本身。

如果说《摹仿论》缺少的是无缝隙的延续性，那么也许我们可以在另一部德国语文学界的伟大作品里找到它。在这里我想到的是库尔提乌斯（Ernst Robert Curtius），特别是他后期的著作《欧洲文学与拉丁中世纪》（*European Literature and the Latin Middle Ages*）。与奥尔巴赫不同，库尔提乌斯在二战期间一直待在德国。但是因为他痛恨和憎恶德国当时的状况，这位公认的现代主义者（普鲁斯特的朋友、乔伊斯的早期诠释者）将兴趣转向了中世纪，以及欧洲文学传统的延续性。具体而言，他想要表明古希腊罗马文学文化在中世纪拉丁文学及之后文学中的存续。因此，与《摹仿论》不同，他的论著不仅仅是一部基于保留下来的记忆的作品。相反，就像他自己解释的那样，那是他从无数次对贺拉斯的阅读中锻造出来的作品，这些阅读使他能够在后期文学传统中发现对贺拉斯的借用；那也是他对数不清的古希腊罗马文学实践的背景和历史进行彻底研究后的成果。最终，《欧洲文学与拉丁中世纪》不仅仅是关于文化延续性的具体细节，而且关涉一整个文化的传承——我们可以说，它在经过罗马帝国衰落这样一场灭顶之灾后还能够有生存的能力，库尔提乌斯显然在其中看到了与他在战时德国经历相似的地方——以及，以此为基础在中世纪创造了一种新的拉丁传统。这就是库尔提乌斯想要赞颂的东西：那种文化的韧性和它肯定性的力量。因此才有了《欧洲文学与拉丁中世纪》那宏伟的框架，对假装的谦逊和年轻男孩与年老男人（puer senex）等古典主题的阐发，对自然女神等文化建构的详述，以及对尘世舞台等隐喻的召唤。正因为库尔提乌斯想要表现一种文化生存下来的能力，他非常强调无缝隙的延续性：在罗马帝国衰亡之后一百年的中世纪或文艺复兴时期的诗人们仍在使用同样的文学主题和母题，以类似于古典时期的方法看待和表达事物。对库尔提乌斯而言，最重要的就是这些看待和表达事物的方法并没有改变，这就是它们依然存在的证据。不过，他希望能够超越文化的任何具体细节的留存，而在更广泛的意义上表明古希腊罗马文明作为整体存活了下来，这是古典文明生存能力的表征。基于这一原因，《欧洲文学与拉丁中世纪》选择强调中世纪拉丁作者们与其古典前辈们之间的相同点而不是差异。库尔提乌斯认为，只有这样我们才能得到跨越时间的无缝延续性的保证，而那正是文化延续性的标志。

但是正如我们在先前对福柯的讨论中发现的，无缝延续性本身也可能会带来另一个同样重要的问题：我们无法解释我们是如何到达这里的。实际上，这就是从理论的视角看《欧洲文学与拉丁中世纪》的问题所在。这部典范著作因为太强调无缝延续性，而没有能够解释我们如何成为我们所是。因为它选择强调中世纪或文艺复兴传统，也即《欧洲文学与拉丁中世纪》未能表明的是，中世纪或文艺复兴作者是怎样拥有了一种与其古典前辈们所不同的感受能力和不同的意识。在该著作英语译本的一篇前言里，库尔提乌斯写到有些评论者批评他这本书对本土文学的关注不够。他指出，他们没有充分关注这本书的标题是“拉丁中世纪”。但是在某种意义上，我们可以看到这些评论者，可能出自无意识，表达了一种感觉：本土文学日益成为我们如今所生活其间的传统。因此，一部论著如果没能充分对待这个对象，就无法完全把握我们成为我们所是的这个过程。有意思的是，在英译本前言里，库尔提乌斯提出，航拍可以揭示我们站在尖顶也看不到的关于一个地方的东西——比如北非的罗马防卫工程系统。这里使用航拍作为类比很有意义，因为它具有显著的空间性。我们可以说，这就是我们从《欧洲文学与拉丁中世纪》里所得到的部分意义。尽管有甚至也许是因为它对无缝延续性的强调，它所描述的文化延续性的图景，最终还是具有更多的空间性，而不是时间性（如果我们把时间性理解为发展过程的话）。

当然，《摹仿论》和《欧洲文学与拉丁中世纪》都是二战后时代的产物，考虑到这个事实，我们很自然地会好奇近些年是否有什么著作能够让我们设法解决作为过程的时间缺席的问题，因为前面讨论的这些典范式早期研究都出现了这个问题。于是我们就转向了新历史主义，它试图融合理论的不同形式（马克思主义、视觉文化等等），也许可以被视为代表了一种对待历史事件问题的新的不同的方法。在这里我想集中讨论的是一部在新历史主义领域（无论研究对象是哪个文学/文化时期）最为著名、最有影响的新历史主义经典：格林布拉特（Stephen Greenblatt）的《文艺复兴时期的自我塑造》（*Renaissance Self-Fashioning*）。具体说来，我想讨论的是这部论著的第一章“与伟大人物同桌”（“At the Table of the Great”）。它在很多方面都凸显了新历史主义的核心内容：它对莫尔（Thomas More）危险的持续改变的政治立场做了长篇阐述，再加上对小汉斯·霍尔拜因（Hans Holbein the Younger）的画作《大使》（*The Ambassadors*）的生动利用，都使其居于整个新历史主义运动的中心地位。但是很显然，这也不能将我们带到我们想去的地方，给我们想要的答案。最终，尽管格林布拉特设法将大量内容压缩到“与伟大人物同桌”里去，它仍旧只是对单一历史时刻的阐述，而且大部分是站在一个个体的意识角度看待问题的结果。霍尔拜因的油画只是在一个方面加强了这一点。也许这幅关于两个文艺复兴时期男人的画作最让人惊奇的主题是前面那个倾斜的椭圆形状——作为死亡象征的骷髅的视觉变形体。不过，在《大使》的语境之内，它还表达了另外一层意思：那个时代任何一个追求政治权力的年轻男人终将走上的危险道路，以及任何生活在亨利八世时期的人都可能要付出的代价。换句话说，它成为当时所有追求权力之人所面临的危险易变情形的一种象征：从无名之地一路飞升至顶层的可能性，以及以同样的速度下坠的可能性。因为这个主题以及作为整体的霍尔拜因画作暗示了上述可能性，我们可以认为它最终指向的就是一种情形，也即指向某种静态的而不是时间性的东西。当然，那种情形的变化可能会非常之快，这也是《大使》的基本意义所在。但尽管如此，它——和作为整体的格林布拉特的分析——所要描述或阐述的，最终就只是一种情形。因为这个原因，它仍旧没有给我们想要的答案：对我们如何到达此种或其他情形的过程有所理解。尽管它可能阐明了一种历史意识的形式，它却没能表明那种意识是如何形成的。因此我们还要继续寻找这个问题的答案。

四、理论的过程（Processing Theory）

到目前为止还没有过真正的理论的历史。我怀疑对很多人来说，这个主题是难以想象的。当我跟对理论有所研究的几位老朋友和其他人提出这个主题的时候，他们的反应普遍是，对我所说的东西完全缺少兴趣。有时更加糟糕，就好像没有人愿意思考理论也可以有自己的历史这个问题。因为假如说理论有其历史，那就意味着理论像其他有历史的事物一样，早晚也会有其终点。对很多人而言，这看上去完全不能想象。与此相反，对此最常见的反应是有意无意地选择生活在一种永恒的天真当中。就像是回到列维-施特劳斯和他那代人所创造的人类学黄金时代。假如没有时间，那么一切都可以拿来对比和类比。而且，就像我刚开始教授理论时所发现的那样，这也是大多数理论教科书的组织方式：不以任何一种时间顺序排列，而是假装它们都处于某种不受时间影响的空间。我们可以说，仿佛是伊甸园里的那些果树，都在等着我们去摘果子……实际上，我记得至少有一项研究试着从历史的角度去考察理论。但那是个长达两卷本的研究，一直追溯到古典时期。有意思的是，它将理论与批评的历史结合了起来，这个方法我觉得现在恐怕很少会有人愿意接受。我猜想大多数对理论感兴趣的人会做出显著的区分：批评的历史属于过去，理论才是不会终结的现在。其中原因就是：批评的历史表明人们过去如何思考，而理论是我们如今思考的方式。我想到一位维多利亚时期作家特罗洛普（Anthony Trollope）的小说标题：《如今世道》（*The Way We Live Now*）。理论是我们如今思考和生活的方式，这就是为什么对很多人来说它不能仅仅成为我们用历史的方法去处理的对象。

也许，我们还可以把理论看作是我们逐渐获得自我意识的过程。自我意识有一个特点，就是一旦我们获得了它，就无法走回头路了。在这个意义上，我们可以说，我们已经离开伊甸园了。就各种理论形式而言，我们也许想要活在永恒的天真里，而不想去从历史的角度去讨论它们。但是有种永恒的天真是我们再也不愿意生活其中的，那就是前理论状态。我们一旦获得了自我意识，就无法回到永恒的天真，因为那就像是在说你要回到获得知识之前的状态。这是我们不会想去做的事情。济慈在《海伯利安》（*Hyperion*）里让阿波罗神这样说："渊博的知识使我成为神。"我猜想，我们中的很多人都会有同感。知识就是力量。因此我们不会想从拥有知识的状态回到天真的状态。我们都知道英语研究作为语文学时是怎样的，也知道社会理论在列维-施特劳斯之前的状况。那样的日子已经过去了，因为我们现在更加意识到一个领域和它的研究对象之间的关系可能有多么的复杂。换句话说，一旦你了解了笛卡尔认识论以及认识的不确定性，你就不可能回到对外部世界确实可知性的天真信念中。相反，如今我们知道，对任何一个领域而言，我们都不仅需要考虑它的对象是什么，而且还要思考与之相关的哪种知识可以算作是有意义的，以及如何才能最好地获得这种知识。

但假如我们要的是自我意识，那么关于理论我们首先需要意识到的就是它是如何走到终点的。似乎没有人想要承认理论有终结的可能。但也许是时候开始思考这个问题了。在这里我们可以想一想数学逻辑的历史以及20世纪初非常流行的建立算数基础的整个计划。希尔伯特（David Hilbert）是这样鼓吹的，不同的人也做了尝试。一开始这看上去似乎就是一个简单的找到几个正确公理再继续向上推理的问题（Whitehead & Russell，1927）。但是哥德尔（Kurt Gödel）发现了这个推理过程中的一个裂隙：一个很简单的命题可能会导致矛盾的结果，从而使这个命题（在真理价值的意义上）不可判定——于是我们就有了著名的“算数的不完备性定理”（proof of the Incompleteness of Arithmetic）。在那之后，可以想见的是，对于数论基础研究的热情很快就消退了。同样，理论有段时间也在努力寻找关于我们如何成为我们所是的一种描述。但是无论基于什么原因，这些尝试都没有成功。于是在巴特勒那里，我们进入了纯粹的展演性，以远离形而上的实质。但是随着谁或者什么在做这个展演，这个问题再次浮现出来。又或者，霍米·巴巴试图打破那种起始/中间/终点的过程，他坚持认为我们永远是从中间进入，而且我们不是一个个离散的主体，而是不同声音之间的一种协商。然而，无论何种原因，所有这些竭力翻新传统思想的不同理论形式就是不够成功；相反，它们总是会遇到一致性或掌控力的问题，然后就失败了。因此也许是时候应该问一问我们所看到的情况是不是另一种20世纪早期的数论基础问题——也就是说，理论追寻其目标的方式本身是否有某种固有的缺陷是我们一直没有看到的。在这里我们可以回顾一下我在“理论问题的语境”中提到来自赫斯坦的《代数的主题》里的一个例子：不是所有的答案都能从我们现有的知识、我们研究数学或理论的特殊方式中得到。换言之，假如理论看上去要失败了，也许这并不是纯粹的意外，也许有某种深层的结构或概念上的原因决定了我们的所有努力都不会有什么结果。假如我们可以接受这一点，那么也许就能坦诚地承认表面上已经越来越明显的事实：理论已经走向终结就如其他任何一种文化现象一样。由此出发，我们也许可以继续问那个更加有意思的问题：这个现象的原因是什么？

有一件事情似乎很清楚：任何想要回答理论为什么走到终结这

一问题的尝试都必须面对理论为什么首先要关注过程这个问题。当然，这在近期理论当中作为最为引人注意的倾向凸显出来：它越来越关注过程，特别是想要解释我们是如何成为我们所是。但假如我们愿意承认理论为什么愿意以任何代价关注过程，我们就不得不认可这最终是无法实现的。本质上，无法实现的原因是，理论想要解释我们如何成为我们所是，但又不想陷入决定主义或必然性的陷阱。换句话说，理论想要解释我们如何成为我们所是，但又不想承认这个过程可能有任何无法避免或必然的因素，因为那就意味着我们不能真正拥有自由或者自主性，具体而言就是，我们无法希望成为我们想要成为的那样。但是我们不能期待吃完了自己的蛋糕却还拥有它。理论想要具有解释力。知识就是力量。因此任何能够宣称自己可以解释我们如何成为我们所是的理论形式显然都将具有解释力，这种解释力接下来就可以被用于为我们所希望或想要的发展做出合理化解释。但是解释力是有其代价的：为了具有解释力，理论必须表明我们为什么会成为我们所是，这就意味着我们生成的过程是可以被理论所掌握的。然而，这种可掌握性意味着理论能够解释我们在这个过程中如何从一个阶段进入下一个阶段。也就是说，一定有某种可以辨识的原因或理由让我们走到了那里——理论一定要能够将这个原因具体化。但是我们一旦开始谈论一个原因或理由，我们显然就与必然性非常的贴近了。因此，这就是我们走到如今理论僵局的过程：理论专注于解释我们如何成为我们所是，同时又不愿意接受让解释成为可能的东西，因为那太像决定主义或必然性了。但显然，理论并不能退出这个游戏：对于当今的我们来说，我们如何成为我们所是成为最最重要的问题，理论如果放弃对此做出解释，那就意味着放弃它能够希望具有的任何首要地位。

但是，如果理论不能解释过程，也许我们应该试试反过来：用过程来解释理论。毕竟，理论本身显然是有一个过程的：它逐渐走到现今阶段的那个过程。而如果说过程在某种意义上与必然性相关联，也许我们现在应该问的是，理论走到现今阶段的过程是否指向某种概念上的必然性，以及这可能会有什么意义和影响。我们已经看到，理论作为科学的初始是对知识，对几乎无限的全能力量的梦想，或是在人类学的黄金时代作为科学（Wissenschaft）对永恒天真的追求。接着，我们看到理论如何通过解构坠落深渊，失去往日的风光，认识到自身的种族中心主义、逻各斯中心主义、对在场的渴望这些西方思想的特点。也许这种堕落是无法避免的：毕竟人类学和其他科学在某一点上一定会走向自我意识，意识到它们一直在做的事情，以及它们如何将自身强加于外部的世界。但假如这种自我意识在某个程度上是无法避免的，同样不能避免的是那个追寻知识和科学的梦想依赖于外部世界和我们描述它的方式之间有某种确切的相关性。然而，如我们所见，这种18世纪的策略最终是无法持续的：它不能解释为什么那种事物的秩序最终让位于其他的东西了。也就是说，它不能解释变化或者生成，也即我们成为我们所是的过程。而没有这一点，它最终也必定失去解释力，继而失去首要性。这就是说，它不能再称自己为一种人文科学的理论。而我们一旦放弃它，就要开始处理时间的问题，以及我们如何成为我们所是的问题。在这里很重要的一点是，要注意到导致这一结果产生的因素的确切次序。理论放弃了一种事物的永恒秩序，因为那被证明不可行，但这使得理论需要解释那种秩序的变化如何以及为何会发生。而为了做出这种解释，理论又需要解释我们为什么会变化。而唯一能够实现这一切的就是解释我们如何成为我们所是的整个过程。只有这样，我们才能看到理论本身是如何经历一种过程，最终到达它如今的状态。不过，如果理论本身就是一个过程的结果，在我们试图解决由此如何往下走的时候，就需要开始思考这对于我们意味着什么。具体说来，如果理论作为一个过程的结果而产生，那么我们需要从历史的角度思考这个过程，也就是说像我们看待其他历史过程一样看待理论。在我们思考历史过程的时候，有一件事是非常清楚的：没有什么会永久存在。因此，如果我们历史地看待它，那么我们所看到的就类似于它的生命循环：它出现的过程，走向巅峰的路径，以及最终消失的原因。也许这就是我们在这里需要做的：关注理论走到如今状态的过程——而不是这个状态本身——是理解理论的最好方式。

换一种说法就是，从文化历史的角度看待理论。我记得在我的青年时代，当时有很多关于文学文类生与死的讨论。有的人会关注一种比较特殊的文类比如讽刺史诗（mock epic），讨论它如何兴起于18世纪的特殊状况，然后又自然会从那开始思考这一文类如何以及为何最终消失。实际上，在某个时期，文学文类的生与死甚至还算是一种热门研究主题——也许那时人们觉得认为文类在消失的观点还很不寻常。总体而言，那个时候我们更倾向于认为文类是一种恒定的东西，其存在不需要被质疑，因为大家都假定它们一直存在。换句话说，文类是基于人的大脑结构而产生的，它们符合该结构中的某种东西，因此很可能会和大脑一起持续存在。所以，当一种文类消失时，就非常让人惊奇，仿佛是一种对于我们自身终结的暗示。具体说来，这似乎暗示事物可能只有一种“相对的”文化价值。也即，它们只在一段有限的时间内服务于某个目的，当这一需要消失时，它们也会随之消失。我想现在没有人会再有那种惊奇感了。如今我们更习惯于看到事物来得快去得也快。比如，在西方，古典音乐显然已经没落。你要是去一场音乐会，看到的大多是老人。因此不难想象有一天他们已经不在，没有人会再去听古典音乐。假如像古典音乐这样具有如此伟大的智性复杂性之物都可能彻底消失，那么显然同样的事情可能发生在任何事物身上。

那么，也许是时候开始考虑理论可能注定要走上同样的终结之路。我记得曾经在一堂研究生哲学研讨课上听罗蒂试图对学生们论说认识论的“违背自然性”（unnaturalness）。他批驳了精神/身体的二元问题，指出这是一个通过合并一系列不同但相关问题而人为造成的难题。我觉得他没有说服任何人。大家只是坐在那里安静地听着，虽然没人反驳他，但我能感到没有人同意他所说的。我也不同意——不同意的理由可能和其他人一样。从根本上讲，精神/身体的问题与外部世界的可知性这个更大的问题紧密相关，而这个问题仍旧在争论当中。不管怎样，对于罗蒂会坚持认为我们大多数人视为经久不衰的一个重要问题实际只是一个文化事件，只是在西方哲学史的某个时刻由于当时的人们架构某一特殊问题的方式造成的特殊条件而产生，我觉得非常有意思。我现在想要提出的就是，我们试着以类似的方式看待理论。理论就其当前的通常定义来说，是一种比较新近的文化事件。具体说来，它的产生，很大程度上是因为20世纪60年代之后对人类学以及在更广泛的意义上对结构主义整体的兴趣的广泛发展。而如我们所见，与此同时兴起的还有那个对于某种全知的梦想，那个梦想是无法持续的。但如果说这个对于全知的梦想最终破灭了，那么我们自然要问：同样的命运是否会降临在由于该梦想破灭而兴起的各种理论形式之上呢？当然，我们不是说那些不同的理论形式都在做无意义之事。我想要指出的是，也许理论处理问题的方式，架构问题的方法，使得以理论的界定找到可以称为满意的解决问题的方法几乎不可能。显然，有很多不同的方法可以对一个问题或议题做出架构。而在很大程度上，我们所选择的方法只能让我们与我们的时间、地点、各种条件紧密相连。因此，我们可以认为理论兴起于20世纪60年代的社会和文化动荡，因此继承了当时的很多特征：规划一种对于知识、人类科学更为抽象视角的野心，与此同时，质疑那种野心是否暗示了某种文化傲慢、某种需要仔细审视的倾向。如果说理论是在这样的条件下产生的，那么它后来的发展以及走到如今僵局的过程经历了我们所见过的各种特殊变迁和兴衰，就不那么让人奇怪了。回头看所有这一切，我们也许能够得出某些洞见，明白理论可能自身受制于某些特殊影响或力量而不完全自知。通过这种方式看待理论，也即作为一种某个特殊时间地点发生的事件，我们从它的历史中得到的启示也许能够产生某种理论“违背自然性”的新视角。

五、没有形而上学的生成（Becoming without metaphysics）

首先，我想借用罗蒂的一段话。他在论述认识论（精神/身体的二元困境）的违背自然性时，指出笛卡尔之后的现代认识论通过合并一系列分开的、显著不同的问题，人工创造了一个无法解决的难题。我相信如果对巴特勒和巴巴的著作做一个更细致的考察，也会发现类似的做法。具体说来，我认为他们所做的也是将一系列分开的话题合并起来，然后创造了一个人为的无法解决的问题——说它是人为的，因为他们把原本不该混在一起的话题合并起来才形成了这个问题，说它无法解决是因为这种合并产生了一种不可能的情形。这就像是犯了一个范畴的错误：假如你把属于不同范畴的东西混在一起，那就不能再想着以任何前后一致的方式将它们分门别类。在我看来，巴特勒和巴巴所做的，是把三个问题（1. 生成，2. 形而上学，3. 自由/必然性）合并在了一起。

结果就是我此前描述的那个僵局：试图讨论过程或发展却不想陷入可能暗示必然性的陷阱。这就是我们为什么会走到如今这个理论的境况：无法回到从前，因为我们一旦感到过程或生成描述了我们真实的存在，就再也回不到永恒的天真；也无法往前进行下去，因为我们想不出怎样才能讨论过程又不滑入让这个过程显得被预先决定、由必然性控制的方法。不过实际上，巴特勒和巴巴关于过程或发展的讨论已经由他们在这些问题及其彼此关联上共有的特定看法所决定了——而我认为，我们不必同意他们的那些看法。而通过厘清或者撇除这些看法，我相信我们可以找到另一种非常不同的对于我们如何成为我们所是这个过程的观点。

那么，假设我们首先以巴特勒和巴巴的方式看待生成。在这里我感觉他们犯了将其过于窄化的错误。具体说来，他们都把生成看作一种“环”，一种会循环至自身的东西。比如，巴特勒所忧虑的问题是“一个人是如何成为女人的”。她认为波伏娃提出的这个问题充满了麻烦，特别是你的性别是被决定的而你在这个过程中没有任何发言权的麻烦。成为一个女人尤其是一个问题，因为这个过程中有太多社会限制与约束。不过陷入任何一种性别属性都是麻烦。巴巴与生成有类似的问题。我认为，他也把生成看作一种“环”。他担心生成总会变成同一个故事的某个版本：起始/中间/结尾。而我们一旦知道了它的起始，就可以预测它的中间和结尾。这不符合巴巴的期望，因为他认为这样我们就失去了决定自身未来的机会。这就好像有人给了我们一个剧本，而我们没有任何修改它的机会。巴巴似乎在说，因为我们的开始是一个特定版本的起始，我们就一定会走到没有任何实质变化的中间和结尾。这让巴巴非常不安。

但是，实际上，我们并没有理由一定要用这样严格的限定来看待和分析生成。具体说来，我们没有必要接受那种“环”式的生成。比如，如果我们回到黑格尔那里，会发现对于这个主题的另一种完全不同的看法。在黑格尔看来，生成是通过否定性产生的。也就是说，某物持续地变成与自身、与曾经的自身不同的另一物，因为在生成的过程中，它总是被某个缺陷或不足而困扰，因为还没有成为它能够成为之物而不安。这应该可以成为看待生成的另一种方式。与“环”式生成里某物总是回到曾经的自身不同，在这里我们看到某物通过持续变成曾经自身的反面而在本质上成为自身。如黑格尔所言，这就是否定性的路径。但假如否定性是这里的主导原则，那就不必担心“环”式运动那样的压缩效应。相反，在这里某物至少在一个方面是逐渐远离自身的，在黑格尔看来是处于一种与曾经的自身持续变得不同的过程。即使它最终还是“回到”自身，它所回归的主体或意识也已经不同以往，因为它通过否定性循环已经获得了更伟大的意识。结果就是，我们在黑格尔那里所得到的生成显然不是那种简单的封闭的“环”。

同样，我们在尼采那里也能找到一种非常不同的生成观。我一直觉得，毫不夸张地说，尼采对于生成的观点更加具有玩笑的意味。如果我们在语境中思考《瞧！这个人》那个著名的题词，可以认为那就是在说：“我是如何成为一个天才的。”但这究竟是什么意思呢？是说他其实一直是个天才，只是成为他原来隐藏的那个自己？还是说他痛苦过挣扎过，并因此而最终获得了某种洞见，从而取得了突破，成为他现在所是的这个天才？他在书里没有明确地说明。他在书中一直在做的就是大谈创造性。而这自然会产生一种不同的看待过程或生成的视角。与其说某人成为自身是通过一个大部分由外力控制的过程，他在这里所说的是“我如何创造了我自己”的某个版本。也就是说，生成的过程就是创造的过程。这也许可以用来解释为什么尼采可以写出“我为什么是一个命运”（Why I Am A Fate/Destiny）。他没有让自己受制于命运，而使自身成为那种命运的力量。他甚至把这样的自己看作是错误价值的毁灭者，同时也是一个创造者。有一样东西显然不是他眼中的自己：一个受制于外部力量的玩物。

从本体论的意义上看，我觉得巴特勒和巴巴对这个话题所担忧的方式是耗费精力又没有必要的。具体说来，他们的恐惧是生成不得不随身携带着本体论。假如我们一直回到亚里士多德，我们可以看到他相当明确地支持一种生成观或过程观，而他的观点就否定了他们的那种恐惧。举例说来，一个雕像的材料因为会逐渐磨损变坏就逐渐被替换掉了。在亚里士多德看来，这个雕像在本质上还是原来那个雕像，即便组成它的所有材料都已经不是原来那些。同样，植物和其他自然物质经历了生殖和腐坏、存在和逝去，但在整个过程中（直到它们彻底消失），它们的本质依旧不变。与此相对，巴特勒和巴巴担心，当我们经历了生成的过程，我们整个的本体论或存在就在这个过程中被带走了。他们认为这就是潜在的麻烦之源。因为在他们看来，如果生成的过程携带着我们的本体论本质或存在，那么这就意味着我们的本质在这个过程中被塑造或被决定了。而因为我们无法确定自己能够控制这个过程，那么就会有被外部力量所决定的危险，而那些力量是我们无法控制的。这就等于说我们的整体发展或生成是被决定主义或必然性所掌控的。因为这样，我们看到巴特勒和巴巴在竭尽所能去重组这个过程：没有形而上的实质，只有纯粹的展演性，从中间开始，各种声音的协商。但是焦虑依然持续存在：即便是有了这些努力，要是它们还不能阻止我们的本体论实质被那个生成的过程随身携带因而由外部决定，该怎么办呢？这里的难题在于，我们的存在，在某种关键的意义上，与那个本体论实质等同了起来。在巴特勒和巴巴看来，这一本体论实质就是我们的本质存在，这是我们最能够接近的自我，我们最为内在的东西。而假如我们不能阻止它被外在于我们的某人或某物所塑造和决定的话，我们就有麻烦了。

但在某种程度上，可以清楚地看到这种焦虑是没有必要的，以及所有那些对于没有形而上实质的宣称都是无谓的麻烦。简言之，很容易看出这些麻烦的根源就是这种信念：我们在本质上的存在，我们的本体论实质，与生成的这个过程有着深刻的彻底的联系。不过，一个避开这个困境的办法，就是接受黑格尔的生成观：我们的本体一直在变化，因此我们在这个过程开始的存在与最终的存在在本体论意义上并不完全相同。换句话说，我们在生成的起始阶段并不是真正意义上的"我们自身"，我们本质的存在。对黑格尔而言，我们本质的真实的存在是到那个过程的最后才成为的状态。因此最初的我们并不是真正意义上的本质存在的我们自身。我们只能生成我们本质的存在，因此我们在这个过程的起始就不可能是本质存在，因为那时还没有经历整个生成的过程。那么从这个立场出发，我们就没有必要以同样的方式对生成充满焦虑。因为我们真正关心的就是我们自身，我们本质的存在。因此如果说我们可以说或者感到我们的本质存在只会在这个过程的结尾才出现，那么就没有理由担心它会被外在必然性所决定。相反，我们可以说被决定的不是真正的我们，我们自身，而只是在我们成为自身之前的样子。那就是另外一回事了。

另一种看待这个问题的方法是借用尼采的视角。在尼采看来，生成根本不必涉及本体论。但与巴特勒不同的是，他也没有必要彻底放弃形而上实质。尼采似乎是在宣称，那个过程就是我们经历的某事，就是我们如何成为我们所是，但这并不关涉我们的本体论实质，也即本质存在。也就是说，我们通过改变自己的主体性而成为文化上的存在。与此同时，我们的本体论实质，或者说本质存在，仍旧是其自身。这等于说，即使我们在主体上变化甚至变革，我们的存在本身是不变的。尼采以这种方式避免了让巴特勒和巴巴苦恼的那种难题。与那些后继者不同，他不必回答如果没有本体论实质那么生成如何可能这样的问题。他的回答是我们有本体论实质或本质，但那并没有经历生成或发展的过程。不管怎样，我们可以看到，只要我们还在文化上生存和界定自身，那么那个过程对于我们就具有重要的意义。

最后，巴特勒和巴巴想要将伦理的内容加入生成的形而上学的方法既没有根据，也没有必要。他们因为担心生成可能会携带本体论以及我们的身份，所以将一种伦理意义归于这个过程，认为它威胁到了我们的自由，让我们无法变成自己想要的样子。我们已经看到这种担心从何而来：如果说生成一定是携带着本体论，那么整个生成的过程所决定的不仅仅是我们的一个方面，还是我们的实质，我们的本质存在。巴特勒和巴巴在担心这成为现实的时候，觉得有必要让这个过程背负上伦理意义。他们暗示，这种生成或者过程能够决定我们的本质存在，因此就能夺走我们成为自己想要的样子的自由。这样，他们的结论就是必须以任何代价来抗拒这种生成过程。因此也就有了我所描述的理论僵局。不过，就我们所见，造成这一僵局的有两个关键步骤：1. 生成将本体论随身携带；2. 携带本体论的生成有伦理意义。不过，显然去掉其中任何一个步骤都足以让这个僵局消失。假如我们不再坚持第1步，那么无论我们从生成的过程得到怎样的结果都不会具有同样的伦理意义，因为我们的本质与其不再相关。或者，假如我们决定不再赋予第1步以第2步的伦理意义，这个僵局也会消失：理论可以将生成的过程自由地描述成一个必然的过程，因为它已不再涉及伦理后果。因此巴特勒和巴巴是因为同时坚持这两步，才会产生我们所看到的僵局。

在这里可以借用莱布尼茨的观点。18世纪初，在自由意志辩论的高潮时期，莱布尼茨发现神的全知不一定非要排除自由意志的可能。如他所指出的，自由意志依赖于我们做自己选择事情的能力——而不是依赖于上帝是否提前知道我们要做的选择。这里可以使用同样的推理。我们成为自己想要成为的样子的自主性和自由，并不依赖于我们成为我们所是的生成过程。我们在身体上或物质上以及精神上成为我们所是的整个过程与我们的自由或自主性的问题并不真正相关。对于后者而言，唯一重要的是能力，或潜能。只要我们有能力对于我们想要成为的样子做出选择并追求这些选择，我们就可以说是拥有自由或自主性的。自由或自主性，与一个过程的可预见性并不最终相关。无论一个过程是否可以预见——这等同于我们是否能够看见它的必然性，无论是什么或者是谁经历那个过程的能力并没有真正受到影响。因为这一切都外在于那个过程。从自主性的角度看，唯一重要的就是给那个过程带来结果或成果的能力。

不过，即便是就我们逐渐生成的物理或物质过程而言，我们成为我们所是的过程也许比我们可能认为的具有更少的被决定性。如今我们倾向于认为，自己已经大部分由先天的基因决定了我们对抗疾病的能力，以及我们生活的许多其他方面。但是我最近有幸听了一场讲座，讲座人是一位著名的肿瘤生成研究专家瓦姆斯（Harold Varmus，前国家健康协会主任、诺贝尔奖获得者）。他谈到某种疾病的时候，讲到特定癌细胞为了延续疾病不得不携带的“突变负担”（mutational burden）。但基因突变是机会的产物，它并不会从某种特殊的基因排列中自动生成。这就意味着癌细胞也要持续保持创造性，不断制造新东西。但实际上，不仅仅是癌细胞总会遭遇突变，连正常细胞也总有突变的可能，从而改变我们的状态。在这个方面，我们可以认为与我们的生成相关的物质过程也比我们所想象的更自由，因为它们具备创造能力。

六、解释（Explanation）

从前，理论就是关于解释的。在那些早先的日子里——我指的是弗莱和原型批评时期，只要提供语文学所不能给出的阐释似乎就够了。如果说语文学是对文本的阐释、注释或细读，那么原型批评则是决意要超越文本的。在这个意义上，作为理论的批评希望提供一种更大的结构：文本之外的精神结构，集体意识的结构。在这个层面，我们可以说，它提供了一个完全围绕语文学的架构，使得语文学本身可以从崭新的角度来理解，表明语文学的领域可以拓展延伸至人类神话制造——作为我们的界定性活动——这个更广大的范围中去。在那些日子里，有一种希望是，我们也许可以用弗洛伊德教给我们的对待梦的方式去对待神话制造，通过对神话制造进行同样细致的分析和审视，可以获得对我们自身更为深刻的知识。

然而，在那时，一个新的梦想——全知的梦想、科学的梦想——取代了过去的希望。那就是结构主义的时代，它后来让位于我们所说的后结构主义。从我们当前的视角去回顾那个时代，需要费点功夫才行，因为这是试着想起一个批评还梦想着成为一门科学的时代。不过我确实想起了当时一位良师益友——一个来自捷克的比较文学研究生。他非常熟悉俄国形式主义，因此知道结构主义大都从哪里来。他曾对我说，批评、理论的全部意义就是：最后成为一门科学。当然，那时候大家感兴趣的都是人类学。我想，那个时候人们觉得人类学提供了一种将西方思想相对化的方法——一种超越西方思想所创造的排外架构的方法，也就是将它与非西方思想的形式在某个层面进行比较，在这个层面上我们无法否定它与我们关于世界最基础的假定、我们最珍贵的文化实践密切相关。通过这种比较，人类学可以产生一种重新思考西方思想的方法。这就是全知的梦想：通过跳出西方思想的框架，人类学使得将所有思想纳入同一个框架以便分析成为可能，仿佛那些思想在时间中冻结，就像其他永恒的结构一样可知。我们可以说，那就是理论相信自己可以成为科学的方法。

就在那时理论坠入了时间，开始专注于生成的整个过程。我们已经看到这是如何发生的：通过揭示人类学的种族中心主义。不过我们还没有仔细考察过的是，它是怎样把形而上学带入理论的。实际上，当德里达揭示列维-施特劳斯的种族中心主义时，他还批评了逻各斯中心主义。他的目的不仅仅是揭示一个领域的狭窄视角，还在于揭示西方思想的一种基本倾向。为此他感到有必要回到海德格尔那里，特别是海德格尔认为存在通过形而上学而自我遮蔽。通过将其对人类学的批评置于西方形而上学历史的更大框架中，（我怀疑）德里达想要让其批评具有更大的力量。这一步使得形而上学与理论联系起来。大约也在那个时间，福柯也意识到理论因为与人类学的联系而使自身变得脆弱。与德里达不同的是，他一直回溯到

18世纪将词与物等同起来的知识型，试图为拯救理论做出最后的努力。而这也涉及形而上学。福柯宣称，这种词与物之间的等同关系不仅仅是启发性的，而且表达了某种客观的东西：这组关联可以说是描述了实际的事物的秩序。福柯接着试图将这组关联当作一种机制，认为它可以将我们各种不同的知识联系起来，使它们构成一个连贯的整体，从而使得全知的梦想成为可能。因此当这个机制因为不能解释变化而归于失败时，理论发现自己不得不明确地处理生成这个变化，而且——因为德里达和福柯的假定——还要在生成与形而上学以某种方式相关的框架里处理它。

但是，如果说诸如巴特勒和巴巴那样的近期理论形式都是在讲与形而上学相关的一个生成的过程，那么他们的前辈们可能无法预判的是，这种分析会走向失败，面临一种僵局。我认为，这之所以会发生，与如何看待生成有很大关系：它不仅是一个从实体走向主体的运动，而且是我们成为我们所是的具体过程。这种看待方式使生成变得更容易理解，因此对它的分析也就更为重要。与此同时，它仍然与形而上学相关，这就意味着，任何对生成的分析不仅仅是处理我们的变化历史，而且包括我们在最基础层面的变化，也即我们的本质存在的变化。这当然就使得对生成的分析变得如此困难——充满了我们可以称作本体论后果的风险。我猜想，于是就有了让它更加规范的尝试：不仅是对于我们成为我们所是的生成这个过程，而且对于我们希望成为我们想要成为的样子的生成过程。而这一切自然让问题更加难以解决——因为如今我们关于生成所说的任何观点又都不可避免地充满了伦理暗示。这就是近期理论走入僵局的过程：它仍旧试图解释问题——这意味着在解释生成作为过程如何发生的时候会接近必然性或决定主义——同时还要坚持自由或自主性，因为害怕不这样做会带来伦理后果。这就是我们如今的状态。接下来的问题显然就是，我们从这里要往哪里去。

我认为，显而易见的是，从现在开始理论不得不总要以某种方式涉及我们如何成为我们所是的那个过程。简言之，这比任何其他问题都重要。我们一旦发现自己并没有一种持续不变的本性——罗蒂称之为我们的“玻璃态本质”（glassy essence），我们的探究早晚要落到我们走到如今状态的那个过程上去，看上去似乎无法避免。但重要的是，这并不是理论一开始就走上的道路。最初，如我们所见，完全没有对于变化的怀疑——在原型批评里没有，在人类学里没有。因此仅仅是因为某些思想家，比如德里达或福柯，选择在一个关键时刻将形而上学注入理论，作为强化意识或自我意识的方法，我们才走到了如今的地步。但假如这就是我们如今在理论上的处境，那么假定我们到达这里的运动在某种意义上是不可避免的，也是自然的。一种解读方式就是说，最终对于理论而言最重要的是：它最终是关于我们如何成为我们所是的那个过程，而它越来越能够认识到这一点本身，就是一个过程的结果。这一切意味着，这就是我们所是——只有作为一个过程的结果才成为其自身存在的某物。理论本身也需要经过一个过程才能够意识到它自己在某种程度上也暗示了我们的存在。

但是，如果说理论就是关于我们成为我们所是的那个过程，也许是时候理论试着恢复它最初的观点：不再担心自己有规范性、决定性，而是专注于解释。我们已经看到，在很大程度上，近期理论的困境是引进形而上学的结果。我们也看到，谈论我们成为我们所是的过程而不涉及形而上学，是完全可能的。因此，是时候让理论放弃它与形而上学的关联了。毕竟，没有理由能够证明我们必须将它们放在一起看待。而且，也许将它们合并在一起（就像罗蒂的“认识论的违背自然性”观点一样）才是造成麻烦的根源。那么，如果我们排除形而上学考察生成的话，就会得到类似于文化历史的东西。当然，我们也许认为我们已经见过这样的例子了：柯蒂斯、奥尔巴赫和本雅明。然而，那些理论例证都以不同的方式失败了，没能充分地解决变化如何形成的问题。我们已经看到，这恰恰就是近期理论形式试图回答的问题。即便我们试着用不关涉形而上学的方式回答它，考察理论至今所做的事情也是很有益处的。此时此刻可以明确的一点是，如果我们想要理解我们是如何成为所是，我们必须要能够在概念上理解那个过程。换句话说，我们通过一个过程成为我们所是，而在这个过程中我们感受和思考的方式都有了变化。这意味着，假如我们要理解自身生成的过程，那么我们一定要能够理解那些不同的过程。不过我在这里所谈论的过程主要是关于概念的（包括情感的，正如任何情感史所清晰表明的那样）。因此，我们需要理解的就是，为什么这些感受和思考的方式会变化，它们为什么没有保持不变。这意味着我们要理解那些可以用于界定某一时期的情感与思考的结构和内容。由此我们也许能够理解为什么那些感受和思考的方式没能回答特定的问题，因而随即被其他视角所取代。通过探究这些发生的方式和原因，我们也许能够获得对于我们如何成为我们所是这个问题某种更好的认知。

参考文献

一、原著参考文献

Auerbach, Erich. *Mimesis: The Representation of Reality in Western Literature*. Trans. Willard Trask. Princeton: Princeton UP, 1953.

Benjamin, Walter. "On Some Motifs in Baudelaire." Trans. Harry Zohn. *Walter Benjamin: Selected Writings*. Vol. 4. Cambridge: Harvard UP, 2003.

Bhabha, Homi. *The Location of Culture*. New York: Routledge, 1994.

Brooks, Cleanth, and Robert Penn Warren. *Understanding Poetry*. New York: Holt, 1938.

Butler, Judith. *Gender Trouble*. New York: Routledge, 1990/1999.

Curtius, Ernst Robert. *European Literature and the Latin Middle Ages*. Trans. Willard Trask. Princeton: Princeton UP and Bollingen Foundation, 1953.

Derrida, Jacques. *Of Grammatology*. Trans. Gayatri Chakravorty Spivak. Baltimore: Johns Hopkins UP, 1976.

Foucault, Michel. *Discipline and Punish*. Trans. Alan Sheridan. New York: Vintage, 1979.

——. "Nietzsche, Genealogy, History." *Language, Counter-Memory,*

Practice. By Michel Foucault. Ed. D. F. Bouchard. Ithaca, NY: Cornell UP, 1977.

——. *The Order of Things*. New York: Pantheon, 1971.

Freud, Sigmund. *The Interpretation of Dreams. The Standard Edition of the Complete Psychological Works of Sigmund Freud*. Trans. James Strachey with the collaboration of Anna Freud, assisted by Alix Strachey and Alan Tyson. Vols. 4–5. London: Hogarth and the Institute of Psychoanalysis, 1953.

Frye, Northrop. *Anatomy of Criticism*. Princeton: Princeton UP, 1957.

Greenblatt, Stephen. *Renaissance Self-Fashioning*. Chicago: U of Chicago P, 1980.

Hegel, G.W.F. *Phenomenology of Spirit*. Trans. A.V. Miller. Oxford: Oxford UP, 1977.

Heidegger, Martin. *Nietzsche*. 4 vols. Trans. David Farrell Krell et al. San Francisco: Harper & Row, 1979–1987.

Jakobson, Roman, and Claude Lévi-Strauss. "Baudelaire's 'Les Chats'." *Language and Literature*. By Roman Jakobson. Ed. Krystyna Pomorska and Stephen Rudy. Cambridge: Harvard UP, 1987. 180—197.

Leibniz, Gottfried Wilhelm. "A New System of the Nature and the Communication of Substances." 1695. *Leibniz: Philosophical Papers and Letters*. 2nd ed. Ed. Leroy Loemker. Dordrecht: Reidel/Kluwer, 1989.

Lévi-Strauss, Claude. *The Savage Mind*. Chicago: U of Chicago P, 1966.

Lyotard, Jean-Francois. *The Postmodern Condition*. Trans. Geoffrey

Bennington and Brian Massumi. Minneapolis: U of Minnesota P, 1984.

Marx, Karl. *Grundrisse*. Trans. Martin Nicolaus. Harmondsworth: Penguin, 1973.

Nietzsche, Friedrich. *The Portable Nietzsche*. Ed. and Trans. Walter Kaufmann. New York: Viking, 1954.

Rabaté, Jean-Michel. *The Future of Theory*. Oxford: Blackwell, 2002.

Rorty, Richard. *Contingency, Irony, and Solidarity*. Cambridge: Cambridge UP, 1989.

Taylor, Charles. *Sources of the Self*. Cambridge: Harvard UP, 1989.

Whitehead, Alfred North, and Bertrand Russell. *Principia Mathematica*. 3 vols. Cambridge: Cambridge UP, 1927.

二、译著参考文献

文中所引理论原著的翻译主要参考下列版本；未给出译本的，均为译者自己翻译。

黑格尔：《精神现象学》，先刚译，北京：人民出版社，2013年。

《马克思恩格斯全集》（第30卷），中共中央马克思恩格斯列宁斯大林著作编译局编译，北京：人民出版社，1995年版。

《马克思恩格斯全集》（第31卷），中共中央马克思恩格斯列宁斯大林著作编译局编译，北京：人民出版社，1998年版。

福柯：《词与物——人文科学考古学》，莫伟民译，上海：上海三联书店，2002年。

德里达：《论文字学》，汪堂家译，上海：上海译文出版社，2005年。

拓展阅读[1]

第一章

黑格尔评论中有不少精彩的论著。早期比较经典的有伊波利特的《黑格尔〈精神现象学〉的起源与结构》［Jean Hyppolite, *Genesis and Structure of Hegel's* Phenomenology of Spirit, tr. Samuel Cherniak and John Heckman (Evanston: Northwestern UP, 1974)］，后来有泰勒的《黑格尔》［Charles Taylor, *Hegel* (Cambridge UP, 1975)］，晚近的有哈里斯的《黑格尔的阶梯》［H.S. Harris, *Hegel's Ladder*, 2 vols (Indianapolis: Hackett, 1997)］，这部致力于现象学的恢宏巨著建立在作者一生对黑格尔的研究基础之上。如泰勒所说，做黑格尔评论的难处在于，如果阐释得过于清晰，可能会有曲解的危险，而如果坚持忠实为首要原则，那么就可能令人费解。泰勒本人更注重于明晰的阐释，伊波利特和哈里斯则更致力于贴近原著。大多数英语译本都添加了详细的注释：米勒的译本［G.W.F. Hegel, *Phenomenology of Spirit*, tr. A.V. Miller. (Oxford: Clarendon 1977)］，考夫曼的版本［Walter Kaufmann, *Hegel: Reinterpretation, Texts, and Commentary* (New York:Doubleday, 1965)］和约维尔的版本［Yirmiyahu Yovel, *Hegel's Preface to the Phenomenology of Spirit* (Princeton UP, 2005)］。

---

① 此为原著作者为正文章节所附。

另一条阐释路径是将黑格尔与现象学传统联系起来：海德格尔的《黑格尔的精神现象学》［Martin Heidegger, *Hegel's Phenomenology of Spirit*, tr. Parvis Emad and Kenneth Maly (Bloomington: Indiana UP, 1988)］和伽达默尔的《黑格尔的辩证法》［Hans-Georg Gadamer, *Hegel's Dialectic*, tr. P. Christopher Smith (New Haven: Yale UP, 1976)］。海德格尔讨论黑格尔最出色的著作也是他最具新意的作品《同一与差异》［Martin Heidegger, *Identity and Difference*, tr. Joan Stambaugh (New York: Harper & Row, 1969)］，不过后者主要涉及黑格尔后期思想。

第二章

尼克劳斯在其《政治经济学批判大纲》（后简称为《批判大纲》）译本的前言里详细讨论了马克思和黑格尔的关系［Martin Nicolaus，*Grundrisse* (Harmondsworth: Penguin, 1973)］。与其他评论者（比如Antonio Negri）不同的是，尼克劳斯非常重视黑格尔对马克思的影响。大多数对马克思的评论集中在《资本论》而不是《批判大纲》之上。我所知对后者最为详细的评述来自尼格里的《马克思之外的马克思》［Antonio Negri, *Marx beyond Marx*, tr. Harry Cleaver, Michael Ryan, and Maurizio Viano and ed. Jim Fleming (South Hadley, MA: Bergin & Garvey, 1984)］。尼格里强调《批判大纲》在理论上的意义要大过《资本论》。他的评论起初非常贴近原著，但到后面就开始详述自己偏好的主题了。巴里巴尔（Étienne Balibar）曾对我说，他和阿尔都塞（Louis Althusser）在计划那场后来成为《读〈资本论〉》前奏的研讨会时，曾认真考虑过以《批判大纲》为研讨对象，不过后来还是选择了《资本论》。

第三章

对弗洛伊德生平的研究，最典型的还是琼斯的三卷本《弗洛伊德的生平与著作》［Ernest Jones, *The Life and Work of Sigmund Freud,* 3 vols (New York: Basic Books, 1953)］。琼斯详细讲述了弗洛伊德作为医学研究员的早期经历，而且他关于弗洛伊德本人的工作以及19世纪后期医学发展的材料对于研究精神分析理论的起源非常有用。对弗洛伊德理论的研究分析，首选著作是拉普朗什的《精神分析中的生与死》［Jean Laplanche, *Life and Death in Psychoanalysis*, tr. Jeffrey Mehlman (Baltimore: Johns Hopkins UP, 1976)］。拉普朗什认为，精神处理外部刺激的方式表明了弗洛伊德早期的现实主义原则：外部来源触发内部记录（58—60页）。但是，在我看来，弗洛伊德更强调梦与其来源的不同之处，而不是模仿关系。利柯的《弗洛伊德与哲学》［Paul Ricoeur, *Freud and Philosophy,* tr. Denis Savage（New Haven: Yale up, 1970）］注意到弗洛伊德在精神和身体之间的分裂，并认为他更偏向于前者（情感贯注的想法，而不是神经）（87—88页）。这一观点拉普朗什一致（51—54，60—65页）。不过我认为，这两位论者对于早期弗洛伊德所处的19世纪环境都没有给以足够的关注。

第四章

关于福柯的认识型，可以参考德雷菲思和拉比诺的《福柯：超越结构主义和阐释学》［Hubert Dreyfus and Paul Rabinow, *Michel Foucault: Beyond Structuralism and Hermeneutics*, 2nd ed. (U. of Chicago Pr., 1983)］第18、20页，以及戈汀的《福柯的科学理性考古学》

［Gary Gutting, *Michel Foucault's Archaeology of Scientific Reason* (Cambridge UP, 1989)］第146至147页。在很大程度上，福柯的早期读者似乎更为注意他对康德的利用：参见海基和罗蒂的《福柯批评读本》［Ian Hacking and Richard Rorty, *Foucault: A Critical Reader,* ed. David Hoy (Oxford: Blackwell, 1986)］第30—33页和43页。有意思的是，在德雷菲思和拉比诺看来，福柯没有解释后来偏离古典认识型的原因，这并没有什么问题（27—28页）。其他论者就没有这样宽容了。比如萨特的犀利批判："他（福柯）用魔术灯笼替换了电影，用一系列静止替换了运动。"［转引自David Macey, *The Lives of Michel Foucault* (London: Hutchinson, 1993)，第175页。］霍伊在其《福柯：现代还是后现代？》一文里对福柯的"非思"（unthought）或者说难以接近的话语做了一番深刻而富有启示的沉思【David Hoy, "Foucault: Modern or Postmodern?" in *After Foucault: Humanistic Knowledge, Postmodern Challenges,* ed. Jonathan Arac (New Brunswick: Rutgers UP, 1988)】。

第五章

本宁顿的《德里达》［Geoffrey Bennington, *Jacques Derrida* (U. of Chicago Pr., 1999)］是一部非常独特的传记，因为德里达本人有所"介入"。比较新近的传记则有皮特斯的《德里达传》［Benoît Peeters, *Derrida: A Biography* (Cambridge: Polity Pr., 2012)］。在研究德里达的诸多著作当中，有几部特别突出：加斯彻的《差异的发明：论德里达》［Rodolphe Gasché, *Inventions of Difference: On Jacques Derrida* (Cambridge, MA: Harvard UP, 1994)］，米勒的《致德里达》［J. Hillis Miller, *For Derrida* (New York: Fordham UP,

2009)］，以及罗蒂论德里达的几篇文章［Richard Rorty, *Essays on Heidegger and Others: Philosophical Papers* vol. 2 (Cambridge UP, 1991)］。当然，德里达自己也发表了对于黑格尔的评论［*Glas*, tr. John P. Leavey Jr. and Richard Rand (Lincoln: U of Nebraska P, 1986)］。

第六章

在很多方面，巴特勒的批评者也许就是最有助于研究她的评论者。特别是努斯鲍姆的《反讽教授》［Martha Nussbaum, "The Professor of Parody" (*The New Republic* 2/22/99: 37—45)］认为后结构主义把女性视为一个建构范畴，提出性别反讽的无效性。类似的还有古芭的《女性批评的苦恼是什么》［Susan Gubar, "What Ails Feminist Criticism?" in *Critical Inquiry* 24 (summer 1998), 878—902］。安德森在《我们如今论辩的方式》［Amanda Anderson, in *The Way We Argue Now* (Princeton UP, 2006)］里指出了巴特勒作品中规范（normativity）以及其他许多观念的未经检验的本质（32—38页）。不过也许对巴特勒最尖锐的批评来自考普叶科［Joan Copjec, *Read My Desire: Lacan against the Historicists* (Cambridge: MIT Pr., 1994)］。考普叶科提出，巴特勒关于性别差异词汇的不稳定性的所有讨论，与性别本身的存在或物质真实性毫无关系，后者完全属于另一个范畴（204—210页）。

第七章

汉斯的《作为自然化了的黑格尔主义的实用主义：战胜超验

哲学？》［Allen Hance, “Pragmatism as Naturalized Hegelianism: Overcoming Transcendental Philosophy?” in *Rorty & Pragmatism*, ed. Herman Saatkamp (Nashville: Vanderbilt UP, 1995)］指出了罗蒂对黑格尔的描述中有好几处错误（100—121）。罗蒂对此的回复中，坦承自己在写现代哲学史时一直对关于黑格尔的部分不甚满意（122）。罗蒂与分析哲学之间差异的关键在于，词汇与世界之间的裂隙究竟能否克服（罗蒂认为不可能）。参见布兰德姆的《实用主义的词汇：自然主义与历史主义的综合》［Robert Brandom, “Vocabularies of Pragmatism: Synthesizing Naturalism and Historicism，” in *Rorty and His Critics*, ed. Robert Brandom (Oxford: Blackwell, 2000)］和戴维森的《复原的真相》［Donald Davidson, “Truth Rehabilitated,” in *Rorty and His Critics*, ed. Robert Brandom (Oxford: Blackwell, 2000)］。对罗蒂更为综合性的评价，可以参见泰勒的《罗蒂与哲学》［Charles Taylor, “Rorty and Philosophy” in *Richard Rorty*, ed. Charles Guignon and David Hiley (Cambridge UP, 2003)］第158—180页。

第八章

关于巴巴以及与后殖民理论使用叙事的相关问题，可以参见扬的《白色神话》中部分内容［Robert Young, *White Mythologies*, 2nd ed. (London: Routledge, 2004), pp. 2—3, 37—38, 186—187, 196—198］。多位评论者担心巴巴试图将后殖民冲突转换成一个语言或话语的王国会带来巨大的代价：派里的《后殖民研究：物质主义批评》［Benita Parry, *Postcolonial Studies: A Materialist Critique* (London: Routledge, 2004)］第57—74页；小圣胡安的《后殖民理论之外》［E. San Juan Jr., *Beyond Postcolonial Theory* (New York: St. Martin's

Pr., 1998/99)］第25—27页；拉扎勒斯的《后殖民世界中的民族主义与文化实践》［Neil Lazarus, *Nationalism and Cultural Practice in the Postcolonial World* (Cambridge UP, 1999)］第133—137页；阿赫迈德的《理论：阶级、国家、文学》［Aijaz Ahmad, *In Theory: Classes, Nations, Literatures* (London: Verso, 1992)］第67—71页。关于杂糅作为一种抵抗形式的评论，参见扬的《白色神话》第191页和卢姆巴的《“第三世界”的超世界化》［Ania Loomba, “Overworlding the ‘Third World’” (*Oxford Literary Review* 13, nos. 1-2 (1991))］第164—191页。